마음에서 마음으로, 입에서 입으로 전해오는

내고향 野話

편집부 엮음

太乙出版社

머 리 말

　우리 민족은 원래부터 소박한 가운데 풍류의 멋을 아는 민족이었다. 남을 사랑할 줄도 알고, 자기 자신을 스스로 다스릴 줄도 아는 지혜를 가지고 있었다. 말하자면 정신적으로나마 넉넉한 여유를 가지고 인생을 여유자적하게 살아갈 줄을 알고 있는 깨친 민족이었다. 그래서 우리 선현들의 일상에는 항상 삶의 가락이 있었고, 풍류의 멋을 즐기는 여유가 있었다. 그 여유에서 나오는 스토리가 바로 오늘날까지 잊혀지지 않고 전해져 내려오는 풍류 야화이다.

　인생을 살아가는 과정에서 부딪치게 되는 갖가지의 사연들은 때로 우리의 가슴에 영원히 지위지지 않는 흔적을 만들어 놓기도 한다. 더러는 일생을 통하여 눈물없이는 생각을 돌릴 수 없는 한(恨)의 응어리를 만들어 놓기도 하고 더러는 언제나 잊어버리고 싶지 않은 아름답고 즐거운 추억의 한 페이지를 마음 한 구석에 장식하기도 한다. 모두가 다 인생의 여정에서는 빼놓을 수 없는 무게있는 줄거리요, 삶의 자취이다.

　이 책은 우리 선현들의 삶의 자취를 모아 엮은 「풍류야화집(風流野話集)」이다. 아름다움을 무엇보다도 숭상하였고, 그리하여 멋과 가락을 즐겨찾았던 우리 조상들의 제취를 오늘에 이르러 다시 한 번 더듬어보는 것도 가히 나쁘지는 않으리라.

　결코 지워버릴 수 없는 역사의 한 토막으로서 읽어주기를 당부하고 싶다.

엮은이 씀.

10

차　례

차   례

이십년 앞을 내다보는 김진사

●김진사의 예언은 적중했다. 그의
지략으로 홍경래의 난은 평정되었으나,
김진사는 다시 종적을 감추었다. ●

영조 34년 무인년 지중추부사로 있는 정기만의 아들로 태어난
정만석은 자를 성보(成甫)라하고 호는 과재(過齋)라 하였다.

아직 젊은 나이로 전라도 어사가 되어 여러 고을을 돌아 다녔
다.

어느 날 주막에서 하룻밤을 지내다가 농부들의 주고받는 얘기
를 듣게 되었다.

"여보게, 대관절 그 김진사라는 사람은 어디서 온 사람인지
아나?"

"글쎄 말이여, 어디서 왔는지 아는 사람은 하나두 없더군."

"그 양반 따라 다니는 부사들도 보통 많은게 아니데."

"아 돈도 무척이나 많은가 봐."

"글쎄 그 돈이 어디서 나는지 수상스럽단 말이여."

"매번 보면 어딘지 몰려갔다가는 한 열흘씩 있다가 돌아오는데
올 적마다 수백 냥씩 싣고 오데."

"그러니까 모두들 도깨비 같다는둥 괴수라는둥 하잖는가베."

구석에 누워서 듣고만 있던 만석은 그것 이상한 사람임에 틀림 없구나 생각하자 슬그머니 일어나 그들 틈에 끼었다.

"그것 참 훌륭한 인물인가 보구려. 대관절 그 사람은 어디 사는 사람인지 아시오?"

그들 중 늙은 농부 한 사람이 김진사의 집을 아주 자세히 말해 주었다.

다음 날 아침 만석은 김진사의 집을 찾았다. 과연 으리으리한 고래등 같은 기와지붕에 집은 수십칸이 넘었고 부리는 사람만도 수십명이 마당을 왔다갔다 했다. 드나드는 손님도 매일 몇십명 씩이나 되었다.

폐의파립으로 찾아간 만석을 김진사가 손수 나와 맞아 주었다.

사랑으로 인도한 김진사는 융숭한 술상을 차려내 놓고 시속을 논하는 품이 생각과는 달리 호걸이었다. 인물 풍채도 잘 생겨서 그 생김생김에 만석은 그만 끌려 들어 갈듯 했다.

만석이 전날 주막에서 생각할땐 아마도 우락부락 하게 생긴 도적의 괴수임에 틀림없으리라 믿었으며, 혼을 내주리라고 생각했 으나 생긴 용모와 말하는 품이 그런 종류의 사람으로는 여겨지지 않았다.

그러나 만석은 이 알수없는 인물을 알아보기 위하여 이런 저런 얘기를 주고 받으며 여러모로 동정을 살폈다.

어느덧 밤이 지났다.

날이 밝자 김진사는 만석을 찾아와서 말했다.

"대단히 안됐소이다만 나는 이길로 며칠 다녀올 데가 있으니 주인 없다고 꺼리낌 갖지 마시고 며칠 푹 쉬다가 떠나십시오.”

만석은 자기가 이 집을 찾아온 것은 쉬려고 온 것이 아니라 어디까지나 김진사의 행동을 파악하러 온것이 었으므로 김진사가 없는 빈집에 공연히 머무를 이유가 없었다. 그러기 보다는 한번 김진사의 뒤를 밟아보는 것이 어떨까하는 생각이 들었다.

“아니오. 주인없는 집에는 있을 수 없오. 거기다 마침 떠나야 할 일도 있고하니 이제 그만 떠나야겠소. 하루밤 폐를 끼친것만 도 미안하오.”

정만석은 주인보다 먼저 집을 나섰다.

김진사가 여러 명의 부하를 데리고 집을 나서자 기다리고 있던 정만석은 그의 뒤를 밟았다. 그날 밤 그들은 산너머 주막에서 다시 만났다.

“인연이 있고보니 다시 또 만났구려. 이제는 주인과 나그네가 아닌 나그네 끼리 앉아서 어디 객고나 풀어 봅시다.”

하는 진사의 말에 정만석은,

“이거 오나가나 진사님 폐만 끼치게 되는군요. 이거 돈없는 나그네고 보니 갚을 길이 없소이다. 미안하오.”

정만석은 자기의 신분이 산천초목도 떠는 암행어사임에도 불구하고 김진사 앞에서는 자기가 열등감을 느끼는 것 같은 불쾌한 생각도 드는 것이었다.

이렇게 해서 두 사람은 다시 하루밤을 같이 지냈다.

이튿날이었다. 진사의 회계를 맡아보는 듯한 사람이 낮은 목소리로 진사의 귀에 속삭였다.

“여비가 다 떨어졌습니다.”

이 말에 김진사는 태연한 태도로 아무 대답도 하지 않았다.

그날 아침 길을 가던중, 부슬부슬 비를 만났다. 때마침 비를 맞으며 여인이 짐을 이고 오다가는,

"검냇골로 가자면 어떻게 가야 합니까?"

하며 물었다. 김진사는 기다렸다는 듯이 대답했다.

"당신은 누구에겐가 쫓기는 모양인데 그 큰길로 가면 검냇골로 가기 전에 잡혀죽게 되니 저쪽 산길로 접어들어 고개를 넘어야만 목숨을 건질 것이오."

"저 험한 산을 넘으려면 이 짐을 이고 갈 수가 있나."

하고는 진사에게

"감사합니다. 살길을 일러 주시니 이걸 드리고 갑니다."

하며 보퉁이를 내려놓고 바쁘게 진사가 가리킨 산을 향해 달아났다.

조금 있으니 아니나 다를까 손에 장대 하나씩을 잡아쥔 수십명의 장정들이 헐떡이고 오더니,

"여보시오. 지금 금방 웬 여인 하나가 이리 지나가지 않았오?"

하고 물었다. 김진사는 시치미를 딱 떼고 천연스럽게 큰 길을 가리키며 조금 전에 이 길로 지나갔으니 빨리 가 보라고 일러 주었다.

김진사는 부하에게 그 여인이 놓고간 보퉁이를 끌러 보라 하였다.

그 속에는 삼십냥의 돈과 비단 이십 필이 들어 있었다.

아무리 생각해도 만석은 이 자가 어떤 사람인지 알 수 없었다.

그래서 속마음은 무척 답답했으나 겉으로는 웃고 있었다.

　잠시 후 술상이 들어왔는데 돼지와 닭을 잡은 떡 벌어진 술상이었다. 아마도 아까 그 돈으로 내는 한턱인가 보았다.

　다시 비는 개고 배도 불렀으므로 길을 떠나야 했다.

　"여보 정 선생, 여기까지 왔으니 우리 동행하는 것이 어떻겠소?"

　김진사의 이 말에 정만석은 속으로 잘되었다고 생각하며 승락했다.

　산을 넘어 가는 길에 일행은 굉장한 장례 행렬을 만났다. 아마 웬만큼 잘 살던 사람의 장례 같았다. 상주와 조객 등 따라온 사람만도 수백명이 넘었다.

　김진사는 상주를 찾았다.

　"여보 내 지나가는 참에 차마 그냥 가기 인정상 안돼서 한 마디 하는데 지금 파놓은 무덤 구멍은 큰 함정이오. 이리와 보시오."

하며 상주를 데리고 무덤 파놓은 구멍으로 갔다. 파놓은 구덩이 밑바닥을 몇번 막대기로 치니까 거기에 조그만 구멍이 뚫리고 다시 구멍을 후비니 이내 커다란 함정이 나타나는 것이 아닌가.

　상주는 깜짝 놀랐다.

　"여보시오. 정말 감사합니다. 참으로 큰일날뻔 하였소이다. 누구시온지 저를 위해 한자리 정해주신다면 사례하오리다."

하자 김진사는 웃으며,

　"좋은 자리가 있지요. 틀림없이 좋은 자리일테니 돈 삼천냥만 내시요."

하였다.

상주는 두 말 않고 사람을 시켜 곧 삼천냥을 가져오게 하여 아낌없이 진사의 손에 쥐어 주었다.

그길로 김진사는 좋은 자리를 택해주었고, 그편 언덕으로 오른 그들은 흡족한 장례를 마쳤다.

이것을 보고 돌아선 김진사는,

"이제 날도 저물었으니 산 밑으로 내려가 어디 주막이라도 찾아보자. 자 어서 갑시다."

만석에게도 이르고는 곧 산 아래의 주막으로 모두 내려왔다.

저녁을 끝내고 이럭저럭 밤이 되었고 다른 방으로 건너간 부하들은 잠이 들었다. 늦도록 마주 앉아 얘기하던 김진사와 만석만이 자지 않고 있었을 뿐이다.

얘기를 주고받던 진사는,

"내가 이제 바로 말하리다. 공이 어사인줄 나는 알고 있었고 또, 공이 나를 의심하여 일거일동에 관심을 두고 있다는 것도 잘 알고 있소."

하고 말을 꺼낸 김진사는 만석의 손을 잡아 쥐고는,

"아까 그 여인이 도망하는 길은 자기의 간부(間夫)를 찾으려고 검냇골을 물었던 것이오. 그 여자의 부정을 안 그의 본 남편은 그의 일가와 함께 격분한 끝에 그 여인을 잡아죽이려고 사람들을 동원해 나온 것이오.그래서 내가 그 가엾은 생명을 건져주고 돈 삼십냥과 비단을 얻은 것이오. 또 아까 장례 지내던 일로 말하자면 관을 넣기 위해 구덩이 파는 경우는 얕게 파니까 그 땅의 밑바닥이 어떤지를 대부분 모르지만 본시 산에는 허궁창이 많아서 밖으로는 몰라도 관을 내려놓고 나면 세월이 지나는 동안에 저절로땅이 꺼져 몇십 길 씩이나 땅속으로 떨어져 들어 가는 것이오. 그래서 오늘 내가 그것을 일러 줌으로 해서 남의 집 귀한 뼈다귀를 구해 주었고 또 좋은 터를 마련해 주었으니 부호의 돈 삼천냥 쯤 받은 것이 무어 그리 잘못이겠소."

만석은 너무나 감탄했다. 김진사의 행동은 정말 범상한 사람이 아니었다. 그는 다시금 옷깃을 여미지 않을 수 없었다.

"정말 공과 같은 인품과 지혜로 어찌 이렇게 허송세월만 할 수 있겠소. 내가 힘껏 천거할테니 국사에 참여하여 백성을 위해서 한번 일해 봄이 어떻겠오?"

하며 그에게 벼슬할 것을 권했다.

김진사는 태연히 앉아 만석을 위압하듯 바라보며,

"사람은 각각 자기의 갈 길이 다르지 않겠소? 나는 본시 정치와는 거리가 먼 사람이요. 청산녹수를 동무 삼아 다니는 것이 나의 일이오. 다만 공과 같이 국사에 바쁘신 몸을 아낄 뿐이오."

했다.

정만석은 그의 말에 다시 설득할 여지가 없음을 알았다.

"다만 나는 공의 말에 탄복할 뿐이오. 나를 위해 한마디 조언이라도 해줄 수 없겠소?"

하고 물었다. 진심에서 우러나오는 이 말에,

"그렇게 하지요. 지금부터 이십년이 지난 후에 내가 공을 평안도에서 만나는 날이 있을테니 그때 얘기 하겠소."

그 때 어느덧 밝아 새어 첫닭 우리는 소리가 들렸다. 김진사는 그의부하들을 일으켜 길 떠날 차비를 차렸다. 길을 떠나며 만석과 김진사는 작별을 고했다.

그들은 과연 청산녹수 속으로 빠져 어디론가 사라지고 말았다.

서울에 올라온 만석은 왕을 뵈옵고 김진사 얘기를 자세하게 아뢰인 끝에 전국에 방을 붙여 김진사의 행방을 찾았으나 끝내 그는 나타나지 않았다.

그로 부터 이십년 뒤.

순조 십 일년 겨울 평안도 지방에서는 큰 난리가 일어났다. 서북인의 차별에 불만을 품은 홍경래의 난이었다.

홍경래는 본래 평안도 용강 사람으로 조정에서 지금껏 평안도 사람에게 차별대우하는 것에 불만을 품어 오던중 갈수록 관리들의 노략질은 심해지고 거기다 흉년까지 계속되어 백성은 도탄에 빠져 허덕이고 있음을 계기로 김사용 우근칙 등과 함께 가산군 다복동을 근거지로 난을 일으켰던 것이다.

이때 조정에서는 정만석에게 평안도 위무사겸 감진사로 임명하여 난리를 평정케 했으니 그때에 만석의 나이 오십사 세였다.

그러나 홍경래난의 그 날랜 기세를 그리 쉽게 막을 수 없었다. 청천강 북쪽의 여러 고을을 순식간에 손에 넣은 그들은 이듬해 정주성에 웅거하고 있었다.

여기서 관군과의 치열한 공반전은 약 넉달동안 계속했다.

그 즈음이었다.

어느날 밤 만석의 방문을 두드리며 들어 오는 사람이 있었으니 그가 바로 김진사였다. 너무나 반가워 그들은 손을 잡고 어쩔

줄을 몰라했다.

"공이 그때 이십년 후 평양에서 만나리라는 말을 내 여태 잊은
적이 없오. 더욱이 내가 이곳 평양에 오고 난 후로는 그때 말한
당신의 모습이 나타나기를 은근히 기다리고 있던 터이요."
하며 만석은 이십년 전 김진사의 예언이 꼭 들어맞은 것에 대해
큰 경의를 표했다.

만석은 그동안 안색이 쇄해지고 머리는 제법 희끗희끗한 흰
머리가 많을 정도로 변했으나 김진사는 만석보다도 젊고 아직
정정해 보였다.

"이번에 일어난 난리는 관리의 탐욕과 거기에다가 겹친 흉년으
로 민심이 흉흉해져서 일어난 일이오."

김진사의 이 말에 만석은 깜짝 놀랐다.

그러나 김진사는 태연자약하게 또다시 이말을 꺼냈다.

"그러나 위로 성상을 모신 신하로서는 이 모든 풍기를 바로잡기
에 어떠한 노력도 아껴서는 아니 되오."

"이 난리를 평정하기 위해선 어떻게 했으면 좋겠소? 그리고이
난리의 결말은 어찌될 거요?"
하고 만석은 함부로 지껄일 시기가 아닌만큼 말머리를 돌렸다.

"필시 오래가진 못하오. 성상을 져버리고 일어나는 이 난리는
필경 질서를 그릇치는 큰 악행이 되기 때문에 결국 망하는 법이
오. 또 홍경래의 운명 자체가 경각에 달린 것이니 만큼 큰 염려
는 없오."

"다만 전략을 잘 써서 그를 토평치 못하면 역시 어렵게 되오.
이걸 막기 위해선 한 가지 계교 밖에 없는데 그것은 여기서

땅굴을 파고 성밑까지 간 다음 화약을 터뜨려 그 성을 파괴하는 길 뿐이오."

이러한 김진사의 의견을 만석은 무조건 따르는 수 밖에 없었다. 김진사의 전략대로 관군은 땅을 파고 성밑까지 가서 화약을 터뜨렸다. 이렇게 하여 정주성은 함락되고 이 싸움으로 홍경래는 죽었으며 마침내 홍경래의 난은 끝을 보았다.

일이 끝난 다음 만석은 너무나 감격스러워서 다시 김진사를 붙들고,

"이 길로 나와 함께 서울로 올라가 국사를 돌봐주기 바라오."

하고 간청했다. 그러나 김 진사는 이번 역시,

"나는 바람같은 사람이라 청산과 녹수 사이에서 살아야 하오."

하고는 이튿날 홀연히 사라지고 말았다.

만석은 그 뒤로 우의정을 지냈고 순조 사십사 년에 칠 십 칠세를 마지막으로 세상을 떠났다.

그는 눈을 감는 마지막까지도 김진사를 잊지 못했다.

설악산에 있는 울산바위

● 바위세를 받아가는 울산원님을 꼼짝
못하게 만든 설악산 신흥사 동자승의
빈틈없는 기지 ●

설악산의 명물은 아무래도 계조암의 흔들바위와 풍자와 해학이
담긴 전설 속에 그 웅장한 크기로 유명한 울산바위를 든다.

둘레가 십리를 넘는 이 울산바위의 전설 속엔 이조의 배불 숭유
정책을 풍자하는 해학적인 얘기까지 깃들어 있으니 과연 제 2의
금강산이라 일컫는 설악산의 명물이 아닐 수 없다.

아주 먼 옛날 얘기다.

조물주께서는 금강산을 만들고 계셨다. 자신이 만든 어떠한
산보다도 이 금강산을 가장 아름다운 산으로 만드시기에 여러날
을 두고 고심하셨다.

그러던 어느날 조물주께서는 드디어 한 가지 묘안을 생각해
내셨다. 금강산의 봉우리를 만 이천봉으로 하고 각각의 봉우리를
모두 다르게 조각하면 아주 훌륭한 모습이 될거라고 확신하기에
이른 것이다.

그러나 한가지 걱정이 있었으니 그것은 만 이천봉이라는 어마

어마한 숫자의 봉우리를 만들 바위가 없었다. 그래서 조물주는 전국 각지의 널려있는 산에서 쓸만한 큰 바위들에게 모두 금강산으로 모이라는 명을 내렸다.

이튿날 부터 쓸만한 바위들은 일제히 금강산을 향해 긴 여행을 하게 되었다.

이때 마침 울산땅에는 남에게 부끄럽지 않다고 자부하는 큰 바위가 하나 있었다.

이 바위도 누구에 뒤질세라 부지런히 행장을 수습 금강산을 향해 떠났다.

이 바위는 원래 덩치가 크고 미련하여 아주 걸음이 느렸다. 그러나 부지런히 둔한 몸을 끌며 있는 힘을 다해 태백산 줄기를 타고 북으로 북으로 기어 올랐다.

해가 거의 서산으로 떨어질 무렵에야 겨우 이 바위는 태백산 중턱을 넘어 지금의 설악산에 도착하였다. 날은 점점 어두워 울산바위는 여기서 좀 쉬어 가려고 마음먹고 아픈 다리와 피곤한 몸을 쉬었다.

이렇게 하루밤을 걱정 없이 쉰 바위는 다음 날 밝은 해가 동해로 떠올라오자 다시 뒤뚱거리며 금강산을 찾아 일어섰다. 한발을 내딛으려던 찰나였다. 금강산에서 나온 전령이 급히 달려와서,

"이제는 금강산에 갈 필요가 없게 됐소. 어제 밤 자정이 되었을 때 조물주께서 일만 이천 봉우리를 모두 완성하셨으니 이젠 수고하며 오지 않아도 된다는 분부이시오."

하며 다시 고향으로 내려가라는 것이었다.

바위는 기가 막혔다. 조물주께서 심혈을 기울인 금강산에 자기

가 위치할 자리가 이미 없다는 사실이 어찌나 원통한지 그만 엉엉 울고 말았다.

　그러나 이젠 어쩔 수 없는 일이었다. 지금 금강산으로 가봤자 자기가 있을 자리엔 부지런한 바위들이 이미 자리 차지를 하고 있을 것이 뻔했다. 그러나 자기 고향으로 그 먼길을 다시 돌아가는 것도 염두가 안 날 뿐 아니라 가봤자 친구들에게 낯이 서지 않는 것이었다.

　멍청하게 걱정이 되어 서있는 울산바위를 아까부터 보고있던 조물주의전령은 이 바위가 퍽 딱하다고 생각했다.

　"그렇게 걱정하지 말고 그냥 이곳에 머물러 있는 것이 어떻소? 물론 금강산 만큼이야 못하지만 그래도 울산땅에 있는 것보다는 훨씬 괜찮을 것이오."

하며 등을 어루만지는 것이었다. 이 말을 듣고 보니 그것도 그럴듯 하게 여겨졌다. 울산에 가봐야 자신을 반갑게 맞아줄 친구도 없는 바에야 설악산이 훨씬나을 것 같아 그대로 자기가 하룻밤을 자던 그 자리에서 머물러 있기로 하 였다.

　이 바위는 그 후에 울산바위로 이름 불러졌다.

　울산땅에서 온 바위라 하여 붙여진 이름이라는 설악산 당시 공론은 지금까지 전해지고있으며 바위 밑으로 항상 맑은 물이 흐르는데 그것은 그때 흘린 원통한 눈물이라 한다.

　울산 바위에 얽힌 또 하나의 전설이 있다.

　이조시대였다. 몇 천년 전에 있었던 이 사실을 전설로 들은 울산의 한 원님은 가만히 생각해 보니 분한 노릇이었다.

　설악산이 금강산 다음으로 유명한 것만 해도 배아픈 판인데 본시 울산에 있던 바위까지 빼앗겼으니 어찌 생각하면 억울한 일이기도 했다.

　그러나 아무리 생각해 보아도 묘안이 떠오르지 않았다.

　그 큰 바위를 다시 울산으로 떠 올 수도 없겠고 그렇다고 설악산을 찾아가 바위를 깨트릴 수도 없는 일이었다.

　여러 가지 생각으로 이 문제를 궁리하던 원님은 어느날 신통한 방법을 하나 생각해 냈다.

　그것은 설악산에 있는 스님들을 골탕먹이자는 생각이었다.

　당시 이조 사회는 숭유배불의 사상으로 불교를 배척하던 때였다. 이것을 이용하여 명목만 잘 세운다면 유생들이 판을 치는 이때 스님 몇 사람 골탕먹이는 것은 그다지 어려운 일이 아니었다.

　원님은 나졸들을 불러 모아 설악산을 찾아갈 준비를 서둘렀다.

　설악산에 있는 신흥사를 찾아 가려는 것이었다.

　어느날 해가 어스름히 지고 있을 무렵, 신흥사 앞마당엔 원님을 태우고 온 가마가 한 채 놓였다. 옆에서는 원님이 거드름을 피우며 신흥사의 주지를 불러대고 있었다.

　"여봐라. 울산고을 원님이 오셨다고 주지께 가서 여쭈어라."

　이 말을 전해들은 신흥사의 주지는 때아닌 손님에 놀라 우선 방으로 맞아 들였고 원님은 채 인사도 떨어지기 전에 불호령을 내렸다.

　"이 방자한 중놈들아. 이 산에 우리 고을 바위가 버젖이 계신데 그냥 모른체 하고만 있기냐?"

스님들은 놀라지 않을 수 없었다. 이건 아주 아닌 밤중에 홍두깨 격이었다.

더구나 원님의 말은 더욱 가관이었다.

"금년 부터는 바위세를 꼬박꼬박 올리도록 해라. 만일 울산바위 세를 내지 않으면 이 절에다 못질을 하고야 말리라."

울산에서 온 바위니까 그 세를 바치라는 것이었다. 더구나 그 액수는 엄청나서 신흥사의 가을 추수를 모조리 거둬가 할 정도였다.

울산바위 세를 내라는 원님의 요구는 전혀 근거없는 소리였으나 그렇다고 그 말을 거역한다면 유생들의 음모로 무슨 변을 당할지 모른다.

이렇게 하여 이때 부터 신흥사에서는 매년 울며 겨자먹기식의 바위세를 꼬박꼬박 바쳤다.

그러니 자연 절안의 살림은 말이 아니었다. 가을 추수 할 때마다 모조리 긁어 가고나면 남은 것은 빈 볏짚 뿐이었다.

이 때 이 절에 새로 주지가 부임해왔다. 아무리 생각해도 바위세를 문다는 것은 억울한 일이었다. 그렇다고 달리 좋은 묘안이 없었다. 이제 며칠만 있으면 또 바위세를 받으러 올 판이다.

주지는 침식을 전폐하고 바위세를 안 물기 위한 궁리에 몰두했다.

그러던 어느날 동자승 하나가

"스님 요즘 무슨 걱정을 그렇게 하십니까?"

하고 묻는다.

"너는 알 일이 아니다."

"소승이 알면 안 되나요. 무슨 일이신지 제게도 좋은 생각이 나올지 모르잖습니까?"

자꾸만 캐묻는 동자승에게 주지는 마지못해 자기의 걱정을 자세히 얘기해 주었다.

고민에 찬 주지승의 말을 다 들은 동자승은 그런 걱정가지고 뭘 그리 고심하느냐면서 울산고을에서 바위세를 받으러 오면 꼭 자기를 불러 주십사고 부탁했다.

며칠이 지나자 울산고을 원님 행차가 나타났다. 바위세를 받으러 온 것이었다.

주지스님은 동자승의 말이 생각나자 슬며시 동자승을 불러내었다. 그랬더니 동자승은 태연하게 원님 앞으로 나아가 말을 하였다.

"울산에서 왔다는 바위는 우리 산엔 소용이 없는 바위요. 더구나 그 바위 때문에 많은 면적의 밭을 갈 수 없으므로 피해가 대단하오. 그러니 세를 받아갈 사람은 당신들 쪽이 아니라 우리 절에서 받아야 마땅합니다. 세를 못내시겠다면 바위를 당장이라도 파가시오."

동자승의 말은 제법 조리에 맞았다. 기세가 당당하던 울산고을 원님은 이 말에 말문이 꽉 막혔다.

그러나 이제껏 받아가던 세를 그냥 포기하고 갈 수는 없었다.

"그러면 내 말대로 우리가 바위를 파갈터이니 그 바위를 파가게끔 시키는 대로 만들어 놓아라."

"무언인지 그대로 할테니 말만 하시오."

"그러면 좋다. 한 달 있다 올테니 그동안 새끼를 태워 그 재로 저 바위를 묶어 놓아라."

이것으로 동자승과 원님과의 첫 대결은 끝났다.

그러나 주지 스님은 아무리 생각해도 새끼를 태운 재로 둘레가 십리를 넘는 바위를 묶는다는 일은 거의 불가능한 일이었다. 성한 새끼라도 그 바위를 묶으려면 힘드는 일인 것이다.

하지만 동자승은 얼굴에 묘한 웃음을 띠우며 자신만만해 하였다.

다음 날 동자승은 동네 장정들의 손을 빌어 볏집으로 새끼를 꼬게 하였다.

한 스무날이 지나자 새끼는 산더미 처럼 꼬여서 쌓였다. 동자승은 그새끼를 소금물을 푼 독에다 집어넣고 절였다 꺼냈다.

그리고는 그 새끼를 가지고 동네 청년들과 울산바위로 올라가 칭칭 동여매었다. 원님은 분명히 탄 재로 꼬은 새끼로 둘러매라 하였으나 동자승은 무슨 계략인지 그냥 둘러매었다.

이렇게 하고 이삼일이 지난 뒤 동자승은 바위에 올라가 새끼에다 들기름을 끼얹었다.

기름칠이 다되자 그는 새끼에다 불을 붙였다.

기름을 칠해놓은 새끼는 금방 불길을 일으키며 탔으나 일단 소금에 절여졌던 새끼라 겉만 그을리고 속은 그대로 있어 보기에는 꼭 꺼멓게 그을은 재같아 보였다.

동자승의 기지는 참으로 놀라왔다.

감쪽 같이 원님의 말대로 묶어 놓은 바위를 이젠 울산원님이 그 줄을 잡아 끌어가기만 하면 되었다.

약속한 날짜가 되자 원님이 들이 닥쳤다.

"약속은 그대로 지켰으렸다?"

"예. 탄 재로 꼬은 새끼로 전부 동여 매어 놓았으니 어서 끌어가
십시오."

이 말을 들은 원님은 정말 놀라지 않을 수 없었다. 새파랗게
질려 말 한마디 못할줄 알았던 원님이었다.

한데 진짜로 태운 재로 바위를 묶어 놓았다니 일게 고을의 수령
인 자신의 체면은 나이 어린 애숭이 중에 의해 형편없이 무너질
판이다.

"에끼! 이놈들 거짓말을 해도 분수가 있지 원!"

"가 보면 아실 것입니다." 동자승의 태도는 의외로 태연했다.

화가 머리까지 치민 원님은 체면을 무릅쓰고 울산바위 까지
가 보았다.

그러나 이게 웬일이냐. 깜쪽 같이 불에 탄 새끼가 칭칭 동여
있는 게 아닌가!

"허! 중놈들이 꾀가 대단하군. 이젠 바위세 받기는 다 글렀군."

이 한마디를 남긴 원님은 그만 달아나 버리고 말았다.

이후 부터 신흥사는 지긋지긋한 바위세를 내지 않아도 되었
다.

전설에 얽힌 한 도막의 애기지만 이 속에는 웃어 넘기기엔 너무
아까운 해학이 풍부하다. 어쨌든 울산바위는 명산 설악에서 그
크기를 자랑하면서 이와같이 재미있는 전설을, 산 찾는 이들에게
말없이 전하고 있다.

암쿠렁이와 총각

● 비바람 치는 어두운 산속 외딴집에서
만난 미녀, 그녀와 하룻밤은 지난 임도령은
그녀에게서 커다란 선물을 받았다. ●

지금 부터 약 육백년 전 먼 옛날 얘기다.

따뜻한 봄날이었다.

한양에서 홀어머니를 모시고 가난하게 살고 있는 한 총각이
있었다.

가세가 날로 기울어 더이상 끼니마저 제대로 잇지 못하게 되자
총각은 하는 수 없이 식량을 구하러 광주에 있는 친척집으로 길을
떠났다.

때는 이른 봄철이라 가뜩이나 짧은 해는 남한산에 이르자 꼴깍
져버리고 말았다.

날씨는 아직도 쌀쌀하였고 아침부터 굶고 나온 임도령은 지칠
대로 지쳐 있었다.

산속의 어둠은 더욱 짙기만 하였다. 갑자기 하늘에 먹구름이
일더니 급기야는 억수 같은 비와 함께 광풍이 몰아쳤다.

임도령은 그만 당황 하였다. 빗줄기는 사정없이 얼굴을 때리고
칠흑 같은 어둠은 한 치 앞을 내다 볼 수 없었다. 추위와 배고픔으

로 온몸이 떨리고 먼길을 걸어온 다리는 후들 거렸다.

그는 더듬더듬 발 끝으로 길을 찾았다.

갈수록 길은 험해지기만 하였고 나뭇가지조차 아프게 임도령을 찔렀다. 한시 바삐 이 산속을 빠져 나가야 한다는 생각만으로 죽을 힘을 다하여 산길을 헤메으나 비오는 어둠 속에서 제 길을 찾기란 그리 쉬운 일이 아니었다. 정신없이 발을 내딛던 임도령은 한참만에야 자기가 길을 잘못 들었다는 사실을 깨달았다. 가면 갈수록 길은 더욱 험해지고 사방은 어둠 뿐이었다.

겁이 덜컥 난 임도령은 이젠 배고픔도 추위도 다 잊어버렸다. 다만 이 모진 비바람 속에서 굶주린 산짐승이라도 만나면 어쩌나 하는 걱정에 온몸은 공포로 사시나무 떨리 듯 하였다.

다시 오던 길로 되돌아 가는 수 밖에 없다고 생각한 임도령은 갑자기 불빛을 본 듯한 환각에 사로잡혔다. 그는 두 손으로 눈을 비비며 금방 발견한 것 같았던 불빛을 다시 찾았다. 틀림없이 비바람 속에서 반짝이는 불빛이 있었다. 그것은 정녕 환각만은 아니었다.

임도령은 뛸 듯이 기뻐하며 그 불빛을 찾아 있는 힘을 다하여 달렸다.보일 듯 말 듯 깜박이는 그 불빛이야 말로 지금의 임도령 에겐 유일하게 살 수 있는 단 하나의 희망이었다. 거의 기다시피 찾아온 그 집은 이상하리 만큼 깊은 산중엔 어울리지 않는 단 한채의 인가였다.

찾아온 그 기쁨은 말할 수 없었으나 마음 한 구석에선 괴이한 생각이 들어 마음이 편치 못했다. 그집 방안에서 흘러 나오는 밝고 푸른 불빛은 어딘지 이 산속과는 어울리지 않는 것 같았다.

'혹시 산도적의 집이나 아닐까?'

임도령은 무서운 생각이 들었다. 가만히 그 집안의 동정을 살폈다. 무서우리 만큼 조용했고 어딘가 음산한 공기가 감도는 듯하였다. 그러나 임도령은 용기를 내었다. 어서 따뜻한 방으로 들어가고 싶은 마음에 꿀꺽 침을 삼키고 떨리는 소리로 주인을 불렀다.

"여보시오. 주인어른 안계십니까?"

"……."

갑자기 임도령의 등에는 이 무서운 침묵으로 인해 소름이 오싹했다. 그러나 다시,

"여보시오."

그러자 여자의 치마 끄는 소리가 나고 대문이 열렸다.

"이 오밤중에 뉘신지?"

"아, 아니 당신은?"

임도령은 소스라치게 놀랐다. 방문이 열리는 소리도 없이 홀연이 나타난 사람은 묘령의 아리따운 처녀가 아닌가. 산속에서 처녀 혼자 살고 있다는 것도 괴이한 일인데 그녀의 용모는 어찌나 수려한지 더욱 괴이하다는 생각이 들었다.

여자의 말하는 목소리 또한 얼마나 고왔던지 임도령은 그만 넋을 잃고 서서 그 황홀한 모습에 정신을 잃고 있었다.

"뉘신지 모르오나 어서 안으로 드시와요."

"예? 예, 나, 나는 한양성 사는 임도령이라 하는데 그만 길을 잃어……."

"호호…… 그러셨나요? 나는 용녀라고 하온데 어서 안으로

좀 들어오세요."

하며 임도령을 곧장 방안으로 인도하였다. 임도령은 다시 한번
용녀의 아름다움에 감탄하며 그녀를 따라 방안으로 들어갔다.

방안에 들어선 임도령은 또 한번 깜짝 놀랐다. 으리으리한 가구
들엔 자개가 번쩍이고, 아름다운 꽃 병풍이 방안에 길게 둘러쳐져
있었다. 오묘한 운치 속에 임도령은 그저 황홀할 뿐이었다.

"그만 두리번 거리시고 이리 좀 앉사와요."

용녀는 거리낌 없이 임도령을 아랫목으로 앉을 것을 권했으나
임도령은 비에 젖은 초라한 자기의 행색으로 이 호화찬란한 방안
에 있다는 사실 하나만으로도 송구스러워 했다.

"어마나. 비를 맞이 많으셨군요. 우선 이 수건으로 물을 닦으세
요."

임도령은 용녀가 건네주는 수건을 받아서 얼굴과 목의 물기를
닦은 후 웃목으로 가서 불안스레 쪼그리고 앉았다. 방안의 오묘한
향기 속에 정신이 몽롱해짐을 느끼며 임도령은 다시 한번 흘끔
용녀를 훔쳐 보았다.

빨아 삼킬 듯 도톰하고 붉은 입술, 영롱히 빛나는 까만 눈빛,
붉으레한 볼에 번지는 미소, 간장을 태우는 듯한 그 목소리. 임도
령은 자기가 지금 꿈을 꾸고 있다는 생각이 들 정도였다.

"우선 마음을 놓으세요. 이것은 꿈이 아니랍니다. 정신을 차리
세요."

용녀의 구르는 듯한 목소리를 다시 듣자 임도령은 그제야 제정
신으로 돌아왔다.

"본시 소녀는 지금껏 당신을 기다리던 몸, 모두가 오늘 밤을

위하여 마련된 것입니다."

"아아니 나를 기다렸다구요?"

너무나 뜻밖의 소리를 듣자 다시 혼이 빠진 듯 임도령은 용녀의 얼굴을 빤히 쳐다만 보았다.

"호호호. 겁내지 마세요. 마음을 푹 놓으시래두요. 당신과 나는 옥황 상제님께서 점지하신 인연이 있어 이렇게 만나게 되었습니다. 난 귀신도 아니고 또 당신께서 꿈을 꾸고 있는 것도 아니니 안심하세요."

"아니니 옥황상제께서 점지하신 인연이라니?"

"산속에서 당신이 길을 잃고 비바람을 만나 고생한 것도 모두가 옥황 상제님의 뜻이니 더 묻지는 마세요. 지금 당신은 시장하실 테니까 차려 놓았던 주안상을 가져 오겠으니 기다리세요."

용녀는 금방 자리를 떴고 혼자 남은 임도령은 정말 괴이한 일이라고 생각하며 다시 방안을 둘러 보았다. 이 깊은 산중에 이런 호화로운 집 그리고 지금 부엌으로 나간 용녀라는 처녀와 같이 하룻밤을 지낸다고 생각하니 저절로 입이 해벌어지고 침이 삼켜졌다. 그러나 마음 한구석엔 약간의 의아심과 더불어 무서운 생각도 드는 것이었다. 정말 산도적의 딸이나 아닐까. 혹은 귀신 이나 아닐까. 백년 묵은 여우가 사람을 홀리려는 수작이나 아닐까 은근히 걱정도 되었다.

이런 저런 생각을 하며 앉았는데 또 문소리도 없이 용녀가 들어 왔다.

상이 휘도록 산해 진미의 주안상을 차려온 용녀는 그 고운 손으로 임도령에게 잔을 쥐여 주곤 술을 따랐다. 다소곳한 태도가

참 좋다고 생각하며 임도령은 용녀가 따라주는 대로 몇잔이고
받아 마셨다. 임도령은 술이 거나하게 취해 올랐다. 밤이 깊어
삼경이 넘는 시간이 되었으나 그동안에도 용녀는 자기의 신분을
말하지 않았다. 끝끝내 모르는 용녀의 신분이지만 임도령은 시간
이 갈수록 용녀에게 연정을 느꼈다. 이젠 임도령도 두려움을 잊은
지 오랬었다. 술만 따르던 용녀가 슬며시 임도령의 손을 잡고
속삭이는 것이었다.

"서방님 이젠 그만 상을 물리시고 기다리고 있는 저를 안아
저기 비단 이불에 눕혀주세요."

"아니, 비단 이불이라니?"

임도령은 다시 놀랬다. 조금 전까지도 없던 비단 이불이 아랫목
에 곱게 펴져 있는 것이 아닌가? 더구나 오색으로 수놓은 원앙침
도 놓여 있었다.

용녀는 몸이 달아 오르는 듯 얼굴을 상기시켜 가며 임도령의
품을 파고 들었다.

"어서요. 서방님 저를 안아다 비단 비불 속에 눕혀 주셔요. 어
서."

"용녀! 용녀!"

임도령은 가슴 속에 활활 타는 불길을 어쩔 수 없어 용녀를
힘껏 끌어 안았다.

"하지만 서방님, 저의 부탁 한가지는 잊지 마셔야 해요. 오늘밤
이 지나 내일이 되면 다시는 용녀의 생각일랑 잊어 버리셔야
돼요."

"아니, 용녀를 잊어버려야 한다니? 아아, 내어이 용녀를 잊을

수가 있단 말이오? 용녀! 용녀!"

"아아 서방님!"

임도령은 용녀를 번쩍 안고 비단 이불 속으로 들어갔다.

용녀와의 꿈같은 하루밤을 지낸 다음날 아침 임도령은 그대로 길을 떠나야만 했다. 그러나 용녀를 혼자 두고 가는 마음이란 아쉽기만 했다. 한참을 가던 임도령은 모든 것을 뿌리치고 돌아가 용녀와 같이 살려고 가던 길을 돌아섰다.

바로 이때였다. 온산이 쩌렁쩌렁 울리는 큰 소리가 나며 커다란 목소리가 임도령을 향해 말하였다.

"임도령 듣거라! 나는 이 산의 산신령이다 너의 지금 마음을 돌이키고 어서 네 갈길이나 가거라. 용녀는 오 백년 묵은 암쿠렁이 이니라!"

"예. 용녀가 암구렁이라구요? 원 그럴리가 있습니까요. 산신령님."

이렇게 엎드려 반문을 하던 임도령이었으나 고개를 들어 좌우를 살펴본 즉 산신령의 자취는 보이지가 않았다. 필경 임도령은 자기가 헛소리를 들었나보다 생각하며 필사적으로 달려 용녀의 집을 찾아갔다.

그런데 참으로 이상한 일이었다. 용녀의 집 자리에 그 아담한 모습은 온데 간데 없고 다만 한 그루의 고목 나무 만이 기우뚱 서 있었다.

그리고 그 옆엔 머리를 풀어 해친 한 여자가 서 있었는데 그 얼굴은 자기와 어제 밤을 함께 한 용녀였다. 용녀는 하늘만을 뚫어지게 쳐다보고 서 있었다.

"용녀! 용녀!"

"아니 어째서 돌아 오셨죠? 가다가 암쿠렁이란 말을 들은 모양이군요."

용녀의 태도는 더없이 쌀쌀했고 금방이라도 달려들어 잡아먹을 듯이 화를 내고 있었다. 잠시 후엔 목소리가 다시 낮아지며 천천히 말을 이었다.

"이제와서 감춰봐야 무슨 소용있겠소. 나는 오백년 묵은 암쿠렁이요. 세상의 남자인 당신의 힘으로 나는 이제 승천하는 길이니 다 당신의 덕이요. 아무쪼록 편안히 계시요."

말을 마친 용녀는 무엇에 빨리듯 하늘로 빨려 올라갔다. 점점 조그맣게 보이는 용녀를 임도령은 미친듯이 불러댔다. 그러나 용녀는 점점 하늘 높이 사라져 가는 것이었다.

"용녀! 용녀!"

"서방니임, 잠시 후에 내가 올라갔던 자리에서 비늘 세개가 떨어질 것입니다. 그 비늘이 떨어진 자리를 서방님의 묘자리로 쓰십시오. 그러면 서방님의 자손중에 유명한 장수가 꼭 나올 것입니다. 서방니임……."

사라지는 용녀의 마지막 목소리가 울리자 용녀는 그 자태를 영원히 감춰버리고 말았다. 그러자 하늘에서 비늘 세 개가 내려왔고 그 비늘은 땅에 떨어져서 매화나무 세 그루로 변했다.

그 후, 임도령은 나머지 여생을 살고는 그 매화나무 자리에 묻히었는데 용녀의 마지막 말은 그대로 들어 맞아 임도령의 자손엔 유명한 장수가 한 사람 나왔으니 그가 바로 유명한 임경업 장군이다.

　그리고 이 떨어진 비늘이 변한 매화나무 터의 묘 안에는 아직도 임도령이 묻혀있는데 남한산성 안에서 개롱리를 바라보며 서문인 우익문을 나서 산등성이에 오르면 이 낙매화터의 묘에 이른다.

죽령의 산적과 산신령할머니

● 산적 때문에 골치를 앓고 있는 고을
원님을 도와 그 산적을 일망타진케 한
산신령할머니의 이야기 ●

지금으로 부터 약 2백년 전 지금의 소백 산맥의 중턱 경북 영풍
군과 충북 단양군 사이에 높은고개인 죽령엔 산적의 소굴이 있어
지나가 는 행인의 목숨과 재물을 약탈하기 일쑤였다. 그래서 누구
나 죽령을 넘기위해선 열명 이상의 무리가 모여 넘지 않으면 안되
었다.

깊은 산골이기 때문에 관가의 손이 미치기 힘 들었고 또 미친다
한들 수십 년 동안 단련된 이 산적떼들을 당해내기란 쉬운 일이
아니었다 죽령의 이러한 사정으로 이 고을 원님은 하루도 마음
편할 날이 없었다.

하루에도 몇 번씩 백성들은 자기의 억울한 사연을 호소하는
것이었다.

"사또, 이런 억울한 일이 또 있습니까. 소인은 안동에 살며 포목
상을 하는 사람이온데 죽령을 넘어오다 포목 열 필을 모조리
빼앗기고 말았습니다."

또는,

"사또 제 말좀 들어 보시오. 저는 한양사는 선비로서 죽령을 넘
어 오다 아내를 도둑에게 빼앗기고 소생은 전낭을 모두 빼앗겼
습니다. 뿐만 아니라 타고 오던 조랑말까지도 빼앗으니 어쩌면
좋습니까?"

죽령에서 생명을 빼앗기고 재물을 빼앗기며 부녀자는 능욕당하
는 등 억울한 사정을 호소하기 위해 찾아오는 사람은 끓임이 없었
다.

그만큼 원님의 골치는 아팠고, 산적들의 행패는 날이 갈수록
심해지기만 하였다.

이렇게 되고 보니 행인들은 혼자선 도저히 고개를 넘을 수 없게
되어 한양으로 올라가는 사람은 남쪽 고개에서, 영남 땅으로 내려
갈 사람들은북쪽 고개에서 각각 며칠씩 주막에 모였다가 사람이
모이면 떼를 지어 떠나곤 하였다. 그러나 아무리 여러 사람이
모여서 가지만 그렇다고 안전하게 고개를 넘으리라는 보장은
없었다. 그만큼 산적들의 수는 많았고 행인들만으로 도저히 당해
낼 수가 없었다. 관가에서도 여러번 나졸들을 풀어 보았으나 소용
없는 일이었다.

귀신처럼 나타났다 사라지는 그들을 상대로 적은 수효의 나졸
들을 풀어 봤자 헛일이었다.

이렇게 매일 밤 산적들이 소란을 피웠기 때문에 소백산의 산신
령은 도무지 시끄러워 참을 수가 없었다.

그래서 도둑들을 괘씸하게 여긴 산신령은 이놈들을 모조리
잡아 관가에 집어 넣고 영산 소백산의 위엄을 보여야겠다고 결심
하였다.

이렇게 해서 산신령은 오랫동안의 휴식을 털고 일어나 허수룩한 노파로 변장하고 천천히 소백산에서 내려와 단양의 원님을 찾았다.

이날도 원님의 얼굴은 펴질줄 모른채 수심에 잠겨 있었다. 이때 안으로 한 노파가 들어왔다. 원님은 틀림없이 죽령을 넘어오다 도적떼를 만나해를 입고 하소연 하러 온 노파라고 생각하며 기다리고 앉았다.

그러나 뜻밖에도 이 노파는 다른 사람과는 달리 한 마디의 호소도 없이 대뜸 원님의 귀에 대고 무어라고 한참 동안 속삭이었다. 수심에 찬 원님의 얼굴에는 노파의 말을 듣자 환한 웃음이 떠올랐다.

원님을 떠난 신령 할머니는 그후 곧 외줄기 죽령 고개에 나타났다.

"다자구야, 들자구야, 다자구야, 들자구야."

이렇게 외치는 노파의 이상한 소리는 깊은 산속을 길게 메아리 쳤다.

"디자구야, 들자구야, 다자구야, 들자구야."

산속 깊숙한 곳에 사는 도적들의 귀에도 이 이상한 소리는 울려가고 있었다. 야릇한 이 소리에 도적들은 우루루 몰려 내려와 노파를 단숨에 잡아갔다.

그들은 이 이상한 할멈을 그들의 두목 앞에 끓여 앉혔다.

두목은 다짜고짜로,

"이 요망한 늙은이야. 여기가 어딘 줄 알고 소리를 질러 조용한 산을 시끄럽히느냐? 다자구는 뭐고 들자구는 또 뭐냔 말이다."

42

이런 호통에 노파는,

"네 네 다자구는 저의 큰아들 이름이고 들자구는 저의 작은아들 이름입니다."

"그런데 무엇하러 이 깊은 산중에서 두 아들 녀석의 이름을 찾고 야단이냔 말이다."

"약 오년 전에 집을 나간 두 아들이 산속에 있다는 소문을 듣고 이렇게 찾아 나선 것입니다."

노파의 말을 듣자 두목은,

"그렇지만 네가 찾는 다자구얀지 들자구는 이곳에 없으니 다른 데서 죽기라도 했나보다. 넌 늙어서 내 마누라노릇도 못할테니 여기서 밥 이나 짓고 빨래나 하면서 살아라."

이렇게 해서 노파는 도적들의 무리와 같이 생활하게 되었다.

한편 노파가 떠난 며칠 뒤 원님은 날랜 군사들을 모두 풀어 죽령 고갯마루에 있는 큰 바위 뒤에 숨겨 두었다.

이렇게 바위 뒤에서 군사들이 대기하고 있던 어느날 산적들은 그들의 두목 생일을 맞이했다. 두목과 졸개들은 이 기쁜 날을 맞이 하여 잔치 준비로 흥청거렸다.

약탈한 비단으로 옷을 만들어 입고 이 마을 저 마을에서 뺏아온 황소를 몇 십마리씩 잡았다.

술도 몇독인지 모르게 담그고 생일날이 오기만을 기다렸다. 도적의 세계 또한 계급과 세도가 보통 아니었다.

두목의 생일을 맞이하여 흥청망청 먹고 놀자는 뱃심들이 대단했다.

도둑들은 저마다 술을 말로 퍼먹고 고기를 구워 먹어가며 지화자를 연발하는 것이었다. 한창 신 바람들이 난 것이다.

이때 노파는 술을 떠서 도적들이 원하는 대로 안겼다. 그리고 취해 흥청거리는 틈을 타 슬며시 소굴 왼쪽에 있는 큰 바위 위에 올라가 죽령 쪽을 향하여 크게 외쳤다.

"들자구야, 들자구야."

도둑들은 아직은 정신이 있어서 노파의 소리에 밖으로들 나왔다.

"아니 이년아. 술이나 날라오지 무엇이 못마땅해서 소리를 지르느냐?"

고 따져 물었다.

"맛난 음식에 좋은 술을 보니 죽은 아들이 생각나서 이렇게 이름이라도 불러보는 겁니다."

이 말을 들은 두목은,

"이년 그럼 왜 들자구만 부르냐 큰아들 생각은 안나느냐?"

"큰아들 이름도 불러야지요. 조금 있다가."

노파의 이 대답에 두목은,

"좀 있다 다자구를 부른다고? 아무래도 저년이 흉칙한 생각을 가지고 있나보다. 내 오늘 이 주흥이 파하면 여흥으로 네년의 목을 베리라."

이렇게 말하는 것이었다.

그러나 술을 너무 많이 들이킨 두목은 그대로 나가 떨어져 말았다 지화자를 부르며 엉덩이를 들썩거리던 도둑들도 하나씩 둘씩 잠에 떨어지고 말았다.

이것을 본 노파는 다시 바위에 올라가 자기의 큰아들 이름을 부르는 것이었다.

"다자구야, 다자구야."

할멈의 음성은 길게 울려 퍼져 고개 아래서 대기하던 군사들의
귀에 들려왔다.

이 때다. 다자구야가 신호가 되어 바위 뒤에 숨어 있던 원님의
군사들은 일제히 도적의 소굴로 몰아쳤다.

곤드레가 되어 자던 도적들은 미쳐 칼 한 번 휘두를 사이가
없이 모조리 군사들에게 포박 지어졌다.

이렇게 죽령의 도적들이 타진되었으므로 그 후에는 사람들도
마음놓고 그고개를 넘나들게 되었다.

산적들이 일망타진 되던 날 신령 할머니는 다시 조용한 소백
산백을 베개 삼아 옛날 같이 깊은 잠을 잤다고 한다.

이 때문에 그 뒤로 죽령 도둑바위 앞엔 돌로된 제단을 쌓아
해마다 단양고을 원님들은 그때의 산신령 할머니에게 제사를
지냈다.

지금도 이 지방의 사람들은 명절 때마다 이 제단 앞에 와서
제사를 드리고 소원을 빈다고 한다.

지금껏 민요로 남아있는 이 다자구야 들자구야란 그 때 원님의
귀에 대고 말한 신호였다 한다.

다자구야는 모두들 잠이 들었다는 뜻이고, 들자구야는 아직
도적들이 완전히 잠이 들지 않았다고 해서 정한 말이었다.

가을이면 그곳 소백산의 나무들은 빨간 단풍으로 물들어 산신
령 할머니의 지혜로움을 다시 생각케 해준다.

아랑(阿娘)과 흰나비

● 치한의 손에 죽은 아랑의 혼은 기여코
복수를 했다. 그리고 그녀의 절개는 만고에
빛나게 되었다. ●

달 없는 밤

고목나무 밑은 한층 더 어두웠다. 한 사나이의 그림자는 조심스
럽게 고목나무를 향해 움직였다. 주위를 살핀 사나이는 낮은 헛기
침을 두어번 했다. 그러자 고목나무 그늘 속에서 무엇이 움직였
다.

"누구야."

사나이는 급히 소리나는 여자의 목소리 쪽으로 몸을 움직였
다.

"쉬 조용히 말해라."

"왜, 누가 듣기에?"

겁에 질린 듯한 여자의 목소리가 한층 낮아졌다.

"밤말은 쥐가 듣고 낮말은 새가 듣는다 하지 않소 유모."

"나에게 부탁한다는 것이 남이 알아선 안 될 비밀 소리로구면."

여자의 목소리는 약간 새침해졌다.

"유모, 내 이야기 좀 들어봐요. 내 평생의 소원인데 꼭 좀 들어

주오. 내게 아랑낭자를 한번만 만나게 해주오. 그렇게 해준다면 유모에게 섭섭하게 하지 않을테니."

"원, 별소리를 다하네. 아랑낭자를 못봐서 날보구 만나게 해 달라는 거요?"

"유모도 참, 잠못 이루는 내 심정을 좀 알아 달란 말이요. 죽은 사람의 소원도 풀어 준다는데. 유모, 이것 받아 두오."

"이건 또 뭣꼬. 아까도 돈을 주더니."

유모의 새침하던 목소리는 흔적 없이 사라지고 목소리는 들뜨기까지 했다.

"거 목소리가 너무 크대두. 유모 내평생의 소원이니 제발 아랑 낭자를 한번 보게 해주소."

"어떻게 해달락하노."

"유모, 귀좀 빌립시다. 오는 사월 보름날 밤에 강가로 달구경 가자고 낭자를 데리고 나오시오. 그리고……."

유모는 간사한 웃음을 흘리며 고개를 끄덕였다.

"알았소? 유모."

"알다 마다. 그러나 그 뒤에 이 일이 탄로나면 나는 온전치 못할 것 아이가."

"앗따, 걱정 말고 내가 한 말대로나 하시오. 내 다 알아 할테니, 유모는 낭자와 달구경 나온 죄 밖에 무슨 죄가 있겠소?"

"그래도 대명천지에 죄짓고 어찌 사노? 내사……."

"유모 제발 그런 생각은 마소."

유모는 돈꾸러미를 치마 폭으로 감추고 어둠 속으로 사라졌다. 사나이는 빙그레 회심의 미소를 지었다.

가벼운 바람에 나뭇가지가 흔들렸다. 밀양 부사의 넓은 관아는 어둠속에서 깊은 잠에 취해 있었다.

낮은 성벽을 따라 사나이는 강가를 거닐었다. 발아래 비치는 남천강의 물 빛은 때마침 밝은 보름달로 현란히 빛났다. 이따금 철이른 은어가 뛰어오르는 소리를 들으며 갈대 밭을 헤치고 오솔길을 오르기 시작했다. 한 두 사람의 낚시꾼도 아직 때이른 철이라 눈에 띠지 않는다. 사람의 그림자를 찾아 볼 수 없는 밤이었다. 사실 이 지방의 명물인 은어가 제철을 맞기엔 아직 이른 시기였다.

갑자기 사나이의 발 밑 풀벌레의 울음 소리가 그쳤다. 잠시 발을 멈추고 귀기우려 봤으나 사람의 인기척은 여전히 나지 않으므로 다시 오솔길을 따라 오르기 시작했다.

누각 밑에 도달한 사나이는 바짝 정신을 가다듬고 귀를 기우렸다. 도란도란 여자들의 목소리가 들렸다. 얼른 소리나는 쪽을 따라가 보았다. 아랑낭자와 유모의 그림자가 길게 누워 있었다.

사나이는 가슴이 뛰기 시작했다.

좀 더 가까이 다가 간 사나이의 시선은 온통 아랑낭자에게 부어졌다. 가슴의 고동소리가 여자에게 들릴 만큼이나 크게 뛰었다. 두려움과 욕망이 사나이의 체내에서 소용돌이 쳤다. 초조해 지기 시작했다.

사나이는 작은 돌을 주위서 난간을 향해 던졌다. 잠시후 유모는 자리를 피했고 이젠 아랑낭자 만이 난간에 기대어 있었다. 사나이는 성난 맹수와 같이 아랑에게 뛰어 들었다.

48

놀란 낭자는 비명을 지르며 사내의 몸에서 빠져 나오려고 애썼다.

"유모! 유모!"

사나이는 여자의 입을 틀어 막고 가쁜 숨을 몰아 쉬며 말했다.

"낭자 아무리 소리쳐도 소용없소. 나는 오래 전부터 낭자를 사모해 왔소 낭자!"

"누 누구요. 이몸을 놓으시오."

"낭자 이몸의 평생 소원을 들어주시오."

"큰일날 소리요!"

있는 힘을 다해 사내의 품을 빠져 나오려 했으나 억센 사나이의 힘과 아녀자의 힘은 비교될 수 없었다.

사나이는 발버둥 치는 낭자를 안고 갈대 숲을 향하여 뛰어 내렸다. 여자를 갈대 밭에다 뉘여 놓은 사내는 들짐승 처럼 광분했다. 그런 사내에 저항하여 낭자는 죽을 힘을 다해 싸웠다. 옷은 갈기갈기 찢기우고 사나이의 숨소리는 더욱 거칠어 졌다.

"낭자, 제발 이몸의 소원을 들어주오. 낭자 없이는 이놈의 목숨은 죽은거나 다름이 없오. 차라리 낭자를 죽이고 나도 따라 죽으려오?"

"아니되오. 죽어도 아니되오."

사나이는 비수를 뽑아들며 으르렁 거렸다.

"낭자, 아래도 내 뜻을 모르겠는가. 죽기전에 고분고분 구는게 좋다."

새파랗게 질린 낭자의 온몸엔 힘이 쭉 빠졌다. 낭자는 정욕에 눈 어두운 사내를 당해벌 도리가 없었다. 차라리 낭자는 눈을 감았다. 낭자는 어깨너머로 괴로운 숨을 몰아 쉬었다.

"낭자, 낭자. 이몸의 소원을 들어 주시는거죠."

사나이는 떨리는 손으로 낭자의 치마에 손을 대었다. 순간 번쩍 제정신이 돌아온 낭자는 필사적인 걸음으로 달아나기 시작했다.

"사 사람살려?"

외치며 뛰는 낭자를 쫓아오던 사나이가 덮쳤다. 사나이는 넘어진 낭자의 가슴에 비수를 내리 찔렀다.

열 아홉의 어여쁜 나이의 아랑낭자는 끼고 흐르는 남천강 기슭 갈대사이에서 비참히 죽었다.

드높은 관아에 잡인을 금하고 곱게 자란 아랑낭자는 어려서 어머니가 돌아가신뒤 홀아버지 밑에서 유모의 젖을 먹고 자란 외동딸이었다. 자랄수록 미모는 뛰어나고 행실이 조신하여 그 인근에서는 아랑을 따를만한 처녀가 없었다. 이러한 아랑낭자의 죽음을 아는 이는 유모와 갈대 뿐 아무도 없었다.

사랑하는 딸을 잃은 부사는 식음을 전폐하고 사방팔방으로 사람을 놓아 딸의 행방을 찾았으나 모두가 허사였다.

여름이 가고 가을이 되었다. 부사는 딸 잃은 슬픔을 안은채 밀양읍을 떠나게 되었다. 비명에 죽은 딸을 생각하며 영남루를 떠나는 부사에게 남천강은 무심히 말이 없었다.

세월은 아랑곳 없이 흘렀다.

밀양 사또의 딸이던 아랑의 실종도 사람들의 입에서 뜸해 졌으나 밀양읍 부사로 신임해 오는 사람마다 이 관아에서는 귀신이라도 붙었는지 부임첫날 밤이면 죽고 마는 것이었다.

　몇 차례의 이러한 사건을 당하자 밀양읍에서는 이상한 소문이 떠돌았다. 죽은 아랑의 귀신이 새로 부임하는 사또의 혼백을 잡아 간다는 것이었다. 그래서 밀양 사또로 오려는 사람이 없었다.

　밀양 관아는 주인을 잃은 채 점점 퇴락해 갔다. 아전들과 관노들까지도 밤에는 관아에 머물러 있기를 꺼려했다. 한낮이라도 비가 부슬부슬 내리는 날이나 흐린 날엔 어떤 괴기가 감도는 것 같았다. 그 옛날 위풍이 당당하고 화려하던 동헌은 쓸쓸하기 짝이 없었다.

　이럴 즈음 한 담이 큰 사또가 밀양으로 자청해서 부임해 왔다.

　사람들은 내일이면 또 한사람이 시체가 되어 나올 것이라고 이야기했다. 그리고 이야기 끝에는 항상 아랑낭자의 얘기가 뒤따르게 마련이었다.

　새로 부임한 부사는 밤이 되자 촛불을 환히 켜놓고 단정히 앉아서 무슨 일이 일어날건인가 두려움을 누르며 기다렸다.

　자정이 지난 깊은 밤이었다.

　뜨락에 가득 쏟아져 내린 달빛이 환히 켜놓은 촛불과 함께 음산했다.부사는 약간의 무료한 마음과 두려움을 잊기 위하여 조그만 소리로 시조를 읊으며 가만히 몸을 좌우로 흔들었다.

　이때 홀연 한줄기 회오리 바람이 이는 듯 하더니 방안의 촛불을 꺼버리는 것이 아닌가. 놀란 부사는 눈을 크게 뜨고 바라 보았다. 장지문이 스르르 열리고 흰 옷자락이 들어왔다. 머리는 산발하고 갈갈이 찢긴 옷에 붉은 피가 흐르고 있었다. 여인은 조용히 문앞에 서 있었다.

　부사는 두어번 큰기침을 했다.

"그대는 어인 여인이고?"

"소녀는 전관 부사의 딸 아랑이라 하옵니다. 하소연 할 일이 있어 신임부사를 찾아오면 제 애기가 시작되기도 전에 보시는 분마다 정신을 잃고 돌아가시기만 하였사옵니다."

"그래. 너의 하소연이란 무엇이냐?"

"나으리 소녀는 영남루 아래 갈대밭에서 소녀를 겁탈하려는 한 관노의 청을 거절하다가 그만 억울하게 죽음을 당했사옵니다. 제발 소녀의 이 원한을 풀어 주십시오."

"그대를 해하려다 죽인 관노란 어떤 놈인고? 내 그대의 원한을 풀어 주리라."

"나으리. 감축하옵니다. 내일 아침 모든 관노들을 모아 놓으시면 소녀는 흰 나비가 되어 그 놈의 갓 위에 앉겠습니다."

"아랑낭자, 내 그대의 뜻을 이루어 주리니 그만 물러 가거라."

부사의 말이 끝나기 무섭게 아랑의 그림자는 자취 없이 사라졌다.

"괴이한 일이로고──"

부사는 입속으로 되뇌였다.

날이 밝았다.

부사는 관아의 앞뜰에 아전과 관노을 모두 불러 모았다. 아전과 관노들은 오늘 아침도 신임 부사의 시체를 치워야 할 것이라고 생각하며 늑장을 부리다가 부사의 추상 같은 호령에 깜짝 놀랐다. 신임부사를 귀신의 소리 라고 도망하는 관노들도 있었다.

어리둥절 하던 아전과 관노들은 두 번째의 호령이 떨어지자

제 정신으로 돌아온 후 동헌 마루에 높다랗게 앉은 부사에게 읍하고 섰다. 부사는 아랑을 죽인 범인을 찾느라고 주위를 둘러 보았다. 이때 한 마리의 흰나비가 하늘거리며 날라와 멀쩡한 허우대의 관노의 갓 위에 앉았다.

"네 이놈——."

부사의 호령은 용마루를 쩌렁쩌렁 울렸다.

"네 놈이 바로 전관 부사의 딸 아랑의 몸을 노리다가 죽인 놈이렸다. 어서 엎드려 속죄치 못할까?"

허우대가 멀쩡한 관노 녀석은 새파랗게 질려 땅에 엎드렸다. 온몸을 떨며 이미 사경에 든 이 관노의 갓 위에서 한 마리의 흰나비가 하늘하늘 영남루 쪽으로 날아갔다.

부사는 아랑의 시체를 찾아서 후히 장사를 지내주고 영남루 밑에 낭자의 절개를 칭송하여 그 혼백을 위로하는 사당까지 지었다. 이 사당의 이름이 바로 아랑각이다.

아랑각이 세워진 때가 바로 명종 때였다. 백년의 세월이 흐르는 동안 오늘까지 영남의 처녀들은 사월 보름이면 이곳 아랑각을 찾아와 처녀들의 기쁨과 슬픈 사연을 호소하며 그들의 소원이 이루어지기를 빈다.

목 없는 시체

● 만사는 사필귀정이다. 암행어사 박문수의
날카롭고 정확한 판단은 돈과 권력에 희생된
자를 모조리 구해냈다. ●

　암행어사 박문수는 마패를 꽁무니에 차고 폐의파립에 죽장망혜
로 영남지방을 두루 돌아다니던 끝에 풍기땅으로 들어서게 되었
다.

　날은 기울어 가는데 갑자기 소나기를 만난 박문수는 어느 조그
마한 초가집으로 들어가 하룻밤 비를 피해 쉬다 가기로 마음 먹었
다.

　저녁밥 한술을 얻어 먹고 피로한 끝에 초저녁 부터 자다가 한
밤중에 일어나 소변을 보러 밖으로 나갔다. 돌아서려니까 옆방에서
소근거리는 소리가 들리므로 무슨 소린가하고 엿들어 보았다.

　"그래 얼마나 받아왔소?"

여자의 갸날픈 목소리였다.

　"쉰냥이야! 이것만 가지면 뒷벌 논 열마지기는 문제없어. 이제
우린 양식 걱정 안하고 살게 되었네."

　"아이 좋아라. 정말 그 많은 돈을 구두쇠 문장자가 줬어요?
그까짓 모가지 하나 묻어 줬는데요?"

54

"쉿! 떠들지마. 그까짓게 무어야? 캄캄한 밤중에 모가지 없는 송장을 업고 고개를 넘는데 아주 진땀 뺐다고!"

그 뒷말들은 너무 낮아서 도무지 알아들을 수가 없었다. 잠시 뜸하더니 낄낄낄 하고 소리죽여 웃는 계집의 웃음 소리가 들리더니 이내 거치른 숨소리가 방안에 가득했다.

자기 방으로 돌아온 박문수도 피곤한 나머지 이내 잠들어 버렸다.

그리고 이튿날 아침 그 집을 떠날 때 동네사람들을 통해서 그 집주인의 이름이 노억돌이라는 것을 알았다.

그로 부터 약 이십일 동안 다른 곳을 돌아다니다가 풍기땅에 다시 돌아와 옥수들의 죄를 심리하던 박어사는 우연히 아내를 죽이고 잡혀와서 사형선고를 받은 젊은 죄수 박춘삼이라는 사람이 있는 것을 보았다.

군수에게 물어 안 사실인즉 박춘삼은 인근 장판을 돌아다니며 장사하는 행상으로 여러날 후 집에 돌아와서 한 외간 남자와 그의 젊은 아낙이 간통했다는 사실을 알고는 격분한 끝에 그의 아내의 모가지를 잘라 죽인 살인범이었다.

애기를 들은 박어사는 즉시 박춘삼을 불러 재심문을 하였다.

"네가 네 아낙의 목을 잘라 죽인 게 사실인가?"

"예. 이 죄인 그저 속히 죽여 주십시오."

그러면 너는 네 아낙을 사랑하지 않았더냐?"

"아닙니다. 소인은 제 아낙을 보통 사랑한 게 아니 올시다."

"그래 그렇다면 어찌 목을 잘라 죽였단 말이냐?"

"그저 죽을 혼이 씌여서 그런 끔찍한 죄를 범했습니다."

"언제쯤인가?"

"지금부터 스무날 전입니다. 어둑어둑한 새벽녘에 집에 돌아와 보니 외간 남자를 품고 누웠기에 참지 못하여 그만 죽여버렸습니다."

"그때의 간부는 어찌 되었느냐?"

"간부는 도망가 버렸습니다."

"네가 알만한 사람이더냐."

"캄캄하여 도무지 알 수 없었습니다."

"네 아낙의 나이는?"

"금년 열 아홉 입니다."

"그러면 자른 모가지는 어디다 감추어 두었느냐?"

"……."

"왜 대답이 없느냐?"

"황송하오나 그것만은 묻지 말아 주웁소서"

"내가 보건데 너는 사람들 죽일만한 악한 같아 보이질 않는다. 바른대로 말해 보라. 경우에 따라서는 네 목숨도 살려줄 수 있느니라. 나는 봉명(奉命)한 암행어사다 여기엔 필연코 무슨 숨기는 일이 있는 것 같다."

암행어사라는 말을 들은 춘삼이의 얼굴은 잠시 빛나는 듯 했으나 이윽히 박문수의 얼굴을 우러러 본 그는 다시 고개를 떨구며 슬픔을 이기지 못하는 듯 했다.

그러더니 혹독한 고문을 받아 정갱이로 버티고 있지 못하고 엉거주춤 엎드려 있던 춘삼이의 어깨가 들먹들먹 하였다. 그의 눈에선 눈물이 뚝뚝 떨어지는 것이다.

"그래 조금도 어려워 말고 원통한 사연이 있으면 말해 보아라."

박문수는 부드럽게 말했다.

"어사님 정말 소인은 아무 죄가 없습니다. 하느님이 내려다 보고 계십니다. 저는 그날 새벽 여러날 만에 장사에서 돌아왔습죠. 그런데 방문을 열고 들어서려니 피비린내가 확 끼쳐오기에 얼른 불을 켜고, 본 즉, 목 없는 아내의 시체가 아랫목에 나동그라져 있지 않겠습니까……. 어사님 이것 뿐 입니다. 소인이 아는 것은 오직 이것 뿐입니다. 일월(日月)같이 밝으신 어사님 억울하게 죽게 된 이 가련한 목숨을 살려 주십시오."

간신히 말을 마친 춘삼이는 통곡을 하고 우는 것이었다.

"그게 사실이라면 왜 조금전 까지만 하더라도 거짓말을 하였는가?"

"처음에는 여러 말로 사실을 아뢰었습지요. 그러나……. 그만 고문에 못이겨서 할 수 없이 거짓 자백을 한 것입니다. 이 정갱이 부러진 것을 보십시오. 그리고 또 이 이 볼기짝을 좀 보십시오……."

춘삼이는 바지를 끌러 내렸다.

살가죽과 살이 흩어지고 심줄이 다 드러나 있었다. 거기에 피와 고름이 엉겨 붙어서 흡사 피와 고름을 이겨 놓은 것 같아 얼굴이 찡그려질 정도로 참혹했다.

이 꼴을 본 박어사는 한숨을 길게 내쉬며,

"괴롭겠다. 그만 물러가 쉬거라."

하며 사령에게 춘삼의 목의 칼을 벗겨 주도록 하였다.

그날 밤 객사로 돌아온 박문수는 잠을 이룰 수 없는 여러가지

생각이 많았다. '암만해도 춘삼이는 억울한 죄를 뒤집어 쓴것 같은
데. 그러나 사형선고를 번복할 만한 증거는 없고. 가만있자. 여자
나이 열 아홉이면 갓 피어난 목단같아 필연 사람의 눈을 끌었으렸
다? 하물며 남편이 장사 나가고 집에 없었고 말하자면 임자 없는
땅에 핀 꽃과 같아서 자연 나비가 날아들기 쉬웠으렸다? 그렇다면
유부녀인 여자를 빼내기란 쉬운 일이 아니니 모가지 없는 다른
여자를 슬쩍 바꿔 놓을 것 같으면 세상에서는 그 여자가 죽은
줄로 알게 될 것이고 따라서 남편은 살인죄로 몰려 사형받게 된
다. 그렇지! 미상불 있을 법한 일이군. 만일 정말로 그렇게 되었다
면 이 일을 꾸민자는 대체 누굴까? 또 모가지 없는 시체는 어디서
구한 것일까?……'

여기까지 생각하자 박문수는 스무 날전에 자기가 이곳 풍기
어느 초가집에서 엿들었던 얘기가 생각났다.

"옳거니! 노억돌이라 했겠다."

그는 벌떡 일어나서 그 캄캄한 밤인데도 불구하고 역졸들에게
노억돌을 잡아다 계하에 꿇게하였다.

"네 이놈 네가 노억돌이냐?"

"네."

"너는 스무 날 전 밤 중에 문장사의 청을 받고 어떤 여자의
모가지를 비밀히 간수한 뒤에 다시 목없는 시체를 업고 고개
너머 박춘삼이네 집 안방에 갖다 눕힌 일이 있으렸다 네 이놈!
조금이라도 속이지 말고 목 숨이 아까우면 바른대로 아뢰어
라!"

추상 같은 호령을 하며 형구를 앞에 갖다 놓고 금방이라도 주리

를 틀 것 같은 형세를 보이며 위협했다.

노억돌은 그야말로 귀신같이 잘 알고 있는 터라 벼락이라도 맞은듯 정신이 아득하고 전신은 사시나무 떨리듯 떨려서 감히 꾸며댈 생각조차 못하고 사실대로 자백했다.

이튿날 아침

돈 많은 부자로 이름난 문장자를 불러 들여 주리를 틀고 모진 고문을 한 끝에 드디어 사실이 백일하에 드러나게 되었다.

원래 문장자는 세력이 당당한 부자로 박춘삼의 젊고 아름다운 아내 홍씨를 꾀여 간통을 하게 됐으나 항상 눈속의 가시 같은 본 남편 때문에 마음놓고 같이 살지 못하는 것을 한탄하던 나머지 하루는 박춘삼과 같이 장사를 나갔던 사람이 돌아와서 삼 일 후면 춘삼이가 돌아오게 되리라는 말을 듣게 되자, 전부터 눈독을 들여 오던 자기집 계집종 추월의 목을 베어 살짝 독에 넣어서 평소부터 통정을 하고 지내던 소작인 노억돌로 하여금 아무도 모르게 모가지를 매장한 후에 다시 추월이의 시체를 업어다가 춘삼이네 집 안방에 눕히고 그 대신 홍씨를 업고 오게 하여 뒷방 속에 감추는 한편 군수와 아전을 막대한 뇌물로 매수함으로써 영문도 모르고 잡혀온 박춘삼을 살인범으로 몰아 죽이려 하였던 것이다.

박문수는 이 사실을 조정에 보고 하였다. 이 사실을 들은 영조대왕은 엄명을 내리셨다.

"뇌물을 먹고 죄없는 춘삼이를 죽이려한 군수와 아전은 파면시키는 동시에 제주도로 귀양을 보내고 춘삼이의 아내 홍씨는 등에 북을 매달아 조리를 돌린 후에 관비(官費)로 만들며 춘삼

이는 석방 시킴과 동시에 문장자에게서 몰수한 재산 중 절반을
주어라. 그리고 그 나머지의 절반은 억울히정조를 빼앗기고
목숨까지 잃어버린 계집종 추월이의 남동생에게 주어 원통히
희생된 고혼을 위하여 제사를 지내 주게 하여라. 아울러 악인
문장자는 사형에 처하노라!"

60

하나님이 편들어 주신
만명(萬明)아가씨의 사랑

• 엄격한 가문, 무서운 계급 의식을 박차고
오로지 사랑하는 사람에게 몸을 던진
만명아가씨의 사랑, 그 사랑이 드디어는
김유신을 낳게 했다. •

하늘은 드높고 달은 밝았다.

이밤 만명은 오층탑의 둘레를 세 번 돌기 위해 다시 한 번 옷깃을 여몄다. 그리고 고개 숙여 공손히 절했다.

이것은 옛날부터 내려오는 하나의 풍속이기도 하다.

팔월 보름날 밤이면 황룡사 오층탑을 돌면서 자기 소원 세 가지를 외우며 기도를 드린다. 웬지 외로워지는 허전한 마음을 안고 만명랑은 이렇게 황룡사의 오층탑을 찾은 것이다.

구름 한 점 없이 맑게 개인 가을 서라벌 도성에도 무르익는 계절의 변화로 인해 웬지모를 기운이 감돈다. 그러나, 해마다 풍년 들어 신라국 만 백성이 강구연월을 구가하는 가운데 팔월 대보름의 명절을 맞고 보니, 명랑한 분위기 속에서 뛰는 젊은이들은 마음이 즐겁기만 했다. 그런데 웬일인지 마당 구석을 쓸고 다니는 낙엽 소리까지도 전과는 달리 명랑의 가슴 속에 외로움을 더해 주는 것만 같았다.

  그런 외로움을 잊으려고 만명랑은 그의 몸종 하나와 황용사로
나갔다.

  그리하여 찬란한 이나라 문화사를 말없이 자랑하고 섰는 오층
탑 앞에 이르러 조용히 탑의 주위를 도는 것이다.

  사방은 온통 고요했다.

  달밝은 밤.

  고요한 밤.

  절간 뒤 언덕 밑을 소요하는 젊은이들의 발뿌리 밑에서 허리가
아프도록 노래하는 귀뚜라미 소리만이 조용한 밤의 정적을 깨고
있었다.

  만명아가씨는 세 가지 소원을 빌었다.

  "이 나라를 흥하게 하여 주소서. 우리 부모에게 많은 복을주소
서. 그리고 이 몸에게 좋은 낭군을 한 분 점지해 주옵소서."

  이렇게 비는 소원은 그 해가 다 가기 전에 그의 소원을 고스란
히 이루게 된다는 것이다. 세 가지 소원을 입속으로 외우면서
그 탑의 둘레를 돌았다.

  그리고 이어서 세 번째 마지막 한 바퀴를 돌려고 할 때 뜻밖에
반대 쪽을 돌아오던 한무사와 서로 마주쳤다.

  주춤하는 사이에 두 남녀의 시선은 부딪쳤다.

  "어머나!"

  소리치며 쳐다보는 만명처녀의 정신이 아찔하였다.

  우연히 정말 너무나 우연히 마주친 두 남녀.

  그들은 순간 고개를 수그리며 탑을 끼고 돌았다. 마치 무슨
죄라도 지은 사람같았다. 그런데 그들 남녀는 사실 모르는 사이가

아니었다.

다정한 얘기는 못 나누었을 망정 서로의 신분에 대해서는 서로가 먼 발치로 나마 알고 있는 사이었다.

두 사람의 이 우연한 만남은 그들이 헤어져 돌아선 후에도 계속 만명의 가슴을 방망이질 치게했다.

"내가 왜 이럴까?"

그 무사는 만명의 가슴 속에 오래전 부터 남모르게 간직해 오던 사람이었다. 밤에는 꿈속에서, 낮에는 봄볕 타고 아른거리는 아지랑이 속에서.

항상 가슴 속에 존재했던 한 남자는 바로 오늘밤 오층탑을 돌다가 만난 서현공자(舒玄公子)가 아니었더냐!

그는 가락국 수로왕의 12대 손인 동시에, 오늘 신라의 세력있는 기둥이며 장차 이 나라의 위대한 인물이 될 백전 백승의 용감한 장수가 아니냐…….

그러한 공자를 오늘 밤 여기서 만나게 될줄이야…….

만명의 가슴은 설레임으로 두근거렸다.

몇 달전 늠름한 장군의 모습으로 만명의 집에 찾아온 일이 있는 서현공자였다. 이날 밤 황룡사에서 만난 시현공자의 씩씩하고 지혜가 넘쳐 보이는 그 모습은 인생의 봄을 맞은 만명의 가슴 속으로 깊숙히 파고들어 갔다.

이렇게 하여 만명의 뛰는 가슴 속에서 서현공자의 영상은 잠시도 물러설 줄 몰랐다. 그래서 만명은 항상 남모르는 안타까움으로 날을 보냈던 것이다.

그런 일이 있은 어느날 밤 또다시 만명은 황룡사의 오층탑을 찾았다.아무도 오라는 이는 없었으나 자꾸만 서현공자에게로 끌리는 만명의 마음인지라 다시 그의 몸종을 데리고 황룡사로 나간 것이다.

두 번째 탑을 돌고 다시 세 번째의 탑을 돌고 있을 때였다. 이상하게도 다시 부딪힌 한 남자가 있었으니 다름아닌 서현 공자였다.

그것은 역시 기대할 수 없었던 기적이었다. 다시한번 부딪힌 두 사람의 눈길.

반가운 생각 같아서는 금방이라도 그의 가슴으로 뛰어 들고 싶은 심경이었다 . 그러나 여자의 수줍음은 그대로 돌아설 수밖엔 없었다. 순간 다정한 목소리가 들려왔다.

"만명아가씨! 여기서 또 만났군요!"

이렇게 말을 걸어주는 것이 아닌가!

"서현공자, 미안합니다."

아무 잘못도 없으면서 무의식 중에 나온 소리였다. 모기 소리만한 이 소리에 서현공자는 용기를 얻었다.

"만명아가씨! 내일 저녁 여기서 다시 만나 주시겠습니까?"

하고 서현공자는 만명에게 청했다.

"그리하오리다."

만명은 자신의 생각으로도 알 수 없는 대답에 놀랐다.

서현의 유유한 목소리는 다시 말을 이었다.

"고맙습니다. 내일 밤 이맘 때 꼭 기다리고 있겠습니다."

한 마디의 말을 남기고 돌아서 걸어가는 서현공자의 뚜벅뚜벅 걷는 발걸음 소리만이 말없이 서있는 만명의 귓전을 울리어 주었다.

그날 밤 자리에 든 만명의 눈은 여러 가지 공상으로 너무나 맑았다.

좀체로 잠을 청할 수가 없이 날은 이내 밝고 말았다. 만명의 가슴 속에 박힌 그의 영상은 점점 뚜렷해지기만 했다.

달빛 아래 어른거리는 나무가지의 모습마저 만명에게는 서현공자의 영상을 심어 주는 데에 족했다.

다음날 밤 황룡사에서 만날 서현공자 생각으로 온종일 기쁨에 찬 만명의 가슴이 부풀었다.

이렇게 하여 다음날 저녁…… 만명아가씨는 약속대로 쉽게 서현공자를 만났다.

"만명아가씨 와 주셨군요!"

"아이 공자님도 오셨군요."

서현도 만명도 둘의 마음은 십년 지기의 젊은이들이 만났을 때처럼 쉽게 통했다. 임을 그리는 마음이란 이렇게 대담할 수 있는 일인가 싶었다.

옛날부터 남녀칠세 부동석이라는 말이 있는데 더구나 신라의 진골집 처녀가 남의 눈을 속여가며 한밤 중에 사내를 만난다는 사실!

물론 저지를 수 없는 부도덕한 일인줄 왜 모르랴만 꿈에도 그리던서현공자를 만나기 위해서는 죽는 한이 있더라도 꺼리낄게 없다는 것이 만명의 생각이었다.

그것은 비단 만명의 생각 뿐만이 아니었다.

만명으로 말하자면 적어도 신라 갈문왕가 선마로(立宗)의 아들

숙흘만로(肅訖宗)의 외딸로서 금이야 옥이야 귀엽게 자라난 처녀
가 아닌가!

그러한 진골집 처녀를 꼬여내어 사랑을 속삭인다는 일이 탄로
난다면 당장에 어떤 벼락이 내릴지 모르는 일이었다. 그러나 서현
역시 죽는 한이 있더라도 보고픈 만명의 모습을 참고만 있을 수는
없었다. 아무도 서현의 가슴에 불 붙고 있는 모닥불을 끌 수는
없었다.

"만명아가씨……."

"예."

"나는 당신이 얼마나 그리웠는지 모르오. 그러나 이렇게 당신과
　가까이 있게 되니 막상 아무 할 말이 없구려."

하고 입을 열었다.

"저도 그렇사옵니다. 이렇게 불러 주시니 고마울 뿐이어요."

하고 똑똑한 대답을 했다.

"그런데 만명아가씨."

"예."

"이렇게 여기 이자리에서 세 번씩이나 만나게 된 사실이 우연한
　일일까요."

"서로 끌리는 바 있어 나와 만난 일…… 그것이 우연일 수 만은
　없을 거예요."

어느덧 성 밖으로 빠져나온 두 남녀는 잔디를 요삼아 만명의
통통한 손목을 잡고 만져도 만명은 저항 없이 서현에게 손길을
그냥 내맡기고 있었다.

"이러다가 우리들의 사이가 발각된다면 그 때 우리는 어떻게

되는 거지요."

하고 가장 심각한 문제를 다시 내놓은 서현공자에게 만명은

"걱정 없어요. 서로 좋아하는 사람끼리 만나는 것이 죄라면
이 세상에 죄없는 사람은 아무도 없을거예요."

하고 야무지게 대답했다.

본래 왕가의 귀한 외딸로 태어난 만명은 열 여덟이 되도록 어떠
한 자유의 압제도 받아보지 못한 그저 귀엽게만 자란 처녀였다.

그러한 환경에서 자란 여자의 대답은 여기에서도 엿볼 수가
있었다. 차라리 서현은 그것이 마음에 들었다.

"알겠소. 물론 그래야죠. 나도 나대로의 굳은 뜻이 있으니 우리
는 누가 뭐래도 서로 정을 변치 말도록 합시다."

하면서 시원스런 대화가 오고 감으로 이 두남녀의 정은 밤이 깊어
가는 것이 아쉽기만 했다.

그럴수록 이 두남녀의 젊은 가슴은 아쉬움과 더불어 흐뭇한
행복으로 가득했다.

그 뒤에도 두 사람은 자주 만났다.

안압지도 찾아가 거닐어 보고, 옛 성터를 소풍 삼아 다녀오기도
하였다.

이제 두사람의 사이는 더이상 떨어질래야 떨어질 수 없는 정도
에 이르고 말았다.

따라서 두 사람은 자기들의 장래를 굳게 다짐하곤 하였다. 그러
나 세상은 그들의 사랑을 그대로 내버려 두지는 않았다.

서민도 아닌 왕가의 아름다운 처녀를 사람들은 그저 무심 눈으
로 보아 넘기는게 아니었다. 우선 아버지도 계시고 어머니도 계신

만명이고 보니 부모들이 조급해 하시는 일은 당연한 일이다.

더구나 진골집 미녀로서 이름난 만명인지라 날마다 출입하는 매파들로 문턱이 닳을 정도였다.

그러니까 숙흘마로 내외 또한 날마다 좋은 사윗감을 고르느라고 신경을 곤두세웠다. 무남독녀의 남편감을 고르려니 그 만큼 온 정신을 다 쏟기 마련이었다. 그렇게 하여 선택된 사람이 바로 원득(元得)이란 총각이었다.

원득의 나이는 만명보다 두 살 위인 스물이었고 똑같은 진골집의 귀공자로서 역시 미남이었다.

집안도 훌륭하려니와 부자였으며 워낙 공부를 많이 하여 문명이 높은 총각이라 신랑감으로는 나무랄데 없는 훌륭한 사람이었다.

그래서 어머니가 먼저 만명을 불러 그런 내용을 전해 주었으나, 만명은 들은 척도 하지 않고 뾰로퉁한 대답과 함께 짜증을 내는 것이었다.

"누가 어머니더러 그런 걱정하래요? 나는 나대로 생각이 있으니 내버려 둬요."

워낙 귀엽게 자란 딸이라 어머니에게도 어렵잖게 일축을 하는 것이었다.

"애 만명아 내말을 들어라. 남문안 대가로 말하면 가문으로 보던지 세도로 보던지 또 신랑 될 원득 총각의 용모로 보던지 어디 하나 흠잡을 데가 없구나. 그래서 너의 혼처로 그사람을 정하기로 했으니 그리 알고 있거라."

하고 점잖게 타일렀다.

그러나 장본인 만명은,

"아버지, 소원입니다. 제 걱정일랑 아예 말아 주세요…… 좀더 두고봐야 되겠어요."

하고 보기 좋게 거절했다.

"아니 너 그게 웬 소리냐. 어련히 어른들이 잘 알아서 결정한 일인데. 걱정을 말라니 그게 될소리냐 아무 소리 말고 어른들 말대로 하는 거다."

"안 되겠어요. 아버지께서 정녕 제 소원을 안 들어 주신다면 저도 생각이 있어요."

"생각이 있다니? 너 그게 무슨 소리냐…… 응 아니 애비가 가라면 가는 거지 누구한태 배운 말버릇이냐?"

하며 화를 냈으나 만명은 조금도 굽히지 않았다.

"아버지께서 화를 내셔도 저는 할 수 없어요. 저도 이젠 어린애가 아니니까요."

하고 말하는 바람에 아버지의 노염은 극도에 달하며 어쩔 줄를 몰라하셨다.

"이년! 무엇이 어쩌구어째, 그래 원득이 같은 신랑이 다시 나타날 것 같으냐. 애비도 늙으막에 하나 밖에 없는 너를 시집 보내 평생 복되게 해주려고 이렇게 노심초사인데…더이상 무엇이 모자라서 앙탈을 떠느냐? 이제 혼인 날짜도 다 정해 놓았으니 어디 집안 망신이라도 시켜봐라."

하며 일어나 사랑으로 나가 버리셨다.

뒤따라 들어온 어머니의 부드러운 타이름도 만명의 마음을 돌릴 길이 없었다.

아버지께서 어떤 벌을 내리시더라도 추호의 흔들림도 갖지
않으리라 마음 먹었다.

줄곧 서현에게로만 달리는 만명인지라 어머니의 잔잔한 음성은
귓바퀴에서 벌써 씻겨져 내리는 것이다. 그러니 어찌하랴.

어머니도 대강의 짐작은 하고 있던 터이다.

서현공자에게로 향해진 마음을 이미 눈치채고 알았다.

어머니로서는 서현공자도 괜찮다는 생각이 있기도 하였으나
아무래도 그는 가락국의 후예요. 신라의 진골은 아닌 것이다.

더구나 남편 숙흘마로는 원래 고집이 대단하고 이미 날자까지
정해 놓은 지금에 남편 마음을 돌려 놓기란 가능한 일이 아니었
다.

뿐만 아니라 앞으로 한달 앞으로 다가온 혼인 날짜에 대비한
잔치 준비에 정신이 없었다. 그동안 만명은 서현에게 이 모든
사실을 전하고 최악의 경우는 달아나거나 죽는 방법중에 양자택
일 할 굳은 결심을 보였다.

이 말에 서현은 가슴이 서리 맞은 호박 모양 푹푹 시들어 가는
느낌을 감출 수 없었다.

"만명…… 나는 진골이 아닌 범골이요. 난들 뼈다귀가 모자라는
것을 어찌하오."

신라에서 무엇보다 엄격한 골품제도인지라 어디하나 나무랄
데 없는 서현이지만 사기가 꺾이는 것은 어쩔 수 없었다.

그러나 만명의 태도는 달랐다. 새파랗게 서릿발을 세우며

"그까짓 진골이 도대체 무엇이예요. 나는 죽을 때까지 아니
저승에서라도 당신을 사랑해요……네."

혹혹 느끼며 서현의 가슴에 머리를 묻고 울기도 했다.

그러나 하루하루 다가오는 혼인날을 멈추게 할 수도 없는 일이었다.

죽기보다 헤어지기 싫은 서현공자와의 이별. 원득과의 결혼을 물리치기 위하여는 단 한가지 최후의 수단 밖에 없었다.

"그래, 도망을 가자."

이런 결심은 오히려 만명처녀의 가슴을 후련히 하는 것이었다.

드디어 결혼날은 다가왔다.

적어도 숙흘마로 따님의 혼인이라 하여 온 신라는 온통 뒤집히도록 법석을 쳤다. 그리고 사실 원득도 나무랄데 없는 신랑이었다. 어디로 보든 모자람 없는 으젓한 총각이었다.

어느 모로 보나 그것은 하늘이 정해준 배필이라 하여 이 놀라운 결혼을 구경하기 위하여 이날 숙흘마로의 자택은 구경꾼으로 가득차 있었다.

그러나 일은 드디어 벌어졌다.

이날의 주인공이 행방불명 된 것이다.

"신부 만명의 탈주……."

이보다 더 큰 일이 있을 수 있을까. 더구나 신랑 원득의 시행바리는 벌써 그집 문턱을 들어서고 있었다.

이때 신라 풍속으로는 신랑을 맞는 날 신부는 자기 본가에 있는 게 아니고 이모나 고모언니 같은 친척 집에 일시 몸을 피하였다가 저녁이 되면 칠보 단장에 녹의 홍상으로 치장하고 여러 시녀들의 부축을 받으며 비로소 신랑이 있는 신방으로 들어가게 마련인 것이다.

이런 풍속에 따라 만명도 이날 하루 종일 고모님댁에 머물러 있도록되었는데 그녀는 누구보다도 망량해 보였으며 웃고 말도 잘 했다. 뿐만 아니라 흡족한 얼굴로 새신랑을 기다리는 듯 주위의 분위기와 제법 어울리는 것이었다.

비단 오늘 뿐이 아니었다. 만명의 이러한 태도는 혼인 며칠전서 부터 취해오던 태도였다. 그러므로 모든 사람들은 이날도 만명의 태도에 의심없이 신부에 대한 경계에 별 주의를 하지 않았다.

그러나 이틈을 이용한 만명이 쥐도 새도 모르게 살짝 도망을 간 것이다.

역시 그 동안에 취해오던 만명의 태도는 한갓 술책에 불과했다. 주변의 인물들은 만명의 그림자가 사라진 후에야 비로소 이 사실을 알고는 부랴부랴 숙흘마로의 집으로 달려가 이 사실을 알린 것이다.

일이 이렇게 되자 신부의 집은 온통 난리가 났다. 동시에 사방 팔방으로 날랜 장병들을 풀어 놓아 새색시를 찾는 작업이 벌어졌다.

샅샅이 만명의 그림자를 찾아 보았다.

그리하여 다음날 아침 만명처녀는 마침내 호랑이 같은 장정들의 손에 붙잡혀 집으로 돌아오게 되었다.

이렇게 된 만명의 마지막 무기는 오직 한가지 죽음 밖에는 남은 것이 없었다. 그러나 이제는 마음대로 죽을 수도 없었다.

이때 만명은 튼튼한 철창 안에 감금된 처지라, 목매달만한 한가 닥의 끈마저 없는 터였다.

이렇게 되니 만명의 가슴 속엔 살아야 한다는 생각이 다시 굳어지
게 되었다.

"하늘이 무너져도 내가 솟을 구멍은 꼭 있으려니……."

하는 일루의 희망이 죽지 않기 위하여 결심을 바꾼 만명의 심경
을 지배했다.

이때 서현은 사랑을 잃은 패배감에 젖어 세상일이 도무지 귀찮
기만 하였다.

생명과도 바꿀 수 없는 애인은 자기의 처지가 진골아닌 범골이
라는 이유로 이꼴이 되었구나 생각했다. 그러나 할수 없는 일이었
다. 그러나 깊은 마음의 상처는 쉽게 아물지 않았다.

속좁은 인간들은 이일을 걸어서 그자들과 대결하여 사생결단을
내리려고 할 지도 모른다. 그렇지만 한나라 백성의 안위를 담당하여
변경을 지키는 장수인 자가 어찌 그런 졸렬한 행동으로 자기를
망칠 수는 없다고 생각하였다.

그러나 두고 생각할 수록 그의 마음은 하늘이 무너지듯 절망
속으로 빠지곤 하는 것이었다. 그저 분하고 억울했으며 기가 막히
는 일이었다. 더구나 이때 서현의 신변에 일대 변혁이 닥쳐왔다.

그것은 서현이 일약 만로태수(萬勞太守)로 승격되어 왕명에
의하여 당장 도임 행차의 길을 떠나야만 했던 것이다.

만명을 사랑함은 일개 개인적일이요 나라의 명으로 임명받은
만로태수의 도임행차는 공적인 일이었다.

아무리 사랑이 좋다해도 왕명을 어길소냐!

서현이 백제와 고구려의 접경을 지키는 데 있어서 세운 공로는

하나둘이 아니다. 따라서 그의 공을 높이 사 이렇게 만로태수로
임명되었던것이다.

혼연히 마차에 몸을 실은 서현공은 오늘의 충북(忠北)을 향하
여 달렸다. 그러나 한구석이 텅빈 그의 마음은

"만명이와 같이 달릴 수 있는 이 길이라면 얼마나 좋으랴!"

응당 기뻐서 가야할 그 길이 만명의 생각으로 혼란한 서현에겐
다만 하나의 의무감만이 작용할 뿐이다. 그래서 사랑이란 이렇게
잔인하리 만큼 끈기있게 따라다니는 야속한 것이로구나 하고
악착같이 따라와 떨어버릴 수 없는 사랑의 그림자를 잊어 버리려
노력도 했다.

말은 달린다 마차는 뛴다.

그럴 때마다 일어나는 마음의 동요를!

'난들 어찌하랴!'

'오, 만명이여!'

비가 내린다. 금방 그칠것 같지도 않았다. 그치기는 커녕 빗줄기
는 점점 더 굵어지기만 했다. 완전히 소나기로 변했다. 장대 같은
빗발이 마구 쏟아지기 시작한다.

천둥이 울리고, 번개가 번쩍인다. 금방이라도 벼락이 떨어질
것만 같다.

'왜 하필이면 내가 도임길을 떠나는 날…… 이렇게 사정없는
소나기가 쏟아질까…….'

사뭇 걱정이 되었다. 그러나 이제는 겁이 난다. 전에 없던 일이
었기 때문이다. 자꾸만 예기치 않은 큰일이 날 것만 같은 예감이
생겨 공연히 머리가 무거웠다.

그런데 아니나 다를까! 금방이라도 천지가 무너질 듯 천둥이 연발했다. 꽈르릉! 꽈르릉! 쉴새 없이 진동하는 우뢰 소리에 재정신을 찾을 수 없었다.

천지는 먹물을 뿜은 듯 캄캄해지면서 동서남북으로 엇갈려 번쩍이는 번갯불이 튀겼다. 도무지 눈도 뜰 사이가 없었다. 바로 그 순간이었다.

'꽈르릉! 지끈!'

하는 뇌성과 더불어 천지가 온통 뒤집히는 것 같았다.

잠시 후 차차 검은 구름이 가시고 내리던 빗발도 거둬졌다. 말이 마음 놓았다는 듯이 천천히 달리고 주위는 조용해 졌다. 이젠 우뢰도 번개도 잠잠히 지나갔다.

'참 이상한 일이다.'

한숨을 돌린 서현은 잠시 길을 멈추고 주위를 살폈다. 검은 구름을 헤치고 태양이 뚜렷이 보이기 시작했다. 변덕 많은 하늘이라고 생각했다.

조금 아까까지만 해도 세상 천지를 뒤집어 모든 인간을 죽일 것만 같던 하늘이 이제는 언제 그런 일이 있었느냐는듯 날씨가 개이는 것이었다.

서현은 하인을 시켜 말에게 여물을 주도록 했다. 조용해진 지금 다시 떠오르는 건 역시 만명 생각이었다. 멀리 농가에서는 해초같이 너울 거리는 연기가 떠오른다.

동네 처녀들이 오락가락하는 모습만 봐도 그 처녀가 만명이 아니라는 생각에 쓸쓸함을 느꼈다.

'지금쯤 원득이라는 신랑과 만명은 그들의 가장 행복한 시간을

즐기고 있으리라.'

이런 생각이 들자 서현은 하인을 불렀다. 하인은 곧 달려와 대령했다.

"예…… 말씀 하십시오."

"짐 속에 술이 들었지?"

"예 마련해 두었습니다."

"그러면 얼른 꺼내 오너라. 한 잔 생각이 나는구나."

하인에게 술병과 술잔을 받아든 서현이 막 잔에 술을 따르려는 순간, 어디서인가 여인의 찢어질 듯한 목소리가 들렸다.

"서현 서방님…… 서현 서방님……."

귀가 번쩍 뜨인 서현은 멀리서 한 여인이 말을 타고 바람같이 달려오는 것을 보았다. 먼 눈이 밝은 하인 한 사람이 벌써 그가 누구인가 똑똑히 보고,

"영감, 만명아가씨이십니다. 저기 보십시오."

"뭐? 만명이라고?"

깜짝 놀란 서현태수는 두 눈을 크게 뜨고 뚫어져라 달려오는 여인을 응시했다. 틀림없는 만명처녀였다. 가까이 온 만명은 말에서 내리기가 무섭게,

"서현 서방님!"

하고 덥썩 그의 품안으로 뛰어들더니 억제할 수 없는 감격에 그만 울음부터 앞세웠다.

"만명, 진정해요…… 이게 어찌 된일인지 이야기부터 들어봅시다."

하고 힘써 달랬으나 그저 어린애처럼 울음만 터트리는 만명은

그칠줄을 몰랐다.

"서방님."

"응."

"당신을 따라 갈테예요. 저를 데려가 주세요."

"암…… 물론이지……참 보고 싶었오. 정말 고맙소."

이제는 반대로 서현의 눈시울이 뜨거워졌다.

"서방님…… 이젠 안심하세요. 앞으로는 따라올 놈도 잡아갈 놈도 없을 거예요."

하며 서현의 품에 파묻힌 머리를 들며 이렇게 말했다.

동시에 자기의 그 동안의 얘기——.

그것은 간단했다.

간단한 얘기였으나 거기에는 보통 사람으로서는 도저히 믿을 수 없는 지엄한 신비력이 깃들이고 있었음을 알았다.

그것이 이러하다.

아까 천둥이 울리고 벼락이 떨어질 때, 그 벼락은 바로 만명 처녀가 갇혀 있던 철창문이었더라 한다.

"와지끈! 꽈르릉!"하며 떨어진 벼락은 바로 만명이 갇히운 철창문을 여지없이 두들겨 부수어 박살을 내었다. 그러나 이상힐 정도로 만명의 몸은 털끝 하나 다친데가 없고 그 곳을 지키던 사람들은 어디로 갔는지 흔적도 없더라는 것이다.

이건 필시 하느님의 뜻으로 열려진 문! 이것도 다 천의(天意) 이려니하고 생각한 만명은 기회를 놓칠소냐 뛰어 나왔다는 얘기 였다.

"서방님 제 얘기는 이제 끝났어요."

"오…… 그랬었군요. 이 모두 하느님의 돌보심이오."

둘은 다시 한번 힘껏 포옹을 했다.

이제 그들에겐 불안도 공포도 없다. 이렇게 하늘의 뜻으로 다시 재회한 이들을 누가 또 쫓아 오겠는가.

얘기는 여기서 끝나는 것이다. 이 두 청춘남녀의 완전한 몸과 마음의 결합은 해로 동혈의 기약으로 맺어짐이 아닌가——. 두사람이 껴안고 숨쉬는 소리 그것은 어느 해변의 아름다운 물결 소리와도 같았다.

우러러 본 하늘은 맑고 드높았으며 해는 빛났다.

남산을 바라보니 이를 축하하는 학떼가 무리를 지어 훨훨 날아 오더라 한다.

사랑은 철창이 아닌 지옥으로 가는 한이 있더라도 순결 무후한 젊은이의 불타는 정열과 힘에 하늘도 무심치 않고 드디어는 그들과 한편이 되어 주었던 것이다.

만로 원님으로 자리에 오른 서현태수는 전에 없던 선정으로 군민 전체의 찬양과 공경을 받으며 목민관으로서의 이름을 빛냈다.

만로태수로 있을 때에 받은 커다란 선물이 바로 김유신이다. 그 또한 하느님의 선물로써 받은 커다란 덕인 것이다.

후에 삼국통일의 큰 공을 세운 김유신은 이렇게 서현이 만로태수로 있을 때 만명부인에게서 스무달 만에 태어난 분이다.

이것은 너무나 유명한 역사의 한 페이지를 장식하고 있지 않은가!

지금의 충북 진천군 읍내에서 서쪽으로 십오여리 떨어져 있는 길상산(吉祥山)은 일명 태령산이라 하는데 그 연유는 김유신의 태를 파묻은 곳이라 하여 붙여진 이름인 것이다.

김유신이 태어난 해는 서기 590년 신라 진평왕(26대) 건북 십이년이다.

지금으로부터 천년도 전의 옛날에 해당된다.

하늘의 선녀를 사랑한
인간 사랑(史郞)

● 인간이면서 인간을 부인하고 하늘의
선녀를 사랑하던 사랑(史郞) 그의 이상은
너무나도 놀라왔기 때문에 결국에는 목숨을
버리고 말았다. ●

경기도 연천군 전곡면에 가면 한탄강이 흐른다. 이 한탄강에서
동으로 사오리 가량 걸으면 조그만 야산(野山)이 나오게 된다.
이 야산을 둘러싸 고 넓은 평야가 펼쳐 있다. 옛부터 옥토로 이름
난 이 곳은 또한 인심 좋기로도 이름난 마을이었다.

이 야산 밑에는 사랑(史郞)이라는 김씨댁 총각이 살았다. 이
마을에선 하나 밖에 없는 양반집 자손이었으며 그 총각의 됨됨이
는 총명하고 잘 생겨 인근 처녀들의 마음을 설레게 하였다. 마을
처녀들은 사랑의 눈길을 끌기 위해서 갖은 애를 썼다. 어떤 처녀
는 몰래 사랑의 집 담을 돌아가 사랑의 글 읽는 소리를 엿듣다가
돌아와선 두근거리는 마음을 어쩔줄 몰라 하였고, 어쩌다 좁은
논둑에서 사랑을 만나게 되면 그만 흥분으로 그 밤을 새우곤 하였
으니 사랑의 인기가 어느 정도였는지 짐작해 알 만하였다.

이른 봄철이었다.

산새들의 지저귐이 맑게 들려 오고 산등성이엔 봄꽃이 방울방

울 봉오리를 터트리고 있었다.

토담을 끼고 산으로 오르는 마을 처녀의 조잘거림이 훈풍에
실려와 글방에서 글을 읽는 사랑의 마음을 유혹하기도 했다.

글을 읽던 사랑은 처녀들의 낭낭한 목소리에 끌리 듯 스르르
눈을 감았다. 그렇잖아도 노곤해지는 봄날이라 그만 책을 덮으려
던 참이었다.

사랑의 감겨진 눈에 선녀처럼 아름다운 여자의 모습이 떠올랐
다. 그리고는 이내 사라져갔다.

사랑은 번쩍 눈을 뜨고 영창을 활짝 열어 젖혔다. 그리고 먼
하늘의 뭉게뭉게 흐르는 구름을 보았다. 정말 따뜻한 봄날이었
다.

"돌쇠야."

"예."

뒷뜰에서 마당을 쓸던 머슴이 뛰어와 읍하고 섰다.

"너, 나하구 뒷산에 올라가자."

"도련님, 갑자기 산엔 왜 가시렵니까?"

"화창한 봄날 방안에만 앉았기 답답하구나."

"그러나 영감 마님께서 아시면 꾸중 듣습니다."

"이놈, 가자면 그대로 따라 나섰지 웬 잔말이 많으냐?"

"예이——."

사랑은 돌쇠를 앞세우고 산으로 올라갔다.

봄바람은 살랑살랑 나무 가지를 흔들어 훈훈한 봄의 정취를
한층 돋아주고 있었다. 언덕에 올라가 멀리 펼쳐진 들을 바라보는
사랑의 입에선 저절로 한숨 소리가 나왔다.

"허어! 이렇듯 좋은 봄날 짝 없는 이몸은 외롭기만 하구나."

이 소리를 듣던 돌쇠가,

"도련님 무슨 걱정이세요? 짝을 구하지 않아 그렇습죠. 왜 짝이 없어요?"

"어디 짝이 될 만한 미인이 있더냐?"

"있습죠."

"어디? 그게 대체 누구인데?"

"동구 밖 항랑이 어떻습니까?"

"에끼, 이녀석아, 그게 어디 여자냐? 절구통에 치마만 둘러 놓았을 뿐이지."

"그러면 샘내골 심순이는요?"

"이런놈, 네 눈은 그런 여자가 미녀로 보이느냐 코가 벌렁 뒤집힌 계집이?"

"그럼 도련님은 대체 어떤 여자가 좋으십니까?"

"선녀같이 곱고 품위가 있으며 그러면서도 신선한 여자를 원한다."

"아따, 도련님은 욕심도 많소. 이 땅에 사시는 분이 선녀를 꿈꾸시면 하늘에 올라 앉은 선녀가 도련님을 위해 내려온단 말입니까?"

그 말에 사랑은 다시 휴 한숨을 내쉬었다.

"그러니 내 마음이 괴롭구나."

하는 것이었다.

어디선가 고운 버들피리 소리가 났다.

이때 돌쇠는 기겁을 하며 도련님을 불렀다.

82

"아이구…… 도련님 저…… 저길 좀 보십시오."
하며 손가락질을 하였다.

"아니! 저건……?"
과연 놀라운 일이었다.

마주 보이는 계곡 위에 커다란 바위가 있고, 그 바위 위로 오색
구름이 내려 오는데 그 위에 앉은 여자는 분명 선녀였다.

"선녀……."
정말 하늘의 여자만이 지닐 수 있는 아름다움이었다.

사랑은 눈을 감고 그려보던 모습의 미인이 눈앞에 나타나자
그대로 현혹되어 꿈속에 있는 것만 같았다.

"아……선녀…… 저 고운 자태……."
사랑의 행동은 마치 열병든 환자와 같았다. 바위에 몸을 가눈채
선녀의 모습을 쳐다보기에 정신을 잃었다.

바위 끝에 올라 앉은 선녀는 희고 고운 손으로 바느질을 하고
있었다. 비단옷을 누비는 솜씨 또한 기가 막혔다.

사랑은 선녀의 미모에 끌린 나머지 자기가 바위로 올라가 선녀
를 만나겠다는 생각을 했다.

"애, 돌쇠야, 내가 저 바위로 올라가 선녀를 차지하고 오겠다."
사랑은 바위를 기어 올랐다. 워낙 가파른 바위였기 때문에 반쯤
올라가던 사랑의 몸이 질질 미끄러지기 시작했다.

"아이구……나 죽는다."
겨우 나무등걸에 옷이 걸린 사랑에게선 신음이 저절로 나왔
다.

"아이구 도련님, 이게 웬 일이시오?"

"아이구…… 에구구."

"이거 야단났습니다. 제 등에 업히십시오. 얼른 댁으로 돌아갑시다."

이 소리를 들은 사랑은,

"아니다. 내 아무리 죽는 한이 있더라도 기어코 선녀를 만나야겠다."

사랑의 정열을 막을길 없는 돌쇠는 하는 수 없이 물러서고야 말았다.

사랑은 젖먹던 힘을 다하여 바위를 올라갔다. 그러다간 다시 미끄러지곤 하는 것이었다. 그러기를 날이 어둡도록 계속하였다.

기운이 지친 사랑은 바위를 끊어 버리겠다고 생각했다.

"돌쇠야, 너 얼른 집에 가서 도끼를 가져 오너라."

돌쇠가 가져온 도끼를 받아 든 사랑은 바위의 허리를 치기 시작하였다. 바위에서 여태까지의 광경을 살피던 선녀는 그만 사랑의 정열에 탄복하였다. 그러나 모른척 바느질만 계속하던 선녀는 이번엔 도끼를 가지고 바위의 허리를 내려치는 것을 보자 정말 놀랐다. 사랑의 이마엔 구슬 같은 땀방울이 흘렀다.

"아니 저 낭군 참 잘도 생겼네."

내려다보며 사랑의 얼굴을 비로소 살펴본 선녀는 사랑의 준수한 얼굴에 마음이 움직였다. 선녀는 입을 열었다.

"낭군 이제 고만 하시와요. 제가 내려가리다."

"오! 그러시오."사랑의 기쁨은 굉장한 것이었다.

그날부터 두 사람의 애정은 깊어만 갔다.

그러나 하늘의 선녀와 땅의 사람이 백년을 기약할 수는 없는

84

일이다. 여기에 슬픔이 있었으니 더구나 그 선녀는 옥황상제의 따님이었다.

어느날 일이었다.

하늘에서 오색 꽃구름이 일더니 선녀를 부르는 소리가 들렸다.

선녀는 곧 옥황상제 앞으로 올라 오라는 명이었다.

"선녀!"

선녀를 붙잡고 만류하는 사랑에게,

"낭군님. 이몸은 언제까지나 당신과 가까이 살고 싶사옵니다. 하오나 저는 하늘에서 태어난 몸, 다시 올라가야 하는 것입니다."

어쩔 수 없는 운명이었다. 둘은 눈물을 흘렸다.

"부디 몸성히 행복하소서."

하며 오색 구름을 타고 점점 높이 사라졌다.

"낭자——."

"……."

"낭자——."

사랑은 선녀를 소리쳐 부르며 산을 기어 올랐다. 이젠 더 높이 올라갈 곳 없는 땅을 딛고 선 채 목메어 선녀만을 부를 뿐이었다. 그러나, 선녀의 모습은 점점 사라지고 아무 대답도 들리지 않았다.

"낭자! 당신 없는 이 세상을 어찌 혼자 살란 말이오."

목메인 하소연과 함께 사랑은 열흘을 울었다.

보다 못한 부모가 아무리 달래 보았으나 사랑의 마음은 그저

슬프기만 할 뿐 매일을 산으로 올라가 선녀와 만났던 장소를 더듬
었다.

어느날, 실성한 듯 바위에 앉았던 사랑은 벌떡 몸을 일으켰다.

그의 눈에는 저 편 언덕 위에 선녀가 서 있는 듯 보였다. 사랑을
향하여 흰 손을 들어 오라고 손짓 하였다. 환영이었다. 보통 사람
의 눈으론 그저 흔들리는 나무가지였다.

"오——. 낭자, 그대가 나를 찾아 다시 내려왔구려."

사랑은 한걸음에 선녀를 향해 달렸다. 지친 몸이었으나 지칠줄
모르고 쫓아갔다. 그러나 아무리 산을 넘고 넘었으나 선녀는 자꾸
만 더 멀어지는 것이다.

손에 잡히지 않는 선녀를 애타게 불렀으나 다시 선녀는 저 편
언덕으로 너울너울 춤추며 날아갔다.

"오——낭자."

"……."

"나를 잡아주오. 사랑에게 가까이 오오. 그대의 따뜻한 손을
이리 주시오."

사랑은 마지막 남은 힘을 써서 다시 일어나 달려갔다.

바위가 깍아지른 듯 가파른 절벽에 이르렀다. 그러나 선녀의
환상을쫓는 그에게 절벽이 보일리 없었다.

순간,

"아! 낭자——."

그는 외마디 소리를 지르며 낭떠러지 밑으로 떨어졌다.

그의 시체는 다음 날 아침에야 바위 틈에서 겨우 발견됐다.

선녀를 쫓다가 죽음을 당한 사랑을 마음 사람들 모두가 애석히

여겼다. 이룰 수 없는 선녀와의 사랑이긴 하지만 이토록 비극을 남겨야만 하겠느냐며 모두들 하늘에 사랑의 명복을 비는 것이었다.

이런 일이 있은 며칠 후였다.

청명하던 하늘이 갑자기 흐리며 비가 퍼부었다.

사랑의 죽음을 안 선녀의 눈물이라고 사람들은 생각했다.

범수동 뒷산엔 높이 9 미터 둘레 3 미터 가량의 바위 하나가 한쪽허리가 잘룩한 채 서있다.

하늘의 선녀와 사랑이 애정을 속삭이던 바위다.

사랑은 이 바위에서 기뻐했고 다시 비극적으로 죽었지만 이 때부터 그바위는 선녀 바위라고 불려지고 있다.

소정방의 낚시에 걸린 용

● 백마강으로 들어오는 당나라 군선을
제지하던 용의 노력도 허사로 돌아가고,
사비성은 영화와 사치 속에 무너지고 말았다.

백제의 옛서울 부여의 유적을 찾게 되면 언제 들어도 애닮고
처절한 삼천궁녀들이 빠져 죽은 낙화암이 있다. 이 낙화암을 머리
에 이고 비탈을 따라 강가로 내려가면 외따로 떨어진 곳에 속이
우묵한 바위 하나를 보게 된다. 당나라 장수 소정방이 용을 낚았
다는 바위다. 잔잔한 백마강의 비단 물결만이 지나간 상처를 씻어
주며 달래고 있다.

의자왕 이십 년, 백제의 마지막 운명의 해였다. 의자왕의 사치는
드디어 신라 대군의 침입을 자초했으며 백제의 운명은 바람 앞의
등불 격이었다.남쪽 황산벌에는 신라의 대군이, 백마강 쪽에서는
당나라의 십만 대군이 물밀듯 쳐들어 오고 있었으니 이제 백제의
멸망은 경각에 놓여 있었다.
쳐들어 오는 적군의 기고만장한 함성과 북소리 꽹과리 소리는
강물에까지 진동할 만큼 당당한 기세들이었다.

수륙 만리 당에서 부터 노를 저어 십만의 대군을 이끌고 온 소정방은 기고 만장하였다.

"여봐라. 강물에 기름이라도 뿌렸나 살펴 보아라, 백제군께서 이 소정방을 영접 하려고 기름을 뿌려 놓았느냐? 으하하하."

백마강에 이르도록 백제 화살 한 개 피하지 않고, 이렇게 거리 낌 없이 진군이 수월 했다는 말이였으니 그 때의 백제가 얼마나 문란하고 악하였는지 알만한 일이었다.

"아무리 기암절벽인들 도독께서 이끄시는 함대가 못오를 리 있겠습니까? 그렇거늘 하물며 물 위에서랴!"

"으핫하…… 맞도다. 피라미 날갯짓이나 하는 백제군 쯤이야 이 소정방이 힘쓸 것도 없도다. 좋다 궁노수는 어서 화살을 빗발치듯 던지고 배의 속력을 더욱 올려라."

바로 이때. 그야말로 기름을 뿌린 듯 잘 미끄러져 나가던 배들 이 약속이라도 한 듯 모두 옴짝을 못하고 나가지를 못했다.

"아니 무엇을 하느냐? 전속력을 내라고 한 내 말을 잊었느냐?"

"저 장군님! 아무리 힘을 써서 배를 저어도 움직이지 않습니 다."

"무엇이라고? 배가 움직이지 않는다고? 그렇다면 여기까지 어떻게 들어왔단 말이냐? 이놈들아!"

소정방은 추상 같은 호령으로 죽을 힘을 다 써서 배를 저으라고 호령하였다.

"죽을 힘을 다해 노를 저어라! 대 당나라의 수군 도독 소정방 앞에는 불가능이란 없다. 어서 젖지 못할까!"

소정방의 호령이 아니라도 군사들은 손바닥이 벗겨지도록 노를 저었다. 그러나 귀신이 붙었는지 도무지 배는 움직일 줄 몰랐다.

소정방의 분노는 머리 끝까지 치달았다.

"이 죽일 놈들아! 무엇을 하느냐. 어서 노를 저어라! 저 사비성의 꽃같은 궁녀가 너희들을 기다린다. 어서 배를 움직여라!"

노기 충천한 소정방의 호령에도 얼어 붙은 듯 움직이지 않는 배를 어찌하겠는가!

"장군님, 아무리 생각해도 이건 곡절이 있는듯 하옵니다."

"으음, 고약한 일이로고. 갑자기 무슨 곡절인가! 여봐라! 가서 백제놈 한 녀석을 냉큼 붙잡아 올려라!"

분통이 터진 소정방은 성급한 명령을 내렸다.

백제도 신이 내리신 나라임엔 틀림없는 일이고 보면 백제의 멸망을 그대로 보고만 있을 수 없는 토신과 곡신이 있을 터인즉 그에 대한 정체는 아무래도 백제 땅에서 자라난 늙은 토박이만이 알 수 있으리라는 확신이 불현듯 소정방의 무딘 머리에 떠오른 때문이었다.

당나라 병졸들은 소정방의 명령대로 강둑을 기어 올라갔다.

넋잃고 무슨 생각에 잠긴 듯 늙은 노인 하나가 쭈그리고 강가에 앉아 있었다.

'——아 하늘이 무심토다! 꽃송이 같은 삼천 궁녀들을 무심히 져버리다니! 처자를 죽이고 황산벌 싸움으로 나간 계백 장군이여! 아! 이게 다 누구를 벌주려는 일일까! 아 나의 창자를 끊는 되놈들의 북소리! 이 힘없는 늙은이는 창자를 끊어 내는 통분히 있을 뿐이니 장차 이 망하는 나라를 어찌하리오!.'

중얼거리는 노인을 향하여 달려온 당나라 군사들은 두말 없이 노인의 덜미를 잡아 끌었다.

"이 늙은 것아, 영광으로 알고 우리 장군께 가자!"

"네 이런 천하에 몹쓸 놈들! 무엇이 부족하여 남의 나라를 초토로 만들고 늙은이를 잡아 끄느냐 이놈! "

노인은 우악스레 덤벼드는 당의 군사를 이길 기력이 없이 끝내는 붙잡혀 소정방 앞에 꿇어 앉혔다.

"네 이놈 듣거라! 네 놈은 이곳에서 늙었으니 강물의 배들이 옴싹 않는 이유를 알렸다! 이 바다에 무슨 귀신이라도 있느냐! 응?"

"네에 있습니다."

소정방은 몸이 움찔하였다. 잠시 후 그는 그것이 무엇인지 말해 보라고 재촉하였다.

"이 백마강 안의 수궁에는 우리나라 임금이신 의자왕의 부친 무왕마마께서 거하고 계십니다."

"뭐? 뭐라고? 그럼 그 무왕의 조화란 말이냐? 음……."

"그렇소! 백제의 이런 운명을 보시고 무왕께서는 용으로 변신하셔서 장군의 함대를 막고 있는 것이란 말이오."

"무엇이? 고이하다! 그렇다면 어찌 그 용을 처치할 수 있겠느냐."

노인은 당장 회군하는 길 밖에 무슨 수가 있겠냐며 서슬이 퍼렇게 되어 소리쳤다. 나라가 망하는 판국에 충성스런 이 초부는 자기의 일신을 따질 생각도 없었다. 삼천 궁녀는 낙화암에서 떨어져 자결하였고, 계백은 자기의 처자를 죽이고 황산벌 싸움으로 나간 것을 안 노인이 나라 망하는 일을 기다려 그 비법을 가르쳐 주기는 커녕 귀뜸이나 할 일이 있겠는가?

"뭐라구? 이 요망스런 늙은이가! 여봐라 이 늙은 것을 묶어다 목을 치도록 하라. 에잇 괴씸한 것!"

당나라 군사는 목을 치기에 앞서 노인을 구슬러 보았고 재물을 줄테니 말하라고 매수하려고도 들었다. 그러나 이 초부는 끝내 고개를 저어 죽음을 당하고 말았다.

노인의 말을 들은 소정방은 웬 만큼 풀이 죽었으나 그대로 포기할 수는 없었다. 소정방은 또 하나의 백제 사람을 잡아오라고 하였다.

요번에는 재물에 눈이 어두운 백제의 간특한 신하를 데리고 왔다.

"듣거라! 백제의 멸망은 바로 눈앞에 왔다. 이 배가 빠질 수 있는 방법을 알려준다면 원대로 재물과 보화를 나누어 주겠다. 어서 명안을 내어 보아라!"

이 간특한 백제의 신하는 소정방이 재물 보화를 주겠다는 말에 귀가 번쩍 뜨였다. 이러한 인간에겐 임금이고 나라고 없었다. 그는 간사한 웃음을 웃어가며 그 방법을 대주고 말았다. 일개 초부만도 못한 놈이었다.

"헤헤, 그거야 간단합죠. 원래 무왕은 백마를 좋아 하셨으니 낚시에다 미끼로 백마를 물리어 강물에 넣으면 쉽게 낚아 올릴 수 있사옵니다 네."

이러한 백제 신하의 말을 들은 소정방은 무릎을 치며 좋아했다.

자기의 조국을 배신한 신하에게서 얻어 들은 묘안대로 소정방은 그 즉시 백마 한 필을 얻어 다섯 자가 넘는 낚시에 꿰어 강 한가운데로 던졌다.

"어서 어서 물어라! 어디 한번 힘자랑을 해보자!"

소정방이 낚시를 드리우자 얼마 안 되어 정말 동아줄이 팽팽해지며 용의 머리가 물 위로 치솟는 것이 아닌가.

당의 병졸들은 손바닥을 치며 환호성을 질러댔다.

용의 처참한 울음 소리와 함께 소정방과 용과의 줄다리기는 시작 되었다. 몇 시간을 두고 이를 악물며 잡아끄는 소정방과 몇 길을 오르내리며 노기를 뿜는 용과의 대결은 막상막하였다.

"에잇! 이놈의 용, 누가 이기나 어디 두고보자."

소정방은 죽을 기를 써서 동아줄을 낚아 올렸다. 과연 소정방의 힘은 대단한 것이었다. 용의 기다란 울음소리는 천지를 울렸고 병졸들의 환호성은 그 뒤를 따라 높아졌다. 용은 공중을 날듯이 높이 치켜 지면서 기여코 그 큰 머리를 바위에 부딪치며 떨어져 숨을 거두었다.

"으하하하——."

소정방의 웃음 소리가 하늘을 찌를 듯 그 기세는 대단한 것이었다.

"구두룡이 아니라 백 개의 머리를 가진 용이라 한들 이 소정방의 힘에는 한 마리 물고기 잡는거나 다름이 없을걸. 힘을 쓰고 났더니 몸이 날아갈 것 같이 상쾌하도다. 에잇! 그러나 그놈의 용 때문에 사비성의 함락을 신라군에게 빼앗기고 말았구나. 자——. 앞으로 진군한다."

잠시동안 조용하던 백마강은 다시 당군의 북소리 징소리와 함께 병졸들의 함성으로 가득찼다.

수중에서 마지막으로 백제를 지켜주던 용도 이렇게 가버렸다.

이제는 아무 거칠 것이 없었다. 소정방의 군사들은 노도와 같이 사비성으로 밀려 들어갔고 백제는 드디어 멸망하여 신라의 손으로 넘어갔다.

한편 소정방의 미끼에 잘못 걸려든 용은 백제를 지키던 노력도 허사로 숨지고 말았으나 그 용이 어찌나 큰 것이었던지 그 썩는 냄새가 팔 십리밖 동천에까지 뻗쳤다 하며 용이 떨어져 죽은 자리와 용장 소정방이 용을낚던 자리가 조룡대인데 지금도 조룡대엔 두 무릎을 꿇고 용을 낚던 소정방이 무릎 자욱이 움푹 패여 있고 용을 끌어낼 때 생긴 밧줄 자욱이 아직도 선명해서 옛일을 다시 생각케 해주고 있다.

원래 인간의 역사란 잔인한 것이었고 그 잔인한 그림자는 어디에나 남아 있어 옛일을 애기해 주지만 백제의 고도인 부여 만큼이나 애절한 사연이 많이 깃들인 곳도 없을 것이다. 조룡대의 밧줄 자국 하나만 하더라도 우리는 얼마나 횡포한 역사의 잔인성을 엿볼 수 있는가!

옛이름 사비성.

백제가 옮긴 세 번째의 서울이다.

백제는 여기서도 국운을 바로잡지 못하였고 백제 왕실은 영화와 사치와 환락만을 일삼았던 것이다. 오십년 도읍지를 낭비로서 쓰러뜨리고 결국은 나당 연합군에 의해 망하고 말았으니 영화와 사치가 가져다 준 비운만이 후세 사람들의 가슴에 애잔하게 남는다.

초생낭자와 구렁이

●규중심처 양가집 처녀 초생낭자의 방을
밤마다 찾아든 준수한 도령, 그는 초생낭자의
사랑을 독차지 했으나, 그 정체는 연못에서
살고 있던 구렁이었다. ●

고려 초엽, 평양성 남문 밖에는 성 안팍을 막론하고 쩡쩡울리는
큰 부자 김좌수가 살고 있었다. 그는 대궐같이 큰 집을 지니고
있었다. 그런데 이 집안에는 사치스럽도록 크고 깊은 연못이 하나
있었다.

연못가 개구리들의 울음소리가 무척 처량하게 느껴지는 어느날
밤. 소 나무 사이로 훤한 달님이 집안을 내려다 보고 있었다. 얼굴
곱고 마음씨 고운 데다가 시문(詩文)까지 뛰어난 김좌수의 딸
초생낭자는 오늘도 책장에 눈을 주고 있었다.

창문으로 스며들어 책장을 비치는 부드러운 달빛이 너무나
아름다워참다 못해 책장을 덮고 뜨락에 내려선 초생낭자는 달덩
이가 담긴 연못으로 가까이 다각섰다.

아 너무나 아름다운 달빛이여……

달이 흘려보낸 은가루를 받아 담고 넘실거리는 연못이여…….

아아! 이렇게 아름다운 달밤이언만,

  준수한 도령이라도 나타나 준다면 이 아름다운 밤을 지새우며 글을 짓고 얘기할 텐데…… 가볍게 내뱉는 낭자의 말이 끝나자 연못에서 울어 대던 개구리들의 울음소리가 뚝 그쳤다.

  '아니 개구리의 울음이 왜 갑자기 멎었을까!'

  의아로운 마음으로 눈빛을 굴리고 있던 낭자는 어디선지 자기를 부르는 목소리가 들려오는 것 같았다.

  이런 한밤중에 자기를 부를 리 없다고 생각한 낭자가 고개를 돌리려하는데 또 다시 자기의 이름이 또렷이 귀에 들리는 것이었다. 바로 가까운 곳에서 들리는 청년의 목소리 같았다.

  "아니? 누구요……."

  "낭자! 놀라지 마십시오!"

  "아니, 누구신데 이 밤중에 남의 집 울안에 들어 오셨오?"

  청년은 은근한 눈으로 낭자에게 다가서며 호소하는 목소리로 말하였다.

  "낭자! 부끄러운 말씀이오나, 이 몸은 오랫동안 낭자를 사모하여 왔습니다. 바라건대 이 밤을 의으며 낭자와 함께 있고 싶사옵니다."

  낭자는 조심스레 그 청년을 살펴 보았다. 화려한 모습이었다. 금빛 관을 쓰고 청색 도포를 걸친 몸매는 믿음직했으며 얼굴의 단정한 이목구비는 낭자의 마음을 끌기게 족했다.

  "소녀 글읽기 좋아하고 시짓기를 즐기옵니다만…… 도령께서는 뉘댁 도령이신지요?"

  도령은 난처한 표정이 되어 대답을 못하고 한숨만 몰아 쉬었다.

"낭자! 그것만은 묻지 말아주오, 다만 지금껏 낭자를 사모해 왔던 외로운 한 청년으로만 알고 계셔주오."

"하오나……."

"낭자 정말 부탁이오. 아무도 모르는 이 밤을 다만 낭자와 함께 글을 읽으며 머물도록 허락하신다면……."

"그러하오나 우리집은"

"알고 있사옵니다. 이 댁은 김좌수댁, 낭자는 김좌수의 따님, 하오나 이 몸은 멀리서 누가 오더라도 귀가 밝아 알아 차릴 수 있는 사람이오니 낭자! 이몸과 이 밤을 즐기십다."

"아아! 소녀 역시 그렇게 하고 싶사오나……."

이렇게 말하는 낭자의 가슴 속은 도령에 대한 호기심과 기대감으로 부풀어오르고 있었다. 완고한 집안 사정만 아니라면 당장에라도 도령과 어울려 몇 일이고 몇 달이고 얘기하고 싶었다.

도령은 더욱 간절히 애원하는 투로 낭자의 가슴을 흔들었다.

"낭자! 제발 염려마시고…… 이몸은……, 이몸은 귀밝은 사람이오니…… 자아 낭자! 어서 이몸을 데려가 주시오. 낭자의 방으로 아, 낭자!"

아무도 접근하지 못할 규중심처 엄한 양가집 규방에 들어선 도령은 한껏 황홀한 기분이었다. 그런데 이상한 일은 도령이 방으로 들어서자 연못안의 개구리들은 또 다시 개골거리며 울어대기 시작했다.

성 안은 죽은 듯 고요했는데 초여름 밤의 달빛은 휘영청 잠든 세상을 밝히고 있었다. 밤이 깊는 줄 모르고 달빛만이 외로운 밤에 글을 읽던 두 남녀는 하염없이 달콤한 속삭임으로 들어가곤

했다.

이렇게 밤은 깊어가서 중천의 달이 기우뚱 서쪽 하늘로 기울고 동쪽 하늘엔 희뿌연 새벽이 밝으려고 하였다. 먼동이 트기 시작하자 평양성의 종각에선 우람진 종소리가 울렸다. 이 소리는 남문을 넘어 김좌수댁 초생낭자의 깊은 규방에까지 울려 퍼졌다.

"아니 도령님 갑자기 웬일로 일어 나시죠?"

종소리를 듣자 도포를 입으며 일어서는 도령을 보고 낭자는 섭섭한 마음으로 물었으나 도령은 초조해지는 얼굴을 감출길 없이,

"이젠 가봐야 합니다."

"조금 더 있다가 가셔도 돼요."

"이 몸인들 고운 낭자곁을 떠나고 싶겠습니까? 그러나 떠나야 합니다. 이 몸은 지금 곧 가야 합니다."

도령의 얼굴을 아쉬운 눈으로 쳐다보던 낭자는 와락 도령의 가슴을 파고 들었다.

"도령님!"

한 마디의 이 말은 낭자의 마음 속을 죄다 얘기할 만큼의 여러 의미가 들어 있었다.

"어여쁘신 낭자!"

낭자의 얼굴을 안은 도령의 얼굴 또한 헤어지기 싫은 표정이 역력하였다. 그러나 어쩔 수 없이 떠나야만 하는 안타까움 어찌하랴!

"도령님! 오늘 밤을 꼭 기다리겠어요."

"낭자 알겠소. 걱정하지 마오."

"도령님!"

도령은 무거운 걸음으로 방안을 나섰다. 그동안 울고 있던 개구리들은 또 다시 뚝 울음을 그치는 것이 었다. 연못은 한참동안 정적에 차있게 되었다.

얼마의 시간이 흘렀을까 개구리들은 또 약속이나 한 듯이 일제히 울어 대었다. 그날부터 금빛 관을 머리에 쓰고 푸른 도포를 입은 도령은 아무도 모르게 하루도 거르지 않고 초생낭자의 방을 찾아 들었다.

낭자의 아름다움에 현혹된 도령과 이름도 성도 모르는 도령의 준수함과 글 재주에 매혹 당한 초생낭자는 매일밤 꿀같은 시간을 속삭이며 보냈다. 이렇게 낭자와 도령의 사랑은 무르익어 갔으나 한가지 이상한 사실은 첫날이나 그 훗날이나 밝혀지질 않은채 새벽종이 울기만 하면 도령은 황급히 옷을 입고 돌아갔다.

초생낭자는 궁금증을 견디다 못하여,

"도령님 왜 저 종소리만 들려오면 귀를 막으시고 가시려는 거예요? 종소리가 그리도 싫으십니까?"

낭자의 표정을 살피던 도령은 당황하며,

"아니 그럴리가 있겠소? 가야할 시간이 되어 일어나는것 뿐이오! 낭자 별달리 생각마시고 오늘 밤에 또 만나기로 합시다."

도령은 자꾸만 흐르는 시간이 초조해져서 신음소리를 했다.

"아상하다고요? 무엇이……. 무엇이 이상하다는 거지오."

안절부절 어쩔줄 모르고 서성대는 도령이 딱하다고 생각되자 낭자는 도령을 달래듯,

"도령님! 제가 듣기 싫은 소리로 도령님을 괴롭혀 드렸나 봐

요. 소녀는 다만 도련님과 잠시라도 더 있고 싶은 생각에서
한 소리였는데…….”

“낭자의 잘못은 없소. 자 낭자 그럼 이몸은…… 이몸은 그만
가보겠소.”

“아아! 도련님!”

“낭자!”

황급히 나가는 도령을 보고 혼자 남은 낭자는 여느 때와 마찬가
지로허전하고 쓸쓸했다. 아무리 생각해도 이상한 일이었다. 종소
리가 무엇이길래 그 소리만 나면 그렇게 초조해 하실까? 종소리에
놀래 황급히 일어서시는 도령은 대체 어떤 인물인가? 초생낭자는
이 궁금증을 풀 길이 없었다.

밤이면 만나는 도령이었으나 시간이 갈수록 초조해지는 것이었
다. 처음엔 양가집 규수가 밤중에 이름 모를 도령과 만난다는
소문이 퍼질까봐 두려워 하였었으나 이젠 새벽마다 어김없이
울려오는 종소리가 더 무서워졌다. 그러다 초생낭자는 한 가지
꾀를 생각해 내었다. 어느날 낭자는 몸종에게 패물을 내주며 종지
기를 찾아가서 하룻밤만 종을 치지 말도록 하라고 일렀다.

당부했던 그날이 왔다.

밤이 깊자 소리를 높여 울던 개구리들의 울음소리가 그치더니
도령이 나타났다.

낭자는 여느 때 처럼 도령을 반갑게 맞아 들여 자리를 편후
달콤한 속삭임으로 들어 갔다.

황홀해진 도령은,

“낭자! 아아! 언제까지나 이몸은 낭자 곁에만 있고 싶소. 그러

나 아아!"

"도령님, 소녀도 그러고 싶사옵니다. 언제까지나 도령님 곁에 있고 싶사와요. 그래서……."

낭자의 말에서 이상한 예감을 받은 도령은 갑자기 긴장이 되어,

"그래서 무슨……?"

"아, 아무일도 아니와요. 도련님."

종지기에 종을 치지 말라고 당부해 둔 그날 밤, 밤은 점점 깊어 갔다. 이렇게 새벽은 다가와서 보통 날이면 치던 종소리는 울리지 않고 밖은 훤히 밝아왔다. 영창이 밝아오자 도령은 초조와 불안으로 어쩔줄 몰라했다. 신음소리를 내며 안절부절 못하는 도령을 보자 초생낭자는 정말 이상한 생각이 들었다.

"도령님! 갑자기 왜 그러시온지요?"

"낭자, 어 어서 내 관과 도포를 …… 어서 낭자!"

"여기 있사와요 도련님!"

푸른 도포를 걸치다 말고 도령은 그 자리에 주저 앉으며 이상한 신음소리를 뱉더니 이윽고 길게 늘어져 방바닥에 쓰러지고 말았다.

초생낭자는 도령의 변하는 모습을 보자,

"아악!"

외마디 비명을 지르고 쓰러지고 말았다. 낭자는 그만 기절하고만 것이다.

아침 햇살이 방안으로 들어오자 푸른 도포의 모습은 시퍼런 뱀가죽으로 변했고 금빛으로 빛나던 관은 구렁이의 푸른 머리로

변했다. 도령의 정체는 바로 청구렁이었던 것이다.

실신하여 넘어진 초생낭자를 슬픈 눈으로 보고 있던 청구렁이는 천천히 몸을 놀려 개구리가 놀고 있는 연못 쪽으로 사라졌다.

그 후. 어쩐 일인지 쩌렁쩌렁 울리던 김좌수댁 재산은 차츰차츰 줄어들고 김좌수 역시 병이 들어 움직이지 못했다.

이것은 초생낭자인 김좌수의 딸이 연모한 그 연못의 지거미, 청구렁이가 그만 본색을 드러내자 자기의 정체를 부끄럽게 여겨 김좌수네 집 연못에 서 떠났기 때문이다.

그리고 도령이 나타날 때마다 개구리들이 울음을 그쳤던 것은 그 청구렁이가 무서웠기 때문이었던 것이다. 이제 세월은 흘러 초생낭자와 사랑한 청구렁이의 애닮은 전설만이 전해지고 있으나 평양성 남문 밖의 김좌수네 연못은 찾아볼 길이 없다.

음부(淫婦)와 열녀문

● 당신이 그때 저지른 일도 내가 모르는 바
아니지만 우리집 가문을 위해서 용서했소.
그러나 더 이상 간섭마시요. ●

과거 급제를 목표로 박문수는 한 겨울을 경상남도 합천 해인사
에서 글을 읽으며 보냈다. 추위가 가셔지고 온갖 화사한 꽃들은
만발하며, 새들의 지지배배 소리가 정겹기만 한 춘삼월, 아직 청년
인 박문수의 가슴은 공연히 싱숭생숭하여 가만히 앉아 글만 읽기
엔 너무나 좀이 쑤시는 것이었다.

여느 때보다 밝고 따스한 햇볕이 비치는 봄날 박문수는 개나리
봇짐을 짊어지고 산천 경개를 구경하러 다시 팔도강산을 유람차
나섰다.

경상남도를 두루 다니던 끝에 상주 땅에 들어섰다. 문경 새재가
험하고 높다기에 한번 들러 본 것이었다.

험한 첩첩 산중 산골길을 종일 걷다보니 어느덧 봄날의 짧은
해는 뉘엿뉘엿 서산으로 넘어가고 종일 걷던 다리는 휴식을 요구
해왔다. 때마침 보이는 산골짝의 외딴집 한 채를 발견하고 기뻐서
문을 두드렸다. 십칠팔세쯤 되는 소년이 문을 열어 주었다.

"애야, 나는 유람을 다니는 나그네로 하룻밤 신세 져야 겠는데

……."

소년은 혼연한 기색으로 조용히 아랫방으로 안내하고 강냉이밥과 산나물국을 저녁상으로 차려 들여 왔다.

온 종일 밤 한 끼 못먹은 박문수는 게눈 감추듯 차려온 밥을 먹고 있으려니까 살며시 방문이 열리고 소복한 여인이 숭늉을 떠 들여 놓고 나갔다. 꽃같은 입술은 방긋이 웃는 듯 하였다.

언뜻 보기에도 젖빛 같은 흰 살결에 호리호리한 몸맵시 하며 어딘가 수심스러워 보이는 맑은 눈동자는 무어라 형용키 어려운 그윽한 아름다움과 가련함으로 보는 이의 마음을 들뜨게하고 남음이 있었다.

청년 박문수는 부지 중에 얼굴을 벌겋게 붉히며 두근거리는 가슴이 두방망이질 치는 듯했다.

얼마 후. 나무를 져다가 헛간에 쌓고 들어온 그 소년은

"손님 형이 돌아가신 후로 식구라고는 노망한 귀머거리 모친과 과부가 된 젊은 형수와 저 밖에 없으므로 일손이 모자라 손님 대접도 변변히 못해드려 죄송합니다."

하고 사과하며 이어서 오늘 밤 자기 백부의 제삿일로 부득이 산 너머 큰댁에 가야겠으니 주인 없는 방이라고 미안해 마시고 편히 쉬시라는 말과 함께 새벽에는 돌아 온다고 하며 이내 나가 버리는 것이었다.

박문수는 어린 소년의 예의 바른 마음을 속으로 칭찬하며 아랫목에 자리를 펴고 잠을 청했다.

달빛은 방안에 가득하고 멀지 않은 숲속에서 들려오는 처량한 두견새의 울음소리는 자못 나그네의 심회를 돋우는 듯 하였다.

　게다가 조금 전에 본 이집 과부의 환상이 자꾸만 어른거려 도무지 잠을 청할 수가 없었다.

　집 생각 과거 볼 생각 등 이 생각 저 생각에 정신이 뒤숭숭했으나, 그중에서도 가장 마음을 뒤숭숭하게 하는 것은 역시 젊은 과부의 고운 모습이었다.

　'이런 산골에서 정말 드물게 보는 미인이다. 나를 보고 방긋 웃는 듯한 건 무슨 까닭일까? 아하 그렇기도 할테지 꽃같이 젊은 나이에 과부가 되었으니 이런 산중에서 나같은 호남아를 보았으니……. 그래 지금 무슨 생각을 하고 있을까? 보나마다 지금쯤 이불 속에서 이리 뒤척 저리 뒤척 하며 불 붙는 정열을 억제하노라 눈물개나 흘리고 있을테지. 물고기의 마음은 물이 알고 물의 마음은 물고기가 아는 것이다. 어린 소년은 큰댁에 갔고 노망한 귀머거리 할멈은 세상 모르고 자고 있을 것이니 야 이것참 천재일우의 기회로구나!'

　이렇게 생각한 박문수는 자리를 박차고 벌떡 일어나 문을 열고 마당으로 내려섰다. 열사흘 달빛이 대낮 같이 흐르는데 삼라만상은 죽은 듯이 고요한 깊은 밤이었다.

　이때 였다. 울타리 밖에서 인기척이 나기에 훌쩍 헛간으로 들어가 몸을 숨기고 동정을 살폈다.

　다음 순간! 휘익하는 찬 바람 소리와 함께 홀연히 건너방 문이 소리없이 열리며 소복한 그 여인의 상반신이 문밖으로 나와 손짓을 하는 것이 아닌가!

　박문수는 더욱 손에 땀을 쥐고 다음 거동을 기다렸다.

　휙 울타리를 뛰어 넘는 소리와 함께 바람같이 건너방으로 들어

가는 사나이가 보였다. 얼른 보아도 키는 구척장신은 될 듯하고
깍지똥 같은 몸집에 검은 장삼을 입었으며 머리는 빡빡 깎은 틀림
없는 중놈이었다.

다음 순간 창호지로 비치는 두 그림자는 하나로 합쳐졌다. 숨막
히는 듯한 포옹의 광경이었다.

"애는 큰집에 갔는가?"

사나이는 낮고 굵은 목소리였다.

"백부 대상에 갔으니까 새벽녘이나 되어야 돌아 올거예요."

소복 미인의 소근거리는 소리에 이어 부시럭 거리는 소리로
미루어 보아 옷벗는 소리임에 틀림 없었다. 이윽고 불이 꺼지고
곧 여자의 간드러진 교성이 들렸다.

"젊은 애두 하루 속히 해치워 버리라니까."

"글쎄 너무 독촉마세요. 이제 기회를 봐서 쥐도 새도 모르게
처치 해버릴 예정이예요."

"뭐 그렇게 어려운 일인가 먼젓번 처럼 술에다 극약을 타 먹이
면 깨끗할텐데……."

이 수작을 들은 박문수는 부지중 의분의 주먹을 부르르 떨었
다.

'그러니까 저 년놈들은 전부터 그렇고 그런 사이로 소년의 형되
는 사람도 계집의 독수리에 걸려 비명에 죽은 것이 분명하구나.'

살짝 헛간에서 빠져나온 박문수는 아랫방으로 들어가서 행장
속에 감추어 두었던 예리한 비수를 꺼내 들고 다시 마당으로 내려
섰다.

건너방에서는 요란할 정도로 거친 숨소리와 소근거리는 소리가

들렸다.

'저 년놈들을 그대로 놔 두었다가는 불쌍한 소년마저 독살를 당하게되고 따라서 이 집 안은 망해 버리고 말 것이 아닌가!)

박문수는 가만히 방문앞까지 다가서서 열심히 방안 동정에 귀기우렸다. 방안은 정욕의 도가니 속으로 남녀의 거친 숨소리는 일층 높고 거세게 들렸다.

박문수는 방문을 걷어차고 나는 새와 같이 방안으로 뛰어 들었다. 그리고 계집을 타고 엎드린 사내의 목덜미를 그 예리한 비수로 푹 찔렀다. 다음순간 놀라 일어나려는 계집의 젖가슴을 찔렀다.

시뻘건 선혈이 낭자히 방안을 적시고 동시에 두 남녀는 황천객이 되었다. 아랫방으로 돌아온 박문수는 피묻은 칼을 종이로 닦고 다시 행장 속에 깊숙이 간직한 후에 자리에 들었다.

얼마쯤이나 지났을까,

"손님 주무십니까?"

하는 소년의 말과 함께 방문이 열렸다.

박문수는 자는 것을 가장하며 대답을 하지 않았다. 소년이 문을 닫더니 다시 건너방 문여는 소리가 들려왔다. 얼마 후 다시 문닫고 나오는 기척이 들리기에 가만히 일어나 문구멍으로 내다 보았다. 소년은 무엇인가 무겁게 짊어지고 대문밖으로 나서는 것이었다. 필경 그 중놈의 시체임에 틀림 없을 것이었다. 필연 그 놈의 시체를 묻으러 가는 것이리라.

이윽고 날이 밝았는데 갑자기 안에서 곡성 소리가 들리더니 잠시 후 소년이 아랫방으로 들어왔다.

박문수는 아무것도 모르는체 하며,

"그런데 별안간 들린 그 곡성은 무엇인가?"

하고 물었다. 소년은 두 주먹으로 눈물을 씻으며,

"간밤에 우리 형수님이 기여이 자결을 하셨습니다. 형님이 작고 하신 석달 후 부터 자기도 따라 죽겠다고 하는 것을 겨우 막아 왔는데 어제 밤 제가 없는 틈을 타서 칼로 가슴을 찔러 자결을 한것입니다. 유서를 써 놓고."

라고 말하는 소년의 표정은 조금도 거짓말 하는 사람같지 않았다.

이 말을 들은 박문수는 적잖이 놀랐다. 이런 산골 구석에 책 한권 제대로 못보고 산에 불을 질러 화전이나 갈아 먹는 어린녀석이 용의주도한 거짓말을 꾸미는 솜씨엔 놀라지 않을 수 없었던 것이다.

그런지 어느덧 삼년이 지나 박문수는 과거에 급제하여 내직으로 있다가 영남어사가 되어 패의파립으로 변장하고 민정을 살피며 두루 경상도 일대를 돌아 다니다 벼르던 상주땅으로 들어서서 예의 그 소년의 집을 다시 찾았다. 대문에 이르러 보니 뜻밖에도 문앞에는 열녀문이 서 있지 아니한가…….

그리고 거기에는 글이 새겨져 있는 것이다.

'모년 모월 모일 열녀 임씨가 죽은 지아비를 따라 죽었으므로 그 열절(烈節)을 정표한다.'

이것을 본 암행어사 박문수는 고소를 금치 못했다. 그리고 다시 한번 모순된 세상을 개탄했다.

나라에 충성하는 정직한 사람은 간신으로 몰리어 죽고, 간부와

쾌락을 같이 하기 위하여 자기의 남편을 죽인 음부가 열녀가 되어 열녀문 까지 세워주는 세상이 어찌 한심치 아니한가! 정말 한심하고 가소롭기 그지 없는 것이다.

　그날 밤.

　저녁상을 물린 암행어사 박문수는 이젠 어엿한 주인이 된 총각과 마주 앉았다. 그리고는 대강 마을 민정을 알아보고 나서 이렇게 물었다.

　"문앞에 선 열녀문은 자네 형수의 사적인가?"

　"그렇습니다."

　총각의 대답은 천연스러운 것이었다.

　"자네는 진실로 자네 형수가 열녀문을 세울 자격이 있다고 생각하나?"

　이 물음은 청년의 안색을 돌연 변하게 만들었으며 청년은 갑자기 허리에 찼던 낫을 꺼내 들었다.

　"당신이 그때 저지른 일도 내가 모르는 바 아니었으나 그것은 우리집 가문을 생각한 마음에서 나온 것이므로 용서 했었소. 그러나 만일 또 한번 더 쓸데 없는 간섭을 한다면 이 낫으로 사생(死生) 결단할 터이니 그리아시오!"

　이 추상 같은 청년의 호통은 박어사의 가슴을 움찔하게 할 정도였다. 어사도 그만 입을 다물고 말았다.

첫날 밤의 괴변

• 결혼 첫날밤 신랑의 목을 짜른 범인은
과연 누구였던가? •

나이 어린 신랑이 장가를 갔다가 첫날밤에 머리가 잘려서 송장
이 된 사건이 일어났다. 때는 이조(李朝) 명종(明宗)때였다. 죽은
신랑은 북촌에 사는 최승지의 삼대독자 외아들인 것이다. 신부는
남촌에 사는 김승지라는 사람의 딸이 었다.

신랑은 열 다섯 살이요, 신부는 열아홉 살로서 신랑보다 세
살이나 위였다. 원래, 최승지가 김승지의 딸을 며느리로 삼기로
한것은 최승지가 빨리 후손을 얻기 위해서 동료인 김승지에게
통혼을 한 것이다.

혼삿날이 되자 최승지의 아들은 김승지의 집으로 장가를 들러
가서 초례를 치르고 저녁 때가 되어 신방에 들었다. 신랑이 신방
에 들자 유모와 하녀들이 주안상을 차려오고, 원앙금침을 펴 놓았
다. 신부는 보기드문 미인으로서 인근 동리에 소문이 자자한 처녀
였다.

얼마 후에 신방의 촛불이 꺼졌다. 밤이 지새고 아침이 됐다.
그런데 별안간 신방에선 신부의 비명소리가 들려 나왔다.

"아이구머니나! 이를 어쩐담!"

이 소리에 놀란 집안 사람들이 신방으로 몰려 들어가 보니, 이것이 웬말인가, 신방 안엔 붉은 피가 홍건히 고였고 어린 신랑의 목을 어느 누가 잘라가고 만 것이다.

신부집은 금새 난장판이 됐다.

하여간 이 변고는 급히 신랑집에 알려져서 목이 없는 시체는 최승지 집으로 옮겨지고 최승지 부부의 통곡 속에 장례를 치렀다.

이러한 참변이 일어난 후로 동리에선 여러가지 소문이 퍼지기 시작했다.

'그거, 아마도 간부의 짓일거야, 깜찍한 김승지의 딸에게 간부가 있었나 보지……'

"하여간, 필유곡절 신부와 무슨 관계가 있는 자의 소행일 거야."

하고, 모두 자기 나름대로 소문을 퍼뜨렸다.

과연, 누가 그러한 끔찍스런 짓을 했단 말인가…….

그런데 신랑의 장례가 끝나자, 최승지의 집엔 느닷없이 한채의 가마가 들어왔다. 그리고 가마 속에서 나온 사람은 뜻밖에도 신부인 김승지의 딸이었다.

신부는 시부모에게 절을 하고 나서 통곡을 하며 죽어도 시댁의 귀신이 되겠다는 것이다. 그러자 최승지는 '내 아들을 죽인 것은 너의 간계다'라고 당장에 호통을 치고 싶었으나 꼭참고 있었는데 최승지의 부인은 분을 못참고서

"네가 무슨 낯으로 우리 집엔 왔느냐! 어서 돌아가라! 내 아들이 죽은 것은 모두 너 때문이다!"

하며, 고함을 질렀다. 그러나 새색시는 눈물로 하소연하며 돌아가지를 않았다. 최승지는 할 수 없이 방을 정해주고 자기 집에 머물게 했다.

어언 수개월이 지났다. 그런데 그동안 새색시의 언행이 매우 얌전하여 차차 최승지의 마음에 들게됐다. 그러던 어느날 새색시인 며느리가 조용히 최승지의 방안으로 들어와서 말문을 열었다.

"시아버님께 여쭙기는 죄송스러우나 아무래도 제 남편을 죽인 사람은 이 시댁 안에 있는 것 같습니다."

이 말에 최승지는 깜짝 놀랐다. 그러자 며느리는 더욱 침착하게,

"진정하시고 제 얘기를 들어 주시옵소서."

하며, 얘기를 계속하는 것이다. 며느리의 얘기를 듣고 있던 최승지는 전신을 떨며,

"온 천하에 죽일 년놈들 같으니!"

하고, 분을 참지 못했다.

원래 최승지의 부인은 본처가 아니고 죽은 최승지의 아들이 다섯살 때 상처를 하여 과부를 얻어 후처로 삼은 것이다.

그런데 그 후처가 매우 얌전하여 전실 자식에게 친어머니 못지않게 대해주며 모든 가사를 잘 처리했다. 그래서 최승지도 매우 기뻐하게 되었고 부부간의 금슬도 좋았다.

어언 세월이 흘러 십년이 지나자, 최승지는 부인에 비해 매우 나이가 들어 전과 같이 부인을 가깝게 하질 못하고 각각 딴 방을 거처하게 됐다.

첫날밤에 남편의 흉사를 당한 며느리는 시어머니가 죽은 남편의 친어머니가 아니고 계모라는 사실을 알고 시댁에 와서부터 시어머니의 거동을 세밀히 살피기 시작했다. 그런던 중 시어머니가 밤이면 항상 마을 다니는버릇을 알아냈다. 그리고 마을가는 집은 죽은 시어머니의 이질녀의 집이었다. 전실 아들을 사랑하는 나머지 전실의 이질과도 가깝게 지낸다는 것은 누가 보나 좋은 일이었다.

그런데 이질녀의 집에 다녀온다고 나간 후 실상 이질녀의 집에 있는 시간은 얼마 안되고 대부분은 다른 곳에서 시간을 보내고 오는 사실을 알아냈다. 이 점에 의심을 품은 며느리는 밤바다 몰래 뒤를 밟아 보았다.

어느날 며느리가 뒤를 따라보니 시어머니는 이질녀의 집에서 나와 옆집에 있는 하인의 집인 만석의 집 처마끝에 붙어 방문을 두드리는 것이다. 며느리는 숨을 죽이고 들창문에 바짝 붙어서 방안의 사정을 살폈다. 방안에선 뜻밖의 소리가 들려왔다. 우선 남녀가 숨가쁘게 정사를 하는소리가 들리고 정교가 끝나자 분명히 시어머니의 목소리가,

"그때 그 애 대가리는 어떻게 했어요?"

하고, 속삭이는 소리가 들려왔다. 그러자 남자 목소리가

"당신네 집 연못 속에 던져 버렸죠."

하고, 말하는 것이다. 그러자 시어머니의 목소리는,

"에그머니나, 왜 연못에 버렸어요. 어느 산에 묻지 그랬어요. 그래서 요즘 꿈에 자꾸 그에 모습이 보이는군요."

하는 것이다.

이러한 방안의 대화를 들은 며느리는 정신이 아득해져서 간신히 집으로 돌아왔다. 며느리는 이러한 사실을 숨김없이 시어버지인 최승지에게 얘기한 것이다. 최승지가 미친듯이 노한 것은 두말할 필요도 없다. 며느리에게 얘기를 들은 최승지는 자기집과 동네집 하인들을 모두 불러서 술을 먹였다. 물론 만석도 참석을 했다.

하인들에게 술을 진탕 먹인 후 최승지는 농담을 했다.

"너희들 중에서 가장 힘이 센 사람이 누구냐?"

하인들은 이구동성으로 대답을 했다.

"네, 만석이 제일 힘이 셉니다. 우리들 열 명이 만석 한 사람을 당할지 못당할지 합니다."

최승지는 시치미를 떼고서,

"그럴리가 있나?"

하고, 말하자 일동은,

"정말이 올시다. 정말 만석이는 힘이 장사입니다."

그러나 최승지는 싱글벙글하고 있는 만석이를 향해서,

"네가 정말 이 방 안 사람들이 다 덤벼도 이겨낼 자신이 있느냐?"

하고, 묻자 이번에는 만석이 의기 양양하여,

"너희들 다 덤벼봐라!"

고, 큰소리를 친다. 최승지는 한 술 더 떠서,

"그래, 어디 너희들 모두 저 밧줄로 만석이를 묶어봐라!"

고, 말했다. 그러자 하인들은 일제히 만석에게 덤벼 들었다. 워낙 여러 사람이라 만석은 엎치락 뒷치락 하다가 그만 밧줄에 묶이고 말았다.

　그러나 지금까지 장난으로만 알았는데 최승지는 느닷없이 불호령을 내렸다.

　"그놈을 이리로 끌고 오너라!"

　영문을 모르는 하인들은 명령대로 최승지 앞으로 만석을 끌고 갔다. 다음에 최승지는 또 자기 아내를 가리키며,

　"저년도 이곳으로 끌고 오너라!"

고, 명령을 내렸다. 그러자 최승지의 부인은,

　"아니, 왜 이러는 거요!"

하고, 반항을 했으나 종내는 하인들에게 끌려서 최승지 앞에 꿇어 엎드렸다. 최승지의 불호령이 내렸다.

　"네 년놈들이 저지른 죄를 모르겠느냐!"

　최승지의 눈에선 불이 나고 무서운 문초가 시작됐다.

　매질이 가해지자 두 남녀는 할 수 없이 모든 사실을 자백했다. 즉 최승지의 후처는 하인인 만석과 간통하여 최승지가 죽은 후 그의 재산을 가로 챌 욕심으로 최승지의 어린자식을 신방에서 죽이고 목을 잘랐다는 것이다. 그들의 자백한 대로 연못 물을 배내자 연못 속에서 과연 최승지 아들의 목이 나왔다. 격노한 최승지는 만석을 강물에 던지고 최승지 부인은 독약을 마시게 하여 자살케 했다. 이렇게 집안이 들통이 나자 최승지는 불쌍한 며느리를 친정으로 돌려 보내고 가산을 팔아서 정리한 후 울분한 심정을 달래기 위해 죽장에 짚신을 신고 서울을 떠났다. 또한 세월은 흘러 어느덧 십여년이 지났다. 서울 사람들은 이제 최승지의 일을 거의 잊어버렸고, 그때까지 최승지를 기억하는 사람들은

최승지도 객지로 돌아다니다가 객사해 죽었을 것이라고 생각했다. 그러나 최승지는 죽지 않았다. 그는 전라도 어느 산속에 땅을 마련하여 머슴을 두고 농사를 짓고 있었다. 하루는 한가이 들에 앉아서 지난일을 생각하고 있는데 느닷없이 말소리가 들려왔다.

"할아버지 이곳에 절은 어디 있습니까?"

최노인이 돌아보니 열댓살쯤 보이는 어린 소년이었다.

"이곳에서 십리 쯤 가면 절이 있다."

최노인이 대답하자 그 소년은 최노인 옆에 털썩 주저앉으며

"좀, 쉬어 가겠습니다."

고, 말했다. 최승지가,

"너는 몇살이냐?"

하고, 묻자 그 소년은,

"나이는 열다섯이죠. 성은 최가입니다."

고, 대답했다. 소년의 얼굴을 유심히 쳐다 보던 최노인은 그 소년이 십오년전에 죽은 아들의 얼굴과 너무나 닮았다.

"그래 너는 어디서 어디로 가는 길이냐?"

"저는 서울에서 내려왔습니다. 팔도강산을 다 돌아다닐 참이예요."

"팔도강산을 다 돌아다닌다니, 어린 나이로 무엇때문에 세상을 돌아다니느냐?"

"저는 제 할아버님을 찾고 있습니다. 제 할아버님은 최승지이신데요. 우리 아버지는 장가들러 가셨다가 첫날밤에 목이 잘려서 돌아가셨어요. 그후 우리 할아버님께선 재산을 팔아 가지고 팔도강산 유람을 떠나셨다고 하는데 어디로 가셨는지 찾을

116

수가 없습니다."

이 말을 들은 최노인은 깜짝 놀랐다. '그럼 이 소년이 내 아들의 유복자'란 말인가?

"그럼 네 외가는 혹시 김승지댁이 아니냐?"

"네 그렇습니다. 그런데 할아버지께선 그것을 어떻게 아세요."

최노인은 소년을 와락 끌어안으며

"옳다. 네가 내 손자로구나, 네 애비는 장가들러 갔다가 첫날밤에 흉사를 당했는데 요행히 네 어미가 너를 가졌었구나 기특한 내 손자야."

"할아버지!"

뜻밖에 손자를 만난 최노인은 눈물을 주룩주룩 흘리며 기뻐했다. 정말로 생시인지 꿈인지 분간이 서지 않았다.

"정말 천지 신명이 돌보셔서 너를 만났구나, 만일 이곳에서 너를 만나지 못했다면 나는 영영 내 손자가 이 세상에 있는 줄도 모르고 이 산속에서 죽었겠구나…… 내 손자야."

최노인은 죽은 아들을 만난 것처럼 기뻐했다. 이미 칠십이 넘은 최노인은 손자와 함께 서울로 올라왔다. 그때까지 수절을 하고 있던 며느리는 시아버지를 반갑게 맞이했다. 최노인은 손자와 며느리, 세 식구와 다시 살림을 시작했다.

솔거(率居) 이야기

● 신라시대의 솔거는 우리 나라 역사상
가장 뛰어난 대 화가다. 그가 화가로서
대성하기까지의 피눈물 나는 노력은
대단했다. ●

신라 진흥왕 때 시골 조그만 농가에서 태어나 솔거는 어렸을
적부터 뛰어난 용모의 준수함과 더불어 민첩한 그 기질로 인해
사람들이 실로 범상히 보아넘기지 않는 그런 사람이었다.

누구의 눈에도 솔거는 장차 큰 인물이 될 것이라는 확신을 가지
게 했다.

그는 가난한 집안을 도와 불과 여덟살의 어린 나이로 밭도 갈고
또 산에 가서 나무도 해와야 해야 했다. 그러나 솔거는 취미로
그림을 그리는 것을 나무를 하는 일보다도 밭을 가는 것보다도
더 원하고 있었다.

아침에 산에 오르면 늘 칡뿌리를 꺾어 쥐고 바위나 나무그루터
기에 앉아 고개를 갸웃거리며 근처의 소나무나 날아 가는 새모양
을 그리곤 했다. 그리하여 해가 솟으면 둥그렇게 해도 그려보곤
했다. 그림을 그리다가 깜짝 제정신으로 돌아오면 주섬주섬 나뭇
가지를 주어모아 짊어지고 집으로 내려오곤 했다.

또 들에 나가 밭을 맬 때는 쥐었던 호미 끝으로 땅바닥에 산이며 밭을 매는 소를 그리고 일하는 농부와 점심을 나르는 아낙네의 뒷모습을 그리며 발로 지우고 또 그림을 그리곤 하였다.

이렇게 솔거에게 그림을 떠난 생활이란 없었다. 산이나 들에서도 집에 서 밥먹을 때나 꿈에서도 그림은 솔거와 항상 붙어다녔다.

그토록 솔거는 그림이 그리고 싶었던 것이다.

솔거는 자라면서 점점 훌륭한 스승을 만나 그림 지도를 받고 싶었으나 솔거를 가르칠 사람은 아무도 없었다. 그랬으므로 그는 날마다 홀로 그림을 그리면서 자기를 가르쳐 줄 사람이 없음을 슬퍼하며 신에게 기도를 드렸다.

"신이여 제게 그림을 잘 그릴 수 있도록 도와 주시옵소서. 저를 가르쳐 줄 분이 없으니 바라옵건대 신께서 제게 그림을 가르쳐 주옵소서."

이러기를 여러 해. 어느날 밤 그는 꿈꾸었다.

꿈에서도 역시 기도를 드리고 있었는데 홀연히 흰옷을 입은 노인이 나타나 솔거의 손목을 잡으며 말했다.

"솔거야. 너의 지성스런 기도에 아주 감탄을 했다. 나는 신인단군(神人檀君) 이로다. 내가 네게 신의 힘을 주노니 장차 너는 그림에 성공하여라."

하고는 홀연히 사라지는 것이 아닌가.

문득 놀라서 깬 솔거는,

"이상한 일이다. 그러면 앞으로 나는 신의 힘을 빌어 그림을 잘그릴 수 있다는 얘긴가?……. 아 그럴수만 있다면 얼마나 기쁜 일인가!"

그는 자기의 지성스런 기도의 결과로 신의 계시를 받음에 기뻐서 뛰었다. 그리고 더욱 열심히 그림을 그렸다.

이렇게 하여 솔거는 마침내 명화공(名畵工)이 되었다. 이러한 명성에 올랐을 때 솔거는 이 모든것이 단군신인의 도움임을 깊이 감사하여 신인의 어진(御眞)을 정성드려 천 장을 그렸으니 그 어진은 모두 그가 꿈에 뵈옵던 그 모습이었다.

이렇게 신의 힘을 입은 솔거의 그림은 그리는 족족 명화임에 틀림이 없었다.

어느 날 솔거가 경주의 황룡사(皇龍寺)벽에 큰 소나무를 그렸는데 그 나무의 몸뚱이는 살아있는 용의 비늘같이 꿈틀거리고 가지와 잎은 살아있는 듯 바람에 나부끼는 것 같았다. 실물에 비하여 조금도 손색이 없는 이소나무에 날아가던 참새들이 잠시 날개를 쉬려고 그 가지에 앉으려다 떨어지곤 했다.

세월이 흘러 채색이 흐려지자 후에 사람들이 그 그림에 칠을 다시 하였으니 지나가던 참새 한마리 찾아들지 않았다 한다.

세상에 종말을 예언하는 우물

● 길가던 도승이 지적해 준 곳에 판 우물,
그것은 이 세상의 종말을 예언하는 우물로
유명하였다. ●

자세히 말하여 지금의 충청북도 괴산군 증평읍의 사곡리(射谷
里)——.

이곳은 약 오십 여호의 농가가 조용히 살고 있는 곳이다. 주민
들이 아무리 물을 많이 퍼써도, 또는 그냥 비켜 두어도 이 마을에
는 신기하리 만큼 줄지도 늘지도 않는 괴이한 우물이 있으니 여기
서 내려오는 전설 또한 이상한 것이다.

때는 이씨조선 제 7대왕인 세조가 자기의 조카 단종을 죽이고
왕위를 찬탈한지 몇년이 흐른 어느해 여름이었다.

몇년이나 계속되는 가뭄은 그해 여름에도 예외가 아니었다.
한 낮이면 뜨거운 태양아래 사람들이나 짐승들은 맥을 못추고
그늘로 찾아들어 축 늘어져 있곤 하였다.

그러던 어느 날. 그날 역시 햇볕은 불덩이 같이 내려 쪼이고
바람 한점 없는 더운 날이었다.

장삼을 길게 느린 한 도승이 사곡리 마을 앞을 지나가다가 무엇
인가 찾는 듯 사방을 두리번거렸다.

두 손을 들어 이마의 땀을 훔쳐내리는 도승의 얼굴은 먼길을 걸어온 듯 땀과 먼지로 엉켰다.

아침부터 험한 산길을 내려온 도승은 겨우 마을에 도착하자 먹을 물을 찾고 있었던 것이다. 그러나 아무리 휘둘러 보아도 우물이나 샘물은 보이지 않았다.

갈증을 견디다 못한 늙은 도승은 어느 집 사립문을 살그머니 밀고 들어갔다.

"주인장 계십니까. 지나가는 나그네인데 물 한 모금 얻어 마실까 합니다."

그러자 안에서 주인 아낙네가 나오며,

"마침 지금 집엔 길어 놓은 물이 없사온데 이 뒷마루에 앉아 기다리신다면 제가 곧 마실물을 길어 오겠습니다."

도승은 고맙다는 인사를 하고 주인이 말한대로 마루에 걸터앉아 땀을 식히고 있었다. 그렇게 한참을 기다리고 있었으나 물을 길러 간 아낙은 올 생각을 안 했다.

몇 시간이 지났는지 몰랐다. 기다리던 도승은 목마른 것은 둘째 치고 아낙네에 대한 호기심이 앞섰다.

저녁 때가 거진 되었을까 그 여인에 대한 호기심으로 바쁜 시간도 잊은 채 도승은 아낙을 기다리고 있었다. 그렇게 얼마쯤 지나자 아낙은 떨어지는 땀방울을 손으로 훔치며 물동이를 이고 집안에 들어섰다.

아낙은 숨을 몰아쉬며 물동이를 내려놓고 이렇게 늦게 기다리게 해서 죄송하다며 공손히 물을 떠 올렸다.

도승은 우선 시원한 물을 벌컥벌컥 들이킨 후 그 동안의 궁금증

을 풀어보려고,

"여쭤보기 송구하지만 거 우물이 좀 먼가 보군요."

이렇게 물었다.

"예. 이 마을엔 원래 물이 없사옵니다."

"그러시담 이 물은 어디서."

"여기서 한 십리 쯤 떨어진 곳에 샘물이 있사온데 거길 가야
먹을 물을 구할 수 있습니다."

도승은 이러한 아낙의 말을 듣고 보니 이상할 것은 하나도 없었
다. 그 동안 혼자 기다리며 이상하게 생각했던 것이 싱겁게 생각
되어 졌다.

도승은 아낙의 수고가 너무 컸음을 치하했다. 그리고 갑자기
무슨 생각인지 지팡이로 땅을 몇 번 두드렸다.

"허허! 이 곳의 땅은 층층이 암반이로다. 바위 두쪠가 구중에닿
았으니 초목인들 제대로 자랄 수 있을까 보냐. 일찌기 선인들이
터를 잘못 골라 잡았는도다."

뜻밖에도 도승의 말은 이런 내용이었다.

옆에 있던 아낙은 이러한 도승을 보고 의아하게 생각하였다.

"예? 스님 무슨 말씀을 하셨사옵니까?"

"과연 이 마을엔 물이 귀하다는 것을 알았소. 온통 땅밑이 바위
덩어리이니……."

"어찌된 영문인지 그렇게 물이 안 난답니다. 지금도 마을 서쪽
에선 장정들이 우물을 파고 있습니다만……."

"소용없는 일이외다."

도승의 소용없다는 말에 아낙은 긴 한숨을 내쉬었다.

"그러나 지극한 당신의 친절에 보답하기 위해서라도 좋은 우물
자리 하나를 선사하고 싶습니다."

도승은 아무소리 없이 동네의 구석구석을 찾는 모양이었다.

이러한 사이에 그 길던 여름해도 서산으로 넘아가고 마을엔
기다란 산그림자가 길게 끌렸다. 서쪽에서 우물을 파던 장정들도
땀에 젖은 옷을 걸치고 하나 둘 마을로 찾아 들었다.

도승은 돌아오는 청년들을 불러 모았다.

좋은 우물자리를 마련해 준다는 말을 들은 청년들은 신이 나서
도승의 뒤를 쫓았고 도승은 앞장을 서서 이곳 저곳을 지팡이로
짚어가며 머리를 흔들고 다녔다.

동네의 한복판 쯤 왔을 때였다. 정신없이 지팡이를 두드려보던
도승은 마침 큰 바위로 다가서더니 역시 지팡이를 들어 세 번
두들겨 보는 것이었다.

사람들은 그 바위가 좋은 우물자리로 선택되리라고는 꿈에도
생각 못했다. 이 동네에서 가장 커다란 바위로서 그 밑둥이 얼마
나 땅속에 묻혀있는지 몰랐다.

고개를 끄덕이던 스님은 뒤에 섰는 청년들을 돌아보며,

"이 바위를 파시오."

흙도 아닌 바위를 파라는 것이다.

"자 어서들 이곳을 파시오. 거울이면 따뜻한 온수가 솟을 것이
요. 여름이면 차디찬 얼음물을 얻으리다. 그리고 이 우물을 파기
만 하면 아무리 가물어도 마르지 않고 또 어떠한 장마가 닥쳐도
물이 그 이상으로 넘치지 않을 것이오."

도승의 표정은 자못 엄숙했다. 위엄조차 곁들인 도승의 얼굴을

124

보고아무리 무식한 장정들이었으나 이 말과 표정엔 위압감을 느끼지 않을 수 없었다.

더구나 마을에 물이 없어 천만 고생을 겪고 있는 그들도 바위를 파라는 말은 믿을 수 없는 소리였으나 그런 것을 따지기에 앞서 우선 목이 마른 그들이다.

도승은 다시 말을 이었다.

"다들 조용히 하시고 소승의 말을 들으시오. 이 우물에 대한 말을 하겠소. 앞으로 여기서 솟을 우물은 넘치거나 줄어드는 날이 없을 것이외다. 그러나 꼭 세번 우물이 넘칠날이 있으리니 스스로 그 우물이 넘칠 때마다 우리 나라엔 큰 변이 일어날 징조로 보면 되오. 세번째 우물이 넘치는 날이 바로 말세가 될 것이요. 그땐 여러분들은 이 마을을 떠나시오."

이렇게 말을 마치자 도승은 자기의 종적을 감추며 어디론가 가버렸다.

정신을 잃고 스님의 애기를 듣고 있던 사람들은 스님이 떠난 후 한참만에야 제정신을 차리고 모두들 떠들썩해졌다.

생각할수록 괴이한 일이었다. 암석을 파서 우물을 얻으라는 말 부터도 그랬지만 그 우물이 세 번 넘치면 세상이 말세가 된다는 말은 더 이상하고 소름 끼치는 예언이었다.

웅성웅성 사람들은 애기가 많았다. 그래도 당장 급한 처지에 그 도승의 말을 믿고 우물을 파자는 사람과 그렇게 무서운 우물을 어찌 하겠느냐고 차라리 그냥 내버려 두자는 겁많은 사람 등 의견은 두 가지로 나뉘었다.

그러나 현실을 살아나가야 하는 사람들은 결국 스님의 말을 따르기로 하였다. 이러한 결정아래 그 이튿날 부터 바윗돌을 파는 작업은 시작되었다 . 사흘을 파내었을 때 겨우 한 자 정도를 팔 수 있었다.

물이 나오기는 커녕 바위는 뽀송뽀송 습기조차 없었다.

사람들 중에는 화를 내며 스님을 욕하는 사람도 많았다. 그러나 젊은이들은 용기를 잃지 않고 동료를 타이르며 열심히 파내려갔다. 이렇게 닷새를 파내려 갔을 때 바위의 깊이는 한길이 좀 넘었다.

그런데 이것이 웬일이냐? 정말 바위틈에서 맑은 물이 솟아오르는 것이 아닌가. 맑고 깨끗한 물이 콸콸 샘솟는 것이었다. 먹을 물이 없어 십리길을 걸어가 개울물을 긷던 마을은 왈칵 뒤집혔다. 어른 아이 노인 젊은이 할 것 없이 새로 판 우물을 구경하러 모여 들었다. 이제는 그들에게도 생명의 샘이 솟아난 것이기 때문이다.

그러나 마을 사람들의 귀엔 '이 우물이 세 번만 넘치면 말세니 그땐 여러분들은 이 마을을 떠나시오.' 하던 도승의 얘기가 쟁쟁하게 울려오고 있었다. 그리고 그들은 이런말을 주고받는 것이었다.

"여보게들 내 평생 소원이던 우물이 생기긴 했네만……."

"과연 기이한 일일세. 이 우물이 세 번 넘치는 날엔 말세라 하니."

"그러나 그 도승의 말을 별로 염려할 필요는 없을 것 같으이."

그러나 어쨌든 다행한 일이었다. 사람이 밥을 굶는 한이 있어도

126

어찌한 모금 물없이 살수 있을까.

마을 사람들의 마음 속엔 기쁨도 컸으나 반면 두려움도 많았다. ——'세 번 넘치는 날이면 이 세상이 끝이라니'——

이러한 소문은 꼬리를 물고 차차 널리 퍼져나가기 시작했다.

그래서 인근 주민들에게 사곡리 마을의 우물은 큰 화제거리였다. 따라서 사람들은 이 우물 수량에 비상한 관심을 두고 있었다. 과연 우물이 넘칠른지. 불안한 마음이 들지않을 수 없는 노릇이었다.

그런던 어느날 새벽.

우물에 물을 길러 나갔던 아낙네 하나가 까무라쳤다. 우물이 철철 넘치고 있었던 것이다. 이 소문은 온 마을에 퍼지고 인근 지방에서도 모르는 이가 없게 되었다. 사람들은 겁에 질려 무슨 변이 일어날까 안절부절 못했다.

왜란이다.

두번째 이 물이 넘친 것은 1950년 6월 25일, 그날 새벽에도 이 괴이한 우물은 철철 흘러 넘치더라는 애기다.

6·25의 민족적 비극을 알리기 위한 것이었다고 주민들은 말하고 있다.

도승의 예언을 믿자면 아직 한 번 더 남아있다. 임진왜란과 6·25사변 때 넘쳤던 이 말세의 예언은 언제 또 비극적인 전갈을 가져다 줄까.

마지막 남은 한 번으로 세상의 종말은 다가오고 있을지 모른다.

그러나 아직까지는 얌전히 늘지도 줄지도 않고 한결같이 자기

의 분량을 유지한채 마을사람들의 식수가 되어 주고 있다고 한
다.

정녕 다시 한 번 우물은 넘치고 세상의 종말은 다가오고 있는
것인지!

사곡리 마을 사람들은 이같은 전설을 자랑하고 단 하나밖에
없는 이 말세의 우물을 아직도 신주모시 듯 하고 있는 것이다.

이렇게 한 스님의 예언은 몇 백년을 두고 전설 속에 전해 내려
와 자비스런 향훈을 풍기고 있다.

동지 팥죽과 십륙 나한

● 마하사에 있던 신기한 이야기. 게으른
공양주는 이렇게 해서 부지런해 졌다. ●

이곳은 마하사.

동짓날인 오늘도 예년과 같은 모진 추위가 몰려왔는데 간밤에 눈이 푸짐하게 내리고 찬바람이 몰아쳐 날은 바짝 더 추워졌다. 문 밖엔 매운 바람이 잉잉거리며 문풍지를 두드렸다. 날이 워낙 추워서 그런지, 아궁이의 불이 꺼져서 그런지 방바닥이 얼음장 같이 차갑고 문풍지를 뚫고 들어오는 바람은 코가 시려울 지경이다.

해봉스님은 추위에 그만 잠이 깨었다. 눈을 뜨니 아침 햇살이 영창에 훤히 비친다. 여덟시는 넉넉히 되었음직 했다. 그러고 보니 배가 몹시 고팠고, 추위마져 겹쳐서 견딜 수 없었다. 해봉스님은 아직도 잠이 안 깬채 옆에서 자고 있는 공양주를 흔들었다.

"이봐요. 공양주."

공양주를 깨워 공양을 짓게 하려는 때문이다.

세상 모르고 잠자던 공양주는 흔들어 깨우는 바람에 겨우 눈을 뜨고,

"왜 그래요……"

했다.

"아, 왜 그래요가 다 뭐요?"

눈을 멀뚱거리는 공양주에게 턱을 바치듯,

"지금 어느 때라고 잠만 자기요? 공양을 올려야 할 것 아니오?"
하며 재촉했다. 그러나 아직 잠이 덜 깬 공양주는 졸린 눈을 비비
며 몸을뒤척이는 품이 아직도 일어날 생각이 없는 모양이다.

해봉스님은 공양주가 괘씸했다. 해가 저렇게 높이 떴는데 공양
올릴 생각을 안 하다니 부처님께 무슨 벌이나 받고 싶어 저모양이
라고 생각했다.

"이거보우. 공양주."

"아니 대체 오늘이 무슨 날인줄 알고 이리 늑장이오?"

"무슨 날이예요? 그냥 그런 날이죠 뭐."

"원, 이런 변이 있나?"

기가 막힌 스님은 벌떡 몸을 일으키며 말했다.

"오늘이 바로 동짓날이오. 동짓날이면 으례 팥죽을 쑤어 나한전
에다 바쳐야 할게 아니오?"

"예? 동짓날……."

동짓날이라는 소리에 공양주의 정신이 번쩍 들었다.

동짓날 쑤는 팥죽도 잊어버리고 그냥 잠을 자다니 정말 벌받을
만한 일이었다.

공양주는 불에 덴 사람처럼 벌떡 일어났다.

"이것 야단났군 야단났어. 아이구 이 내정신 좀 보게 야단났어
… ….."

허겁지겁 옷을 걸치고 부엌으로 나갔다. 그런데 이크! 아궁이의

불씨는 어느덧 새까맣게 타고 재만 남았다.

"자 이것 어쩐다? 해는 높다란데 어느 세월에 불씨를 구해다 팥을 삶고 죽을 쑤나……."

정말 큰일이었다. 동짓날이면 일찌감치 일어나 정성껏 팥죽을 쑤어 대웅전, 칠성전, 나한전에 정성껏 공양을 드려야만 했다. 그런데 해는 벌써 높다랗게 떴는데 불씨마저 꺼졌으니 큰일이었다. 부처님의 벌은 고사하고라도 주지 스님의 볼호령을 들을 생각만도 아찔했다.

공양주는 할 수 없이 산등성이에 사는 나무꾼 김서방네에 가서 불씨를 얻어오기로 하였다.

"빨리 가자. 어물쩡 대다간 야단 맞겠다."

걸음을 재게 놀려 김서방네로 갔으나 간밤에 내려 쌓인 눈은 무릎까지 올라와 한발을 떼어 놓기가 어려웠다. 여느 때면 가깝던 김서방네 집이 이렇게 눈쌓인 길을 걷자니 더구나 마음이 급해서 한 발을 떼어 놓기 무섭게 나가 떨어지고 미끄러지고 했다.

"제기랄…… 눈은 또 왜 와서 사람의 속을 태운담."

공양주는 허덕허덕 산등성이를 내려갔다.

양지바른 언덕에서 김서방네 집이 보이는데 굴뚝엔 벌써 연기가 모락모락 오르고 있었다.

공양주는 천만 다행이라 생각했다.

"옳지, 굴뚝에서 연기가 나는 걸 보니 금방 불씨를 얻을 수 있겠지……."

공양주는 급히 뛰어내려가 그집 싸릿문을 밀고 들어갔다.

"여보슈! 김서방."

부엌에서 김서방의 안댁이 나왔다.

"누구시오?"

"나요."

그제야,

"어머, 공양주가 웬일이세요?"하고 의아한 얼굴로 바라본다.

"네. 그만 늦잠을 자는 바람에 오늘이 동짓날이라는 것도 잊었지 뭐예요. 그래 아궁이에 불이 꺼져 불씨좀 얻으려고 왔는데요."

하고 뒤통수를 만졌다. 김서방 아내는 이상하다는 듯이 쳐다 보며

"불이 또 꺼졌어요? 그 사이에?"

한다.

"네. 그만……."

"아니, 아까 상좌중이 불씨를 가져갔는 데두요?"

"넷?"

이게 무슨 소린가 싶어 공양주는 깜짝 놀란다. 그것도 그럴 것이 자기 절에는 상좌중이 없었던 것이다.

"아니 무슨 상좌가요?"

"어떤 상좌라니요? 마하사 당신네 상좌죠."

"네에?"

"왜 그러서요?"

공양주는 도깨비에 홀린 기분이었다. 그러나 김서방의 아내 또한 이상한 의문이 아닐 수 없었다.

"조금전 마사하 상좌중이 와서 팥죽 한 그릇을 얻어 먹고 불씨를 가지고 갔어요."

하며 무슨 불씨를 또 가지러 왔느냐는 듯 쳐다 본다.

"네? 팥죽까지 먹고 갔어요?"

"배가 고프다고 해서 한그릇 퍼줬더니 게눈 감추듯 다 먹고 갑디다."

"아이구"

공양주는 갑자기 머리를 맞은듯 어쩔줄 몰랐다.

"왜 무슨일이 있어요?"

"우리절엔 상좌라곤 없어요."

"네?"

"틀림없이 부처님이 오셨던 겁니다."

하고 공양주는 허겁지겁 김서방네를 나와 오던길을 다시 갔다. 아마 공양을 기다리던 부처님이 기다리다 못해 상좌로 변복하시고 팥죽을 잡수시고 가셨음이 분명했다.

공양주는 절로 돌아오자 마자 해봉스님을 찾아갔다.

"스님!"

"왜 그러우?"

"우리 절에 상좌가 있나요?"

"상좌는 별안간 웬 상좌요?"

"아니 있나 없나 대답만 해주시오."

"아 상좌가 있고 없는거야 밥그릇을 세는 당신이 알지 누가 알겠소?"

그렇다. 공양주는 상좌가 없는 것을 누구보다 잘 알았다. 그렇다면 김서방네서 불씨를 얻어 가고 팥죽을 먹고 간 상좌란 대체 누구란 말인가. 공양주는 다시 부엌으로 갔다.

"아이구……이런?"

놀라운 일이다. 새까만 재밖에 없던 아궁이에 불길이 훨훨 일어
나며 장작이 타고 있는게 아닌가.

"이런 세상에……."

공양주는 김이 무럭무럭 나는 솥을 열어 보았다. 솥하나 가득히
물이 끓고 있었다. 공양주는 급히 팥을 삶았다. 이 때 주지스님이
들어왔다.

"공양주."

스님은 평소엔 부엌에 오는 일이 없는 근엄하신 분이다.

"네."

"아직도 공양이 안 되었나?"

"예……그러나 곧 올려갑니다."

"부처님께서 시장하시겠으니 급히 팥죽을 올리도록 하라."

"네."

주지스님은 더 이상 말씀 안 하시고 나가셨다. 공양주는 다행이
라 생각하며 급히 팥죽을 쑤었다. 그 쑤운 팥죽을 들고 우선 대웅
전에 한 그릇 갖다 놓았다. 그리고 다시 한 그릇 떠서 나한전으로
들어갔다. 공양주는 나한전 안에 팥죽을 놓고 일어서다 그만 깜짝
놀랐다.

"아이쿠……나한보살."

공양주는 고개를 못들고 그대로 엎드려 크게 절했다. 공양주를
내려다 보며 빙그레 웃는 나한보살의 입가에는 붉은 팥죽이 묻어
있었던 것이다. 바로 나한보살께서 김서방네를 찾아 가신 상좌였
던 것이다. 나한보살은 동짓날 공양을 기다리다 못해 늦잠 자는

134

공양주의 버릇을 고칠겸 추위를 무릅쓰고 불씨를 얻어다 아궁이에 지펴 놓았던 것이다. 공양주는 황송한 마음에 일어날 줄 모르고 절만 하였다.

이때 법당안을 울리는 커다란 소리가 들렸다.

"공양주야."

"예……예……."

"이제 너의 잘못을 깨달았느냐?"

"예……예…… 깊이 깊이 깨우쳤습니다. 나무아미타불……."

공양주는 나무아미타불을 외웠다. 그 큰 음성은 틀림없는 나한보살의 음성이었다. 이 일이 있은 후 공양주는 새벽같이 일어나 목욕 재계하여 정결히 몸과 마음을 닦은 후 부엌으로 들어가 정성스레 공양을 드렸다.

그러나 나한전의 보살님은 항상 미소띤 그 입술에 팥죽이 묻어 지워질 몰랐다. 수백년 긴 세월이 흐르는 동안, 선명하던 팥죽빛은 점점 그 색이 퇴색하였으니 그래서 그 영험도 차츰 옛날만 못하다고 하니 자못 섭섭한마음 금할 길 없다.

박혁거세를 낳은 파소

● 귀신까지도 마음대로 부릴 수 있는 파소.
그녀는 고주몽의 누이였다. 그런데 그녀가
어떻게 해서 박혁거세를 낳게 되었는지?" ●

부여의 동명대제 해모수를 천제자(天帝子)로 모셨으며 그의
소실인 유화의 몸에서 난 분이 고구려의 태조 고주몽이다.

고주몽에게는 배다른 누이가 되는 부여의 제실녀(帝室女)동신
성모(東神聖母)는 그 이름을 파소라 불렀다.

그런데 파소는 여의랑이라는 보배 주머니를 가지고 있었으니
그것은 파소에겐 없어서는 안될 수호신이었다.

여의랑의 거죽은 헝겊도 아니고 가죽도 아닌 자유자재로 늘어
났다 줄었다 하여 찢어지는 일이 없으며 특히 보통 사람의 눈에는
보이지도 않았다.

그렇기 때문에 이러한 보배 주머니를 파소가 가지고 있다는
것은 아무도 몰랐다.

여의랑은 그것을 높이 들고 휘두르면서 자기의 원하는 바를
말하면 틀림없이 그 원은 그 자리에서 척척 이루어지는 신기한
주머니다. 그러나 파소는 그것을 함부로 사용하지는 않았다. 꼭
필요하고 정당한 일에만 사용하는 것이다.

파소는 귀신을 마음대로 부릴 수 있을 뿐 아니라 어떤 마술사 못지 않는 기술을 피울 수 있고 강력한 천병만마도 손아귀에 넣고 흔들 수 있었다.

어떠한 적이 활과 창으로 쳐들어 와도 파소 앞에서만은 꼼짝을 못했다. 그러나 파소는 사람들끼리 서로 싸우고 이기고 빼앗고 함부로 살생을 한다는 사실은 용납할 수 없었다. 혹 자기를 죽이고 해하려는 사람이 있으면 그를 감화시켜서 자기 사람으로 만든 후 웃으며 돌려보내곤 했다.

이러한 파소에게는 두 가지의 소원이 있었다. 그래서 파소는 날마다아침이면 해가 가장 먼저 솟는다는 아성산(阿城山)에 올라가 돌로 제단을 만들고 지성으로 엎디어 기도를 드렸다.

그리고는 해가 솟아 오르는 동안 여의랑을 높이 치켜들고 흔들며 자기의 두 가지 소원을 빌었다.

"내 몸을 태백산으로 보내 주옵소서."

"꼭 한번만이라도 우리 국조 단군 할아버지를 뵈옵게 하여 주소서."

일명 완달산(完達山)이라 부르는 아성산은 현재 북만주 하얼빈 근처에 위치한다. 여기를 중심으로 상고 때의 부여(扶餘)가 이루어진 것이다.

파소는 이 때 태어난 여걸이었다. 남자 못지 않는 파소는 태백산으로 가서 옛 우리 배달겨레를 건국하신 국조 단군의 성터를 직접 눈으로 보고 거기서 기도하여 단군님의 용안을 다만 꿈에서라도 한번 뵐 수 있기를 원하였다.

파소의 기도는 이렇게 한 달을 계속됐다. 하루도 쉬지않고 기도

하던 어느 날 파소는 그 아침 이상하게도 송화강가에 풍기는 서기
(瑞氣)를 보았다.

송화 강변에 펼쳐진 넓은 들판 한가운데서 붉은 서운(瑞雲)이
뭉게뭉게 피어 오르며 거기서 일곱색 무지개가 두 줄로 뻗혀 있음
을 보았다.

보통 보는 그런 무지개와는 다르다고 느끼며 눈을 크게 뜨고
바라다 보니 부쩍 그리로 달려 가고픈 생각이 들었다.

백리 길.

여의랑을 꺼내들고 멀리 보이는 송화강변을 향하여 높이 흔들
어 대었다. 어렵지 않게 몸이 날아 오르며 백리길을 달릴 수 있었
다.

그 곳에선 강가에 난 푸른 풀을 한 마리의 백마가 뜯어 먹고
있었다.그 때였다. 파소를 본 백마가 파소에게 네 발을 들고 달려
오는 것이었다. 마치 옛 주인이나 만난 듯이 반갑게. 그리고는
꼬리를 치면서 흥흥거렸다.

이것을 본 파소는,

"오라 알겠다. 천지 신명께서 나에게 이런 선물을 주시려고
나를 이 곳까지 오게 하신 모양이로구나."

이렇게 생각하고 백마의 목을 얼싸안으며,

"이제부터 네 이름을 선도라고 해야겠다. 너와 나는 지금부터
일생을 더불어 생사고락을 같이 나누련다."

파소는 기분 좋게 백마의 등에 올라탔다.

"자 선도야. 이제부터 너와 나는 일행이다. 가자. 어디로 든지
네 발이 닿는 곳으로 달려라."

138

이 한마디의 말이 떨어지기가 무섭게 백마는 무서운 속력으로 달리기 시작했다. 한 백여리를 달렸을까.

"선도야. 이제부턴 좀 천천히 가자. 그렇게 바쁜 일도 없으니……
너도 내 뜻을 알고 남으로 남으로 달리는구나 맞았다. 내가
가고 싶은 곳은 바로 태백산이란다. 만약 가다가 쉬어 갈 마음
이 생기면 네 뜻대로 하여라. 알았지."

하고 파소는 선도에게 말했다.

한번은 동서남북을 가릴 수 없는 만주 벌판에서 뜻밖에도 오십
여 마리의 늑대떼를 만났다.

때는 이른 봄철, 발정기에 암놈의 뒤를 쫓는 숫놈의 늑대떼들에
겐 한 마리의 인마쯤 문제가 아니었다.

이것을 알았는지 선도는 앞으로 가던 길을 주춤하고 뒤로 돌아
설 태세를 취하는 것이었다.

이것을 본 파소는,

"염려마라 선도야. 그까짓 짐승떼들 때문에 우리가 가려던 길을
포기할 수 있겠느냐. 가자 어서."

하면서 힘있게 말의 배를 찼다.

이리하여 들판 한복판에 이르렀을 때 생각했던 대로, 늑대들이
밀물처럼 몰려 들었다. 무섭도록 날카로운 흰 이빨을 드러내며
덤비는 늑대떼를향해 파소는 여의랑을 번쩍 쳐들었다.

여의랑을 흔들기가 무섭게 아니나 다를까 그처럼 무섭게 덤벼
들던 늑대떼들은 슬슬 맥이 빠져 뒷걸음질을 치며 물러서는게
아닌가.

또 어느날.

때마침 봄바람을 타고 들판에서 불이 일어났다. 맹렬히 일어나는 불길은 말을 포위하듯이 점점 타들어 왔다.

이런 것쯤이야 여의랑을 사용할 필요도 없다.

"자, 선도야 저까짓 불쯤 네겐 문제도 안 될줄로 안다. 한번 멋지게 뛰어 넘어 보아라. 선도야 간다. 자, 하나, 둘, 셋!"

호령을 하자 선도는 앞발을 몇 번 들먹거리다 기세좋게 타오르는 불길을 펄쩍 뛰어 넘었다.

파소는 선도의 재주를 칭찬해 주며 목덜미를 어루만졌다.

어느덧 오늘의 오상현 경내로 들어섰을 때의 일이다. 문득 앞에서 사슴 한 마리가 길을 인도하듯 말의 앞장을 서며 말이 늦으면 그동안 기다렸다가 다시 껑충껑충 뛰곤 하는 것을 보았다.

아무래도 사슴은 파소를 어디론가 인도하고픈 모양이었다.

"선도야. 이상하구나 암만해도 저놈이 우리를 어디론가 데려가고 싶은 모양이니 무작정 따라가 보자."

파소의 말을 알아들은 선도는 등위의 주인의 명령을 고분고분 들었다.

십리 쯤 달렸을까, 앞장섰던 사슴은 온데 간데 없어지고 칠팔십호 농가가 오밀조밀 모여 사는 동네가 눈에 보였다.

먼저 파소는 마을의 촌장을 찾아갔다. 촌장은 반가이 파소를 맞아들였다. 그런데 이상하게도 그 촌장의 안색은 우울하고 걱정스러운 표정이었다.

이상히 생각한 파소는 그 까닭을 물어 보았다. 과연 그 집엔 걱정할 만한 연고가 있었다.

연고란 촌장의 하나 밖에 없는 딸 가실이를 이 마을을 괴롭히는

140

산적의 두목이 자기의 색시로 강탈해 간다는 것이었다.

　바로 이날 밤에 가실을 데리러 온다고 하였다는 것이었다. 하나밖에 없는 외딸을 애지중지 기르다가 하룻밤 사이에 그것도 산적의 두목에게 빼앗기게 되니 그 걱정이 오죽하겠는가.

　"촌장님 걱정되시겠습니다. 그러나 염려 놓으십시오. 제가 오늘 이집에 들리게 된 것이 우연한 일 같지만은 않습니다. 제가 간단히 처리해 드리겠습니다."

　우선 파소는 가실을 숨기고 자기가 가실의 방에 가서 편안히 누워있었다. 과연 한밤중에 산적의 괴수는 나타났다.

　기름기가 줄줄 흐르는 검은 상판대기에 싱글벙글 징그러운 웃음이 얼굴에 가득했다.

　"가실이. 많이 기다렸지? 자 어서 일어나서 가자."
하며, 이불을 제쳤다.

　"아이, 정말이에요. 왜 이렇게 늦으셨어요."
하며 그의 품에 안기었다.

　"아니 이건 웬년이냐?"

　알고 보니 사람이 달랐던 것이다. 괴수는 버럭 화가 났다.

　"왜그래요, 나도 계집인데…… 자 데려가 줘요. 아이 기가 막혀라. 가실이만 좋으세요?"

　"듣기싫다! 저리비켜"

　"아이 참 너무하시네. 그렇게 무서우실 줄은 몰랐네."
하면서 한 걸음 물러 앉으며,

　"장군님. 닭이 없으면 꿩도 쓸 수 있지 않을까요? 제발 저를 데려가 주세요 네?"

하면서 짐짓 아양을 부렸다.

이때 산적의 괴수는 처음으로 파소의 얼굴을 똑똑히 보았다. 훤하게 트인 밝은 얼굴에 시원스런 콧대가 이글거리는 젊은 얼굴 한 가운데서 얼굴 전면을 다스리고 있는 듯 싶고, 어딘가 감히 범할 수 없는 존엄성 마저 풍기는 듯 하였다.

방을 밝히는 등불의 너울거리는 빛 아래 발그레한 두 볼과 함께 소담스런 귓부리는 연꽃 송이와 같이 매력을 느끼게 했다.

"흠, 너도 미인이구나. 가만히 보니 가실이도 너보다는 덜 예쁠 것이다. 넌 어디서 온 계집이냐?"

그때까지 잠잠하던 파소의 태도는 별안간 돌변했다.

"하늘 아래서 왔다."

"흥, 건방진 년이구나. 무엇하러 이 집엔 왔느냐."

"산적 괴수의 마누라가 되려고 왔다."

"뭐라고? 이년 나를 뭘로 보고 함부로 지랄이냐?"

"이놈, 너를 오늘 밤 하루 종일 사랑해 주려고 내가 왔다. 그래 네 눈에는 그게 지랄로 보이느냐? 나의 사랑은 하룻 밤 잠자리를 같이 하는 정도의 사랑은 아닌 줄 알아라 이놈!"

"아니 네년이 무엇을 믿고 하루강아지 범 무서운 줄 모르느냐, 고약한 년이로구나!"

"오냐 누가 호랑이인지 누가 강아지인지는 두고 봐야 알 일이다. 기왕 있으니 그냥 가겠느냐? 여자 방에 혼자 왔다 그냥 가는 것도 병신이니 마음이 있다면 하룻밤 같이 자고 간들 어떠냐?"

완전히 비위가 상해버린 괴수는 도대체 어떤 여자가 이렇게 대담할 수 있을까 하는 생각과 함께 뭔지 모르는 어떤 기압에

눌려 어쩔줄을 모르고 있었다.

"남의 집 딸을 강제로 뺏아가는 강도치고는 꽤 얼간이로구나 자, 어서 이리 좀 오지 못할까."

하면서 파소는 괴수의 손을 잡아 끌었다. 순간 괴수는 손가락 뼈가 부서지듯 아파오는 것이었다. 마침내 괴수는 무릎을 꿇지 않을 수 없었다.

"여장군 잘못 했습니다. 제발 용서해 주십시소. 그렇다면 정말 저희들은 개과 천신하오리다."

"그 말은 거짓이 아니렸다?"

"그렇다 뿐입니까. 그저 여장군 시키는대로 해 올리겠습니다."

여러 해를 두고 산적의 두목으로 몇 백의 장정 부하를 거느리던 이 괴수도 일개 여자인 파소에게 두 무릎을 꿇고 항복하고야 말았다.

그들은 모두 파소의 설득을 듣고 지나간 죄를 뉘우치며, 그 동안 도적질한 재물도 모두 촌장에게 반납하였다.

그리고는 모두 뿔뿔이 자기의 고향 산천으로 헤어져 돌아갔다. 이런 일이 있은 후 파소는 그 지방의 구주(救主)로서 일년 이상의 세월을 보냈다.

그 동안 파소는 훌륭한 업적을 하나 남겼는데, 그것은 곧 백두세(白頭歲)오층 성안에 별천지가 있는데 그 곳은 그 옛날 환웅(桓雄)께서 삼천명 겨레를 이끌고 남진하다가 들러서 여러 해 살던 곳이었다. 파소는 사람들의 힘과 기술을 빌어 산성 안 북쪽 바위벽에다 〈왕검성〉이라는 커다란 글자를 새겨 놓은 것이다.

어느날 파소가 태백산을 향하여 떠나는 시간에 그곳 마을 사람

과 나누는 석별의 정은 아쉽기만 하였다. 다시 파소와 선도는
태백산을 향하여 긴 여행을 해야 하는 것이었다.

드디어 파소와 선도는 태백산의 드높은 산봉오리에 도달했다.

"선도야, 꿈에도 그리던 이곳 태백산에 도착했다. 이게 모두가
너의 덕택이다. 아…… 감격스러워라."

파소는 기쁨으로 가득찬 가슴을 활짝 열고, 태백산 맑은 공기를
흠뻑 들이 마셨다.

"여기가 바로 천당이로구나."

그리고 거기에서도 다시 돌로 제단을 만들어 밤낮으로 지성을
드렸다.

말못하는 짐승이지만 선도 역시 파소의 뜻을 아는지 묵묵히
기도하는 파소의 옆에 바싹 붙어 서 있었다.

이렇게 태백산에서의 생활도 열흘이 지났다. 열흘째 되던 날
밤, 유월의 훈훈한 바람 속에서 역시 기도를 드리다가 오랫만에
눈을 뜬 파소는 깜짝 놀랐다.

"어머나!"

지석 앞 돌제단에 의젖하게 앉으신 신인(新人)! 머리엔 까만
두건을 쓰고 양 어깨엔 가랑잎 저고리가 바람에 나부끼며 긴 수염
은 온통 앞 가슴을 가리고 있었다.

커다란 키는 전신을 지도하는 위풍과 함께 만인을 다스리는
위풍이 당당해 보였다. 전신에서 무럭무럭 풍기는 지광은 앞에
쭈그리고 앉은 파소마저 훈훈한 부드러움 속에 싸인 듯한 영광
속에 정신이 번쩍 들었다.

신인은 엄숙히 입을 열었다.

144

"너는 무슨 일로 이런 깊은 밤중에 기도를 드리고 있느냐?"

"예, 신인이시여, 이 몸은 부여땅의 파소라 부르는 계집이옵니다. 자나 깨나 일편단심 우리 국조 단군 할아버님을 꿈에라도 한번 뵈옵고 싶사옵기 우리 겨레의 성역으로 아옵는 이곳 태백산을 찾아와 이처럼 치성을 드리고 있나이다."

"오, 기특하도다. 고개를 들어 나를 볼지어다. 내가 바로 네가 꿈에도 보고싶어 하는 단군이노라. 내 너의 지성을 가상히 생각하여 이렇게 헌신하였으니 네 원이 있거든 말해 볼지어다."

"오 단군 할아버지시여! 이몸의 어리석은 소원을 이렇듯 강림하사 들러주시니 더 무슨 소원이 있으리이까. 황송하기 한이 없사오나 이제 한 가지 소원이 있다면 이 몸은 만나야할 사람을 만나서 이 세상의 가장 복된 자리를 차지 하고 싶사옵니다. 저로 하여금 단군님의 성덕을 받들어 이 겨레의 거룩한 혼을 뿌리밖고 싶사오니 그러한 곳으로 이 몸을 인도하여 주시옵소서."

하고 엎디어 국중사배를 올렸다.

"알았노라. 너는 곧 이길로 천평으로 가거라. 거기서 너는 선인을 만나 복을 받을 것이니라. 남으로 남으로 내려 가거라. 선도산에 이르면 거기에서 후에 만대에 걸쳐 우리 겨레가 길이 복받을 수 있는 성터를 얻을 수 있느니라."

하더니 홀연히 일어나시어 지팡이를 의지하여 이디론지 사라지는 것이었다.

다시 합장 기도 후 문득 잠이 깨니, 다만 그 자리엔 훈훈한 향기만이 감돌 뿐이었다. 성스런 그 모습은 다시 볼 수 없이 사라지고 없으셨다.

파소는 정신을 가다듬고 말을 달려 천평으로 향했다.

천지지간 만물의 기밀을 간직한 이곳 천평은 가는 곳마다 그윽한 향기가 흐르는 복지임을 알았다.

그로부터 몇날 후 낮같이 밝은 보름날 밤이었다.

우거진 숲을 헤치고 나가 충암 절벽이 솟아 있는 바위 끝에 올라가 피리를 멋지게 분 파소는 이윽고 한 선인이 나타나는 것을 보았다.

"나는 이 산의 선경을 주재하는 선주이온데 당신은 누구시오이까?"

파소는 조용히 앞으로 나아가 허리를 굽히고 여기까지 오게 된 자세한 사연을 얘기하였다.

"단군 성조의 분부를 받자옵고 임을 만나러 여기까지 왔나이다."

하고 그대로 솔직히 아뢰었다.

"오 귀녀가 바로 내가 기다리고 있던 동신성모 파소란 말이오. 아 기다리고 있었오. 어서 나의 품으로 오시오."

"아 선주님이시여 나를 힘껏 안아 주시옵소서."

서로 그리던 옛날 애인을 만났을 때 처럼 서로 기뻐하는 모습은 누가 보더라도 어울리는 한쌍이었다.

두 사람은 이렇게 하여 꿈 같은 천평의 생활을 여러 달 계속하였다.

한 분은 태백선주(太白仙主), 한분은 동신성모(東新聖母). 그들은 아무런 유한이 없었다.

　다음 해 두 분은 단군께서 말씀하신 선도산을 찾아 남으로 내려 왔다.지금의 경주 지방이다. 그리고 양산 성역에 자리잡고 선술을 닦았다.

　태백선주는 매일 산속을 거닐며 인간의 힘으로는 도저히 닦을 수 없는 선술을 닦는 데에 전력을 다했다.

　그러한 생활도 벌써 일년이 지나갔다.

　그러던 어느 날 파소는 남편의 얼굴을 가만히 지켜 보다가 입을 열었다.

　"여보. 저 아무래도 이상해요."

　"무슨 말이오?"

　"자꾸만 배가 아파요 정말 못 견디겠어요. 아파서……."

　성주는 눈치를 알아 차렸다.

　"파소. 그렇다면 이제 내가 하는 말대로 하오."

　"어떻게요."

　"당신은 암만해도 산전(産前)진통이 오는가 보오. 이제 시간이 급하니 어서 저기 보이는 산정으로 가오. 가서 아기를 낳거든 당신의 여의랑 주머니에 아기를 넣어서 그냥 나정 옆에 놓아 두고 곧장 이리로 돌아오오."

　다시 선주는 백마에게,

　"선도야, 너는 어서 마님을 모시고 급히 저기 보이는 곳으로 내려 가거라. 그리고 마님이 아기를 낳으시고 여의랑 주머니에 넣으시면 그것을 꼭 지키고 있다가 사람이 보이거든 이리로 달려 오너라. 사람이 보여야 돌아오는 것이다. 꼭."하고 단단히 일러 놓았다.

파소는 남편의 말을 받들어 말을 타고 산을 내려갔다. 따뜻하고 아늑한 잔디밭을 찾아 파란 나정의 언덕 밑에서 쉽게 아기를 낳았다.

파소는 지금까지 소중히 간직 했던 여의랑 주머니에 아기를 넣어두고 자리를 피했다. 파소가 사라진 뒤 선도는 아기를 지키며 생각했다.

'나는 비록 말 못하는 짐승이지만 파소 마님과 선주님의 말씀이라면 무엇이든지 다 알아 들을 수 있다. 이 산 이름이 선도산이라! 내 이름은 선도고 그렇다면 내가 꼭 와야할 곳에 내가 와 있는 모양이다. 참, 파소 마님은 이 여의랑 주머니를 이런데 쓰시려고 그렇게 아끼셨던가 보다. 그런데 이상하다 우는 소리가 없으니, 나의 말울음이라도 들리게 해서 사람들을 불러 봐야 겠다. 언제까지나 기다릴 수도 없는 일이니까'

이런 생각에 도달한 선도는 온힘을 다하여 고개를 저으며 울어대었다. 조용한 산골짜기가 산울림과 함께 알천 강변을 따라 은은히 울려 퍼졌다. 백마는 여러번 계속해서 울어대었다.

선도의 말울음 소리는 때마침 노천 회의를 열고 있던 육촌장 중에서고허촌장으로 있던 소벌공의 귀에 들려 기이하게 생각되어졌다.

소벌공은 이상히 생각하여 모두를 둘러 보며 물었다.

"이 사람들아, 저기 들리는 소리가 무슨 소린가?"

"말 우는 소리 아냐?"

"글쎄, 이상한 일일세. 어떻게 된 말이 저런 곳에서 울고 있을까?"

148

　이렇게 되어 여러 사람들은 일제히 말울음 소리가 들리는 곳으로 찾아 가기로 했다. 소벌공이 그곳으로 달려 갔을 때 금새 보이던 흰 말은 간 곳 없이 사라졌고 나정 밑에 이상한 물건만이 눈에 띠일 뿐이었다. 무엇일까 하고 소벌공이 급히 가보았을 때 그는 깜짝 놀랐다.

　'아니…… 어떻게 된 일일까. 주머니 속에 아기가 들어 있구나. 참 이상한 일이다.'

　소벌공은 아기를 안고 마을로 내려왔다. 그 때 그의 주변에는 두 줄기의 칠색 무지개가 찬란히 뻗쳤고 산에서만 지저귀던 온갖 새들이 그를 따라 오면서 지저귀고 있었다.

　이렇게 해서 태어난 아기 이름을 박혁거세(朴赫居世)라 지었고 신라국의 시조로 모셨다. 이리하여 등극하신 신라의 시조 혁거세는 간악한 일본과 낙랑군의 침입을 그의 뛰언 심덕(心德)으로 능히 물리치었다.

환혼석(還魂石)

●천하에 둘도 없는 보물, 그것은 죽은
생명을 살리는 돌이었다. 그러나 무식한
인간은 그것을 망쳐 버리고 말았다. ●

충청남도 아산에는 학이 많았다. 그래서 학마을이 생겼으며
사람들은 학을 귀한 동물로 여겨 소중히 생각했다. 소나무 숲이
우거진 곳에서 학들은 알을 낳았다.

공청에서 한가히 장기를 두던 박생원은 솔밭에서 떠드는 아이
들 소리에 밖을 내다보았다.

"애들아 시끄럽다. 조용히 놀아라."

무엇인가 떠들며 놀던 아이 중 영순이가 힐끗 뒤돌아 보았다.

"할아버지, 순득이가 학의 둥우리에서 알을 꺼냈대요."

"뭐가 어쩌구 어째?"

박생원은 황급히 공청에서 뛰어나왔다. 순득의 손바닥엔 깨진
학알이 있었고 깨진 사이로 학의 머리가 고개를 늘인채 죽어 있었
다. 박생원은 야 단야단치면서 다시 제자리에 갖다 놓으라고 소리
쳤다. 순득은 고개를 떨군 은 울먹거리고만 있었다. 박생원의 말대
로 학알을 도로 갖다놓을 생각도 않고 맥없이 말하였다.

"그렇지만 갖다 놓으면 뭘해요……."

"죽었던 살았던 갖다놓아야 하느니라. 학은 원래 영물이니 그렇게 함부로 다루면 벌받아요. 얼른 갖다 놓구와."

그제서야 순득이는 무섭게 발을 돌려 숲쪽으로 걸어 들어갔다. 그러나 죽은 학을 다시 둥우리에 넣어봤자 살아날리 없었다.

"에이 원 아이들 장난두 심하긴……. 글쎄 학의 알을 꺼내다니 ……."

돌아서려던 박생원은 웬지 깨름직해져서 순득의 뒤를 쫓아갔다. 에미 학은 날개 짓을 하며 새끼의 죽음을 슬퍼하였다.

"참새 새끼도 에미가 딸렸을 땐 죽이지 않거늘 학의 새끼를 잡아 죽이다니…… 쯧쯧 ……."

에미학의 애타는 모습을 더이상 지켜보고 섰기가 민망하여 박생원은 그냥 산을 내려왔다. 산을 내려오는 박생원은 연신 허끝을 찼다.

이튿날 아침이었다. 박생원은 공청으로 나가려는 참이었다. 그 때 순득이가 헐떡거리며 박생원을 찾았다.

"할아버지! 할아버지……."

"웬수선이냐. 귀가 따겁구나."

"하, 학이 살아났어요."

"뭐라고?"

"학이 살아났어요."

"뭐? 학이 살아나?"

순득이가 아침에 일어나 가 보았다는 것이다. 분명 어제 죽었던 학의 새끼가 살아나 고개를 내밀고 있더라는 것이다. 두 눈으로 똑똑히 보았다고 했다.

"허, 그것 참 신통하구나. 죽었던 새끼가 다시 살아나다니……
……."

"어미학이 하룻밤을 품어주었더니 살았나봐요."

순득은 사뭇 신이 나서 좋아했다. 박생원은 반신반의하며 서둘러 신발을 찾았다.

"어디 가보자……."

박생원과 순득이는 앞을 다투어 솔밭으로 향했다. 오솔길을 빠져 왼쪽으로 꺾어들어 큰 바위 옆을 지났다.

"지것 봐요. 할아버지."

박생원은 걸음을 멈추기도 전에 살아서 고개를 내밀고 우는 새끼학을 발견했다.

"거 참!…… 기이한 일이다. 죽어간 학이 살아나다니 필시 곡절이 있으리라……."

박생원은 기뻐하며 둥우리를 바라보았으나 은근히 궁금증이 머리를 들었다. 일단 둥우리 가까이로 다가갔다.

"할아버지 어쩌시려구요?"

"가만 있거라. 내 눈을 한번 살펴보고 오리라."

박생원은 조심스레 나무를 기어 올랐다. 어릴 때는 퍽 짖궂었던 박생원은 아직도 나무를 기어오르는 솜씨 만큼은 여전하였다.

"할아버지 그게 뭐예요? 알인가요?"

나무에 기어로는 박생원은 둥우리를 기웃거리다가 무엇인가 손을 뻗어 집어든다.

"알이면 왜 집었겠니. 돌이다 돌."

그건 꼭 주먹만한 돌이었다. 박생원은 집에 돌아오며 생각했

152

다.

"죽은 새끼학이 살아난 이유가 바로 이 돌의 덕택일지 모르지. 그렇지 않고서야…… 이 돌은 틀림없이 천하에 없는 돌일꺼야…… 에미학이 어디선가 물어다 새끼를 살린…… 정말모를 일인걸……."

학의 둥우리에서 꺼낸 돌을 들고 박생원은 집으로 돌아왔다. 그리고 얼마후엔 박생원에 의해 서울로 옮겨저 조카뻘되는 박승지 손으로 들어갔다.

때마침 박승지는 중국으로 떠나는 사신의 서장관이 되어 가슴 속 깊숙히 돌을 품고 중국에 도착했다.

북경에 이르렀다. 저녁무렵 박승지는 사람들을 시켜 북경의 상인 두 사람을 불러 들였다. 중국 사백여주에서 물려든 상인들이 북경에 득실거렸다. 이상한 돌 이야기를 듣고 상인 두사람이 박승지를 찾아왔다.

"무슨 돌인지 좀 보여 주시요."

"죽은 학을 살려낸 귀중한 돌이오. 천하에 이런 희귀한 돌은 하나도 없을 것이오."

"물건을 좀 보여 주셔야지요."

박승지는 깊숙히 간직했던 보물을 꺼냈다. 꼭 주먹크기 만한 옥돌과 흡사했다. 모양은 둥그렇다.

한참을 이러저리 만져보던 두 상인은 이윽고 눈이 동그래지며 입을 딱 벌렸다.

"아니 이런 귀한 보물이 조선에 있었던 말이요?"

어안이 벙벙한 채 한 상인이 박승지를 향해 물었다.

"나도 실은 잘 모르오. 학이 물어왔다는 돌이오."

"거 참, 신기한 보물을 가지고 계십니다."

그러자 키가 큰 상인이 짐짓 입맛을 다시며 입을 열었다.

"정말 이 돌은 천하의 보물입니다. 사람이든 짐승이든 숨이
끊어져 죽었을 때 이 돌을 가슴에 품어주면 죽은 생명들이 다시
살아나는 희귀한 돌이지요."

"죽은 생명을 살리는……?"

"사라져간 혼령을 다시 불러 돌이키는 돌이라 하여 환혼석(還
魂石)이라 부르는 돌이죠."

키작은 상인도 아는 체를 하였다.

"이 돌은 정말 진기하여 아무 데서나 나는 돌이 아니오. 서해유
사지경서 나는 것이니 천년에 하나 얻기 어려운 것입니다. 죽은
생명의 가슴 속에 품어 주면 반드시 살아 일어나는 신비스런
돌입니다."

두 상인은 박승지가 부러워 못견디었다.

"그래 이 돌을 얼마에 사시겠소?"

이 말을 들은 상인들은 한참을 말을 못하고 있었다. 서로 고개
만 기웃거리던 두 상인 중 키큰 상인이 입을 열었다.

"이 보물은 값이 없습니다. 천금이라도 아까울 것 없으니 부르
는게 그저 값이지요."

"그렇다면 천금을 내고 사시겠소?"

천금만 가진다면 부자도 어마어마한 부자가 될 수 있는 돈이었
다. 박승지의 가슴은 기쁨으로 두근거리기 까지 했다.

두 상인은 워낙 엄청난 값이라 당장 살 수가 없었다. 두 상인은

의논 끝에 이틀 후 돈을 준비해 가지고 오겠다며 돌아갔다.

"꼭 이틀만 기다려 주십시오."

"삼일째 되는 아침엔 꼭 돈 천냥을 가지고 오겠습니다."

그들은 문을 나오면서도 거듭거듭 꼭 기다려 달라고 당부하며 돌아갔다.

상인이 돌아가자 박승지는 앞으로 이틀 후면 굴러 들어 올 천만 금의 돈을 생각하고 기뻐서 어쩔줄 몰라했다. 안절부절을 못하고 돌을 만지고 비비며 방안을 왔다갔다 하였다. 세상에 이보다 더 흐뭇하고 기쁜일이 어디 있겠나 싶었다.

"가만있자, 돌을 좀 깨끗이 닦아 둬야겠지. 왜 이리 광택이 없을까… …? 오라 학의 똥이 묻어서 그렇군 그래. 가만있자 물을 떠다 씻길까? 음 비단수건이 좋겠군."

박승지는 시간만 있으면 돌을 주물럭 거리며 돌을 닦곤 했다. 박승지의 정성으로 돌은 완전히 윤기가 돌아 번쩍번쩍 하였다. 그때 박승지는 돌속에 또하나의 조그만 돌이 튀어나와 있음을 보았다.

"아니 이건 뭐야, 쓸데 없는 잡돌인가 보군 천하에 없는 보물답 지 않 게스리……."

박승지는 돌을 말끔히 닦아놓고 이틀을 보냈다. 그렇게 이틀은 지나갔으나 그동안 박승지는 잠 한잠 자지 않았다. 가슴 가득 부풀어 오른 그의 몸은 하늘로 날아갈 듯한 기분이었다.

깨끗이 닦아놓은 환혼석을 비단 헝겊에 싸고 또 싸서 궤속에 집어넣고 자물쇠를 꼭꼭 채워 깊숙한 곳에 감추어 두었다.

드디어 상인과 약속한 날이 왔다. 박승지는 새벽부터 일어나 상인을 기다렸다. 약속대로 상인들은 아침 햇살이 미처 퍼지기도 전에 박승지의 방문을 두드렸다.

"계십니까?"

방문밖에서 들려오는 소리는 틀림없이 상인들의 목소리라고 확신하며 박승지는 황급히 일어나 상인들을 맞아들였다.

"어서 오십시오. 정말 오셨구려."

"상인이 거짓말을 한대서야 어디 장사가 되겠습니까?"

"여기 천냥을 싣고 왔으니 챙겨 받으십시오."

승지는 사람을 불러 상인이 가져온 돈을 챙겨 받도록 이르고는 상인과 함께 방으로 들어갔다. 자리에 앉자마자 상인들은 환혼석을 빨리 가져오라는 듯한 눈치다.

박승지는 골방에 손수 들어가 보물이 들은 궤짝을 들고 나왔다.

"거 참 이상한 일인걸."

"꺼내보여 주십시오."

두 상인의 얼굴은 의아해 하는 표정이었다. 하더니 이내 고개를 갸웃거리는 것이었다.

"그게 무슨 소리요?"

이상하다는 말에 박승지 또한 의아했다.

"환혼석은 아무리 그 궤속에 들었다해도 그 은은한 광채가 새어 나오는 법이데 그 빛이 없으니 말이오."

키작은 상인의 말에 박승지는 빙그레 웃었다.

"보물인줄 안 이상 그냥 두기 무엇해서 솜과 비단헝겊으로 싸두 었으니 그런가 보이다."

박승지는 곧 궤를 열고 환혼석을 꺼냈다.

"자 두 분 손수 들고 보시오."

박승지는 희색이 만면해 하며 두 상인을 이윽히 바라보았다. 그런데 이상하게도 두 상인의 얼굴빛은 갑자기 핏기가 가시며 핼쑥해졌다.

"아니…… 이거……."

박승지는 그제서야 심상치 않은 눈치를 알았다.

"도대체 어째서 그러시오? 살생각이 없어졌소?"

"이 돌은 이젠 환혼석이 아니오."

"소용없게 되었습니다."

두 상인은 맥이 빠진채 고개를 설레설레 젓고 있었다.

"아니 그대들은 나를 조롱하는 것이오? 소용없이 되었다니……."

그러나 이미 엎질러진 물이었다. 상인들은 무척 애석해 하며 돈을 다시 찾아가지곤 돌아갔다.

그 희귀한 돌은 박승지의 서투른 손으로 해서 그만 정기를 잃어 버렸던 것이다. 돌 속에 묻혀있던 또 하나의 돌을 떼어버려 환혼석은 그 신비한 생명을 잃어버린 것이다. 환혼석은 이미 아무 쓸모가 없는 평범한 돌조각이 되어버렸다.

다만 죽은 학을 살려낸 이야기만이 오늘날까지 전해오고 있을 뿐.

열매를 맺지 않는 은행나무

● 이조시대의 배불 사상은 절과 중을 극도로 탄압했다. 두 그루의 은행나무에서 은행 스무가마를 내놓으라는 관가의 억지 그것을 구하기 위하여 보살이 나섰다. ●

"스님."

"……."

"스님."

"……."

동자승은 스님 앞으로 한 걸음 더 다가섰다. 서리 같은 백발이 무성 하였다.

"스님, 노스님!"

수백년 묵어온 은행나무 밑에 기대앉은 노승은 도무지 말이 없었다. 하늘을 덮고 천년을 내려오는 은행나무 밑에서 은행나무와 한 몸 인양 노승은 숨쉬는 기척도 안났고 움직이는 모습도 볼 수 없었다. 아침부터 앉아 계시는 스님이었다. 동자승은 한층 목소리를 높여 스님을 불렀다. 그래도 스님은 꼼짝 하지 않았다.

동자승은 스님의 팔을 흔들었다. 그 때야 스님은 지긋이 감고 있던 눈을 천천히 떴다.

"?"

"스님, 사람들이 또 찾아 왔습니다. 관가에서요."

"무슨 일이기에 또 찾아 왔다고 하더냐?"

"상감께 진상할 은행 때문입니다. 스님!"

"아니 추수는 아직도 멀었는데 벌써 은행을 진상하라더냐?"

"노스님, 작년에 두 곱인 스무 가마를 내라고 합니다."

"뭐?"

노승과 동자승은 우람한 은행나무를 쳐다 보았다. 하늘을 뒤덮은 은행나무 사이로 아침햇살이 비쳐서 열매와 입이 반짝인다.

동자승과 노승은 더 할 말이 나오지 않는다. 둘은 서로 마주 쳐다보며 움직일 줄 몰랐다. 아득한 옛날부터 이 동자승과 노승은 두 은행나무와 함께 항상 붙어 서 있던 것 같이 보인다. 두 사람은 깎아세운 동상 모양 우뚝 선채 말이 없었다.

산새는 재재거리며 은행나무 가지 사이를 즐겁게 날아갔다. 어느덧 노승은 아까와 똑같은 자세로 두 눈을 지긋이 감았다.

"까치의 울음은 좋은 소식을 안겨다 준다던대."

아침 까치의 울음소리를 들은 동자승은 혼자 중얼거렸다.

"스님. 열 가마도 힘든 터에 어찌 이 두 나무가 스무 가마를 생산해 내겠습니까?"

"그러나 거두어야지."

노승은 선장을 짚고 일어섰다. 동자승과 노승은 일주문이 높다란 현관 밑으로 들어갔다.

"선재야. 너는 벼슬아치들의 성화가 두려운가?"

"아닙니다. 스님 결코 벼슬아치들을 무서워하는게 아니옵니다."

"왜?"

"그러나 어찌합니까? 해마다 은행나무에선 열 가마 밖에 나지
않는 것을⋯⋯."

"그래도 바쳐야지⋯⋯."

노승은 손에 든 염주알을 하나씩 굴렸다.

이조 오백년 동안 불교는 숭유정책의 발굽 밑에서 허덕이지
않는 때가 없었다. 때때로 불교를 옹호하는 왕들도 없진 않았으나
그것은 다 한때요, 유생들의 집요한 집념아래 불교 탄압의 손길을
늦춘 적이 없었다.

이씨 조선 건국 당초의 태조 이성계가 무학선사와 더불어 나라
의 초석을 마련한 사실은 그만큼 유학자들에게 배불 사상을 더하
게 했다.

승려의 도성 출입은 금해졌고 사원의 논과 밭은 지방 토호에게
빼앗겼으며 승려에게 나라의 노역을 맡겼다. 뿐만이 아니었다.
절에서 나는 특산물을 나라에다 공물로 바쳐야 했다. 그래서 전국
의 모든 절들은 종이를 만들고 새끼를 꼬아 가마니를 짜서 바쳐야
했다. 많은 절들이 폐사되었고 승려들은 점점 퇴락해 갔다. 따라서
승려들은 깊은 산중에 암자를 짓고 은거 생활을 하는 자가 많았
다.

이럴 즈음 강화도의 벼슬아치와 그 지방 토호들은 전등사의
토색질에 특히 열을 올렸다. 젊은 승려들은 강화성을 쌓는 사역에
나가야 했고 늙은 중들은 절에서 종이를 만들어야 했다. 그러나

그들은 불평을 안 했다. 그들은 그들이 할 수 있는 일인 바에는 피할 생각을 안했다. 뿐만 아니라 이들은 모든 일이 다 자기들의 믿음을 저울질하는 시련으로 생각하였다. 그들은 그들이 출가했음에도 불구하고 승려의 본분을 떠나 벼슬아치와 토호들의 종노릇에 불과한 일을 해야 한다는 것을 그들의 인연 탓으로만 돌렸다. 그러나 해마다 열가마 이상을 수확하지 못하던 은행나무에서 스무 가마를 거두어야 하는 요번 해는 정말 난처하기 그지 없는 것이다.

동자승은 걱정스러운 입을 다시 열었다.

"소승을 늘 걱정이었습니다. 열 가마가 안 열리는 해는 어쩌나 하구요. 금년에 은행이 많이 열리긴 했지만 만약 은행이 열가마가 안 된다면 관리들의 불같은 성화를 어찌 견딜까하구요. 벼슬아치들이 부처님의 도장에 와 갖은 성화를 부릴 때면 그들이 가엾기까지 생각했습니다. 그러나 그들이 벼슬을 코에 걸고 도장을 어지럽힐 때는 그들이 가엾기보다는 증오스러워집니다. 미워하지 않으려 해도 그게 안됩니다. 스님, 어찌하면 남을 미워하지 않고 살 수 있을까요?"

"선재야."

"네."

그들은 가던 걸음을 멈추고 서로 바라 보았다. 동자승의 홍안과 노승의 주름잡힌 얼굴에서 그들은 각자 자기의 과거와 미래를 보았다.

"남을 미워하는 것은 자기를 아끼기 때문이다. 자기를 아끼는 마음이 있기 때문에 남을 미워도 하는 것이고 자기에게 이로운

사람을 사랑하기도 하는 것이다. 나에게 이롭거나 해로운 사람
이 있어 내가 그를 사랑하고 미워하는 것도 모두 인연에 따라
일어나는 일이다. 나와 그가 지은 업(業)으로 해서 맺어지는
인연을 끊으려 하지는 않고 누구를 미워하고 사랑하는 것은
그 인연을 더욱 굳게 할 뿐이란다. 나의 업연(業練)으로 해서
남을 미워함은 곧 나를 미워함과 같지 않겠느냐? 선재야 출가한
수도인은 모름지기 자기를 아는 마음을 버리는 것과 같은 일이
니라. 자기를 아끼는 마음을 버리는 것은 남을 미워하고 사랑하
는 마음을 버리는 것과 같은 일이니라. 오늘날은 조정에선 물론
벼슬을 하지 않는 사대부까지 모두 부처님의 높은 법을 욕되게
하고 있다. 그러나 그렇다고 그들을 미워하지 말아라. 부처님의
높은 법은 결코 더렵혀지거나 욕되지 않기 때문이다. 오직 어리
석음을 깨닫지 못하는 자를 자비로써 대해야 한다."

동자승은 노승 앞에 합장하며 깊이 머리를 숙였다.

종이를 손질하던 한 중이 동자승과 함께 다가오는 노스님을
향해 합장하며 말했다.

"스님, 어찌하시겠습니까?"

"무엇을?"

"스무 가마의 은행을 무슨 수로 바칩니까?"

"글쎄. 어찌해야 할꼬?"

"저 두 그루의 나무는 어떤 해에도 열 가마 이상의 열매는 맺지
않았습니다. 그런데 스무가마라니, 스님이 나랏님에게 상소하는
것이 어떨른지요? 사람의 힘으론 도저히 할 수 없는 일이 아니
겠습니까?"

"상소? 소용없는 일이니라. 지금 조정은 무슨 구실이든 있기만
하면 불교를 탑압하려 하는 터다. 그런데 상소를 올리면 중들이
임금을 섬기기 싫어한다고 모함할 것이다."

"그러면 탁발을 해서라도 스무 가마의 은행을 바칠 수 밖에
없지 않겠습니까?"

"탁발도 안 될 일이다. 탁발을 해서 은행을 진상한다면 벼슬아
치들은 중들이 좋은 은행은 다 먹고 탁발한 은행을 진상했다고
또 트집을 잡을 것이 아니냐."

노승의 주위엔 하나 둘 전등사의 중들이 모두 모여들었다. 그들
은 노스님을 둘러싸고 침통한 얼굴을 하고 서 있었다. 노승은
말을 잃고 걱정하는 중들을 천천히 둘러 보았다.

"너희들은 걱정하지 말아라. 오직 너희들의 걱정은 공부를 하는
일이다. 어찌하면 부처님께서 가르치신 불법의 길로 나아갈
것인가를 걱정하여라. 그리고 저마다의 맡은 소임을 다하면
된다. 부처님의 불법의 길은 각자가 하는 일 속에 함께 있느리
라. 한시라도 잊지 말것이 공부하는 일이다."

그렇게 말을 마친 노승은 동자승에게 일렀다.

"선재야 너는 곧 백년사로 달려가 추종스님을 모셔오너라."

노승은 선장을 짚으며 천천히 선실을 향해 걸어갔다. 모여섰던
중들은 무릎을 치며 감탄했다.

"그렇지! 그 스님이시라면 바람과 비를 부리시는 신통력이
있는 도승이시니까 은행 스무 가마쯤 넉넉히 열리게 할게다."

산 그림자가 길게 끌리는 저녁이 되었다. 동자승은 추종스님의
앞장을 서서 전등사로 모셔왔다. 추종스님은 곧장 주지의 선실을

찾아 들었다. 인사를 마친 두 스님은 한동안 무엇인가 의논하는
듯 하였다. 마침내 노스님은 동자승을 불렀다.

"모든 절안의 중들을 은행나무 밑으로 모이게 해라. 그리고
별좌스님은 은행나무 아래에 조촐한 제단을 마련하여 삼일
기도 드릴 준비를 하라고 곧 일러라."

"스님, 은행을 더 열리게 하기 위해 올리는 기도입니까?"

동자승은 눈을 크게 뜨고 물었다.

"그렇다. 어서 전해라."

노승은 동자승을 재촉하였다.

삼일 기도는 시작되었다. 아름드리 은행나무 아래는 제단이
마련되었고 주지를 비롯한 모든 중들과 함께 추종선사의 집전으
로 재를 시작했다.

이 소문은 곧 인근 주민을 비롯하여 관가에 알려졌다.

구경꾼들이 모여 들어 기도는 첫날을 마치고 두번째 날의 기도
가 시작되었다. 무르익은 기분에 구경나온 아낙네들은 추종스님을
따라 함께 기도하고 절하기도 했다.

밤과 낮을 쉬지 않고 기도는 무르익어 갔다. 도승 추종대사가
친히 올리는 삼일 기도의 소문은 강화도의 벼슬아치들까지 궁금
하게 하였다. 마지막날 관리 하나가 서너명의 졸개들과 함께 은행
나무 밑 제단 앞에 나타났다.

"여보, 노인, 당신이 주지요."

"그렇소이다."

군관은 노인을 붙잡고 시비를 걸었다.

"이 제는 무엇 때문에 올리는 거요? 사또의 명으로 알려 온

사람인데, 나라의 공물 바치기가 싫어 임금과 백성을 저주하려
는 것이 아니오?"

"그런 무엄한 소리는 거두시요. 우리는 상감께 진상할 스무
가마의 은행을 바치기 위해 은행을 많이 열리게끔 제를 올리는
거요."

"은행이 많이 열리도록 하는 제사라? 으흐흐, 어리석은 소리마
라. 나무에 열리는 열매를 사람의 임의대로 할 수 없는 법 어찌
네 놈 중들이 하늘의 뜻을 가감시킬 수 있겠는가 말이다……."

군관은 머리를 제끼며 비웃어댔다. 그러나 그 웃음이 끝나기
전에 군관은 얼굴을 싸매고 나동그라졌다. 새파랗게 질린 군관이
정신을 차리고 일어 섰을땐 그의 왼쪽눈은 파랗게 부어 눈이 멀었
다.

이 소문은 더욱 꼬리에 꼬리를 물고 퍼져나가 전등사의 제사는
일약 유명해 졌다.

"앙고시방삼세 제망찰해 무진해외……."

추종선사는 축원을 읽기 시작했다. 모든 사람들은 숨을 죽이며
다음 말에 온 신경을 집중시켰다.

"……오늘 남선부주, 해동 조선국 강화도에 전등사에서 삼일
기도를 정성으로 봉행하여 바치는 사마의 중생들은 두 그루
은행 나무에 열매가 맺지 않게 해주시기를 지주성심으로 축원
하나이다. 백년이고 천년이고 절대로 은행이 열리지 않게 하여
주십시오."

중들과 구경군들은 놀라지 않을 수 없었다. 동시에 하늘에선
뇌성벽력이 치고 먹구름에선 비와 우박이 쏟아졌다. 은행나무의

열매는 우수수 다 떨어졌다. 사람들은 겁결에 모두 도망가고 나무 밑에선 오직 동자승과 노승만이 웃고 서 있었다.

이후, 전등사의 은행나무는 그 열매가 달리지 않고 오늘에 이른 것이다. 앞으로 몇 천년이 지나가도 그 은행나무의 열매는 맺히지 않을 것이다.

사람들은 그후 동자승과 노승을 보지 못했다. 사람들은 전등사를 구하기 위해 보살께서 동자승과 노승으로 화했다고 말한다.

지금도 울창하게 서 있는 은행나무 두 그루 가운데 한쪽이 노승 나무요, 다른 한쪽은 동자승 나무라고 부른다고 한다. 혹은 암컷 과수컷으로 불러 아기 못낳는 여인들의 치성 장소로 이용되기도 한다.

서산대사와 사명당의 재주내기

● 서산대사를 깔보고 덤비던 사명당은 결국
고개를 숙이고 서산대사의 수제자가
되었다. ●

어느 날 묘향산을 한달음에 내려오는 스님이 있었으니 바로
사명당이었다. 남루한 옷차림이었으나 그 위엄은 천하를 압도하는
기풍이 번쩍이었다. 당당한 풍채에 수려한 이목이다. 말로만 들어
온 기상 천하의 신통력으로 험한 산길을 내려 오는가 했더니 벌써
저 쪽 산등성을 넘고 있었다. 축지법을 써서 쏜살같이 가는 것이
었다.

세상에는 그때 심상치 않은 말이 떠돌고 있었으니 바로 서산대
사와 사명당의 명망과 신묘한 도술을 둘러싼 대화들이었다. 사명
당이 났다느니 서산대사가 났다느니 제각기 옳다고 내세웠다.
그러나 젊은 사명의 술수가 아무래도 떨어질 거라는 이야기가
우세했다. 사명당은 이런 소리를 듣고도 태연했다.

불도를 닦는 몸으로 그 따위 소문에 귀를 기울일 수 없다는
생각이었다. 그러나 풍문은 꼬리를 물며 그를 괴롭혔다. 주변의
손님들 마저도 서산대사를 보다 높이 평가하는 의견이 우세하자
일대일의 대결은 해봐야 한다고 생각한 끝에 돌연 떠나기를 결심

했다.

사실 벼르고 벼르던 길이었다. 가슴 속은 형용키 어려운 흥분으로 가득찼다. 서산과는 나이 차이가 스물 셋이나 된다. 아직 젊기 때문인지도 모르겠다. 그만큼 재주를 겨루어 보기위해 나서는 그의 기백은 대단한 것이었다.

사실 사명당도 서산대사의 신출귀몰한 도술을 믿고 있었다. 그러나 자기에게도 승산은 얼마든지 있다고 생각했다. 기묘한 천지 조화를 부릴 수 있는 그에게 있어 그것도 지나친 자기 과신만은 아니었다.

서산대사를 궁지에 넣어 자기의 실력을 세상에 과시하고 싶은 마음에서 축지법으로 달리는 마음은 급하기만 했다. 드디어 사명당은 서산대사가 머무는 장안사 골짜기에 이르렀다. 골짜기를 흐르는 맑은 물소리는 천년의 적막을 흔들듯 요란했다. 그것은 흡사 속세의 잡다한 아우성과 같았다.

사명당이 계곡을 오를 무렵 염주를 헤아리던 서산대사는 염주를 고쳐 쥐며 상좌를 불렀다.

"이길로 산을 내려가 묘향산에서 먼길을 오시는 사명당을 마중 나가게."

상좌는 깜짝 놀랐다. 사명당이 장안사에 오겠다는 전갈도 없었을 뿐아니라 그렇게 먼길을 올 까닭이 없었던 것이다. 그러나 서산 대사께서는 분명히 오고 계시니 마중을 나가라고 재차 말씀하시는 것이었다. 이상한 일이기만 했다.

"이 길로 골짜기를 내려가노라면 냇물이 거꾸로 흐르는 곳이 있는데 거기에 사명당께서 계시리라."

서산대사는 환하게 앞을 내다보고 계신듯 했다. 사명당이 냇물이 거꾸로 흐르는 곳에 있다는 것을 상상할 수 없는 일이었다.

상좌는 절을 나섰다. 골짜기를 흐르는 냇물을 따라가며 몇번이고 고개를 갸웃거렸다. 정녕 그 유명한 사명대사가 오시는 것일까 아니면 대사께서 자기를 시험하려는 것이 아닐까. 평소에 없던 이런 분부인 만큼 이상한 생각이 아니 들 수 없었다. 이런 생간으로 한참을 가던 상좌는 가던 걸음을 딱 멈추었다. 냇물이 거슬러 오르고 있지 않은가. 고개를 들어 앞을 살폈다. 저만큼 떨어진 곳에 정말 스님 한 분이 보였다. 정말 서산대사의 말씀 그대로였다. 상좌는 사명당에게 다가가 합장을 하며 절을 올렸다.

"스님…… 스님께서 사명당이 아니시온지요?"

"허! 그렇소이다 만은!"

사명당은 뜻밖의 일이라 의아해 할 수 밖에. 도대체 어느 절의 중이기에 자기를 알아 본단 말인가. 상좌는 사명당임을 확인하자 서슴지 않고 말을 하였다.

"먼 길을 오시느라 수고가 많으셨습니다. 저는 서선대사님의 분부로 이렇게 스님을 마중나온 장안사의 상좌이올시다."

"아니……. 그래……!"

말끝을 흐리는 사명당의 놀라움은 역력했다. 서산대사가 어떻게 내가 온다는 사실을 알고 마중까지 보냈을까 사명당은 아무렇지도 않음을 가장하면스도 덜미를 잡힌 듯한 아찔함을 느끼는 것이었다.

상좌는 앞장을 서서 길을 인도했다. 말로만 들어오던 사명당을 이렇게 직접 만나고 보니 누구에겐가 자랑하고 싶은 생각이 간절했다.

이윽고 장안사에 도착했다. 때마침 법당에서 서산대사가 문을 열고 나오는 참이었다. 사명당은 인사할 차비도 주지않고 나르는 새 한 마리를잡아쥐고 첫 말문을 열었다.

"서산대사님! 내 손아귀에 있는 이 참새가 죽을까요? 살까요?"

손아귀에 들어있는 새인지라 그 새의 생사는 사명당의 뜻 여하에 달려 있는 것이다. 만약 서산이 산다고 하면 죽일 것이요 죽는다고 하면 살릴 것이 아닌가? 그러니 이쪽 저쪽을 택하기 어려웠다. 막 법당을 나서려던 서산대사는 그 질문을 받자 법당 문턱에 한 발을 내딛어 놓고 묻는 것이었다.

"허허……. 사명대사! 이몸의 발이 한 발은 법당 안에 있고 한 발은 법당 밖에 나와 있는데……. 허허, 이몸은 이제 밖으로 나가겠소이까 안으로 들겠소이까?"

이 또한 무척이나 난처한 질문이다. 사명당의 질문에 대답하기도 전에 자기의 질문을 하는 것이었다. 안으로 들 것이라 하면 밖으로 나설 것이요. 밖으로 나올거라 하면 안으로 들을 일은 뻔한 일이다. 사명당은 잠시 생각해 잠겼다.

"허허……. 그야 서산대서님은 밖으로 나오시리이다."

명망 높은 서산대사께서 멀리서 객이 오는데 밖으로 나오는데 당연한 일일 것이다. 그대 답을 기다렸다는 듯이 서산대사는 말을 한다.

"과연 맞히셨소. 사명대사께서 그렇게 먼길을 떠나 오셨는데 내 어찌 문밖에 나가 영접하지 않으리오."

170

    서산대사는 모든 대답은 이걸로 끝났다는 듯이 어서 올라오라 영접하는 것이었다. 그러나 사명대사는 자기의 손에 아직 쥐고있는 참새를 보며 자기의 질문에 대답을 듣고 싶었다.

    "감사합니다. 대사님! 그런데 이 참새의 운명은 어찌 되겠습니까?"

    "어찌 불도를 닦는 분이 그런 산 생명을 죽이시겠습니까?" 하고 주저없이 대답하였다. 그리고 보니 두 스님의 기습적인 문답은 피장파장이 되고 말았다. 너무나 싱거운 결말이었으나 두 스님은 당대의 고승들이 었기에 당연한 귀결이었는지도 모른다.

    정중한 인사가 끝나자 사명당은 자기가 이번에 장안사를 찾아온 목적을 말하면서 이번에 도술로써 승부를 겨루어 보자고 제안했다. 서산 또한 이 의견에 동의했다.

    먼저 사명당이 술수를 부렸다. 사명당은 지고 온 봇짐 속에서 그릇 하나를 꺼냈다. 바늘이 가득 담긴 그릇이었다.

    잠시 사명당은 그릇 속의 바늘들을 응시했다. 하자 이게 웬일인가. 바늘들은 모두가 먹음직한 국수로 변해버리는 것이 아닌가. 사명대사는 그릇에 담긴 국수를 맛있게 먹으며 서산대사에게도 권했다.

    보고만 있던 서산대사도 사명당이 먹고 남겨놓은 국수를 먹었다. 그러더니 그 먹은 국수를 입안에서 바늘로 만들어 쏟아내는 것이 아닌가. 바늘로 만드는 국수도 신기 했으나 만들어진 국수로 바늘을 만드는 기술 또한 신술이 아니고 무엇이랴.

    사명당은 이번엔 계란을 꺼내 놓았다. 세우기도 어려운 계란을 하나하나 쌓아 올리는 것이었다.

서산대사의 차례가 되었다. 그는 사명당과는 반대로 공중에서 계란을 쌓아내려왔다. 사명당은 초조한 심정이 되었다. 허! 위에서 밑으로 쌓아 내린다. 마음 속에선 비록 열세를 느끼는 사명당이었으나 겉으로는 정색을 하고 이번에는 하고 다시 세 번째의 시합을 시작하였다.

잠시 마음을 안정시킨 사명당은 하늘을 우르렀다. 맑게 개인 하늘에는 구름 한 점 없었다. 합장을 하고 바라보던 그 맑던 하늘은 잠시 후 먹장 구름이 하늘을 뒤덮었다. 장안사의 상공은 온통 꺼먼 비구름으로 덮였다.

사명당은 바른 손을 치켜들고 하늘을 가리켰다. 잠시후엔 온통 장대 같은 빗줄기가 내리더니 다시 요란한 천둥이 나고 번개가 치는 것이었다.순식간에 땅을 삼킬듯한 무서운 기세였다.

"과연, 과연 훌륭한 기술이오."

사명당은 아무렇지도 않은 듯한 얼굴을 했으나 속으로는 여봐란 듯이 자기의 실력에 감탄하며 이쯤되면 서산대사도 두 무릎을 꿇으리라 생각하며 서산대사를 돌아보며 말했다.

"대사님. 별말씀을 다 하십니다. 대사님께선 이러한 비쯤이야 하늘로 되돌리시고도 남을 텐데."

말로는 치켜세우나 속으로는 여전히 두 무릎을 꿇거니 생각했다.

"허허. 사명대사께서 미리 그렇게 알아 주시니 감사합니다."

사명은 이말에 놀라지 않을 수 없었다.

"예? 아니 그렇다면……."

그만 말을 잊지 못하고 말문이 중도에서 막히고 말았다.

서산대사는 말없이 합장을 하고는 하늘을 우러렀다. 사명당에겐 가장 숨막히는 순간이었으리라.

그렇게 한참이 흘렀다. 줄기차게 퍼붓던 비가 갑자기 뚝 그치는 것이 아닌가. 게다가 내리던 빗방울은 모두 아름다운 새가 되어 어디론가 날아가 버리는 것이다.

천지는 새들의 지저귐으로 환희에 가득찬 듯 하였다. 이윽고 하늘엔 해가 다시 나타나 쨍쨍 비치는 것이었다.

가슴 조이던 사명당도 이 조화무쌍한 광경을 보고 황홀경에 빠지고 말았다.

"서산대사님! 대사님을 정말 몰라보고 있었습니다. 온 천하의 스승이십니다. 제발 불쌍히 여겨서 부끄러운 이몸을 제자로서 받아 주십시오."

사명당은 눈물을 흘리며 제자가 되기를 간청했다. 서산대사 또한 마음이 흡족해졌다.

"진정 사명대사의 뜻이 그러하시니 나 또한 즐겁지 않을 수 없소. 그대 같이 슬기로운 수제자를 얻기도 쉽지 않을 것이오."

사명당도 서산대사도 똑같이 기뻐하며 부처님 앞에 합장하고 한참을 서 있었다. 그날부터 서산대사의 수제자가 된 사명당은 열심히 가르침을 받으며 자기수행에 전념했다.

어느 듯 세월은 흘러서 선조 12년 갑자기 왜놈이 밀어 닥쳤다. 서울을 버린 왕은 의주로 난을 피해 갔다. 팔십 고령의 서산대사 는 의승군을 이끌 고 왕명에 따라 팔도십륙종도총섭이 되었다. 스승과 헤어져 금강산 유점사에 있던 사명당은 스승의 명을 받았 다. 국난을 타개하기 위하여 총궐기 하라는 내용이었다.

사명당은 눈물로 스승의 격문을 읽고 곧 싸움터로 나갈 것을 굳게 결심했다. 수천을 헤아리는 의승군의 대장이 되어 가사대신 군복을 입고 전쟁의 선두에 나섰다. 스승으로 부터 배워받은 도술을 아낌없이 활용하면서 연전연승의 개가를 올렸다. 임진왜란——. 사명당의 천지를 주름 잡는 신술앞에 왜병은 사라지고 그는 역사의 한페이지를 장식하는 큰 인물로 남아있게 되었다.

신립장군의 괴물 퇴치

● 괴물을 퇴치하여 목숨을 구해준 처녀의
애절한 소원을 물리친 신 립장군은 임진란 때,
어째서 문경새재를 버리고 탄금대로 갔을까.
●

충청북도 충주는 옛부터 천연적인 요충지였다. 남족에 이어
솟은 험준한 산령은 진을 치듯 뻗어있고 짙푸른 탄금대강은 사철
을 흐릴줄 모르고 서 서히 동에서 서로 흐르고 있었다.

대문산 산마루엔 탄금대가 솟아있다. 풍치 또한 절묘한 곳으로
풍류를즐기는 사람에겐 유명한 곳이다. 탄금대라면 먼 옛날 가야
의 우륵이 가야금을 타던 장소로도 유명하나, 임진왜란 때 신립
장군의 이야기로도 또한 유명하다.

문경 새재(鳥嶺)를 버리고 굳이 이곳에 와서 왜병과의 결전을
벌린 신립장군은 비록 수십만 대군의 왜병을 이기지 못하고 장렬
한 죽음을 했으나 그가 이런 비운을 격지 않으면 안 되었던 숙명
은 결코 우연은 아니었다.

신립장군은 어려서부터 사람됨이 보통이 아니었다. 떡 벌어진
어깨와 굵은 체구, 번쩍이는 두 눈이 벌써 그것을 증명해 주었
다. 신립은 매사에 총명하여 부형은 물론 주위의 총애를 한몸에
받았다. 그는 자라면서 무예를 익히기 시작했다. 그의 영특함은

무예에도 재주를 나타내어 특히 활쏘는 솜씨는 사람들을 놀라게
했다.

청년이 된 신립은 활쏘기의 명수였고 말타기를 항상 즐겼다.
그날도 신립은 첩첩산 중에 들어와 호랑이를 찾고 있었다.

신립은 우뚝 멈추어 섰다. 한마장 쯤 떨어진 곳 큰 바위 위에
송아지 만큼이나 큰 호랑이가 몸을 엇비슷이 꾸부리고 눈을 번쩍
이며 신립을 지키고 있었다. 신립도 지지않고 호랑이를 쏘아보았
다. 여지껏 돌아다닌 보람으로 그럴사한 상대를 만났다고 속으로
좋아하였다. 신립은 두 팔에 뻗쳐오르는 묵직한 힘을 의식하며
지긋이 활을 재고 겨누었다. 그러나 그렇게 호락호락한 상대는
아니었던 것이다.

두툼한 두 입술엔 가벼운 웃음까지 띠우며 여유있게 겨냥을
하였다.

'어흥!'

그때였다. 누웠던 호랑이가 갑자기 산이 무너질 듯한 소리를
지르며 벌떡 몸을 제끼고 두발을 들었다. 화살은 시위를 울리며
날아갔다. 그러나 화살은 방금 호랑이가 앉았던 자리에 풀썩 먼지
를 일으키며 꽂혔을 뿐이었다. 신립은 다시 날랜 솜씨로 화살을
재었으나 그의 등줄기는 식음땀이 흐르고 있었다. 단 한번의 실수
도 없던 신립은 그 호랑이가 자기의 화살을 여유있게 피했다는
것이 믿을 수 없는 일이었다.

그러나 호랑이는 멀쩡한 채 건너편 산등성이에서 다시 크게
울부짖었다 . 정말 상당한 놈이었다. 네까짓 놈 쯤이야 하는 식으
로 여유만만해 보였다.

"너만한 놈이라면 네 밥이 되어도 원통하지 않겠다."

그러나 호랑이는 번번히 비웃는 듯했다. 신립은 아랫입술을
피가 맺히도록 꽉 물었다.

온종일. 이렇게 숨바꼭질 하듯 시간이 지났고 끝내 도도하던
호랑이는 어디론가 자취를 감췄다. 신립은 고개를 내두르며 호랑
이가 없어진 것을 다행이라고 생각했다. 이제 다시 호랑이와 대결
할 힘이 완전히 없어진 때였다.

어느덧 해는 뉘엿뉘엿 서쪽 산등성이로 빠져 들어갔고 아름드
리 소나무가 가득한 숲속 어둠이 찾아왔다. 하루종일을 숲속에서
시달린 신립은 몹시 지쳐 있었다. 멈추어선 두 다리는 후둘거렸고
피곤에 지친 상체도 가눌길이 없었다.

'이럴 수가 있나……?'

생전 이런 피로를 경험한 적이 없는 신립이었다. 자꾸만 어깨가
처졌고 활을 쥔 손이 자꾸 땅밑으로 늘어졌다. 무거운 고개를
들어 주위를 찬찬히 살폈다.

도무지 사방을 분별할 수 없었다. 날도 이젠 완전히 져물었고
길도 잃었던 것이다.

'허어, 이런 산속에서 해가 저물다니…… 이를 어찌한다……?'

그는 기가 막히고 또한 초조해졌다. 어두운 불안이 자꾸 엄습해
왔다.

온종일 헤메도 토끼 한마리 잡지 못하고 그대로 돌아간다는
것이 장부로서의 자존심이 허락치 않았다. 그는 험준한 바위를
타며 점점 깊숙한 숲을 향해 들어갔다. 한참을 씩씩거리며 산을
오른 신립은 비지땀을 흘리며 한참을 헤메었다.

"어디서 날을 새운다……? 이런 산중에 인가가 있을리 없는
데."

깊은 산중은 이젠 지척을 분간하기 어렵도록 캄캄했다. 하늘도
땅도 모두가 캄캄한 암흑이었다. 이런 산중에서 오늘밤을 넘기지
못하고 죽어버릴 것만 같았다. 그만큼 기진맥진한 상태였던 것이
다.

'하 이럴 어쩐다……?'

초조와 불안으로 신립은 방향을 못잡고 사방을 둘러보았다.
그때였다. 캄캄한 저쪽 편에서 멀리 반짝이는 불빛이 보였다.

'음?'

신립은 눈을 비비며 다시 쳐다보았다. 틀림없이 집안에 켜둔
등불 빛이었다. 신립은 너무나 반가워 부지런히 발을 놀렸다. 어둠
속에서도 기둥이 튼튼한 초가집이었다. 신립은 문앞에서 귀기우리
고 집안의 동정을 살폈다. 집안엔 조용한 공기뿐 인기척이라곤
없었다. 신립으로선 괴이한 생각이 들었으나 지금의 신립으로선
더 지체할 수 없었다.

"이리 오너라."

"……."

이상했다. 분명 사람이 사는 집일텐데 인기척은 없었다.

"이리 오너라. 이리 오너라!"

신립은 거듭 주인을 찾았으나 안에선 여전히 소리가 없었다.

한참동안 목청을 돋구어 사람을 불러댔다. 그제서야 옷깃 스치
는 소리와 함께 가느다란 여인의 음성이 들렸다.

"밤도 깊은 이 산중에 누가 와서 찾느냐고 여쭈어라."

"사냥을 나왔다가 이렇게 밤이 되어 길을 잃은 나그네라고 여쭈어라. 하룻밤 자고 가야겠다고 여쭈어라."

"이 집엔 여자 혼자 사는지라 미안하지만 손님을 들이기가 난처하다고 여쭈어라."

"대문간에서라도 하룻밤 신세를 지고 가야겠다고 여쭈어라."

"몹시 난처한 입장에 있으니 못 주무신다고 여쭈어라."

신립은 이상한 일이라고 생각했다. 옥을 굴리듯 맑은 목소리엔 어딘가 수심이 어린 듯 했다.

"무슨 사정인지 들어 보겠다고 여쭈어라."

하고 마당으로 들어서며 말도 없이 방문을 썩 열었다. 젊은 낭자 하나가 하얗게 질리며 비칠비칠 뒷걸음을 치고 있었다. 용모는 눈에 띠도록 곱고 아름다웠다. 낭자는 두려움에 가득찬 눈을 들어 신립을 보았다.

"놀라거나 겁내지 마오. 이 깊은 산중에 낭자 혼자 사는 연유를 듣고자 하오."

이윽히 신립을 쳐다보던 낭자는 이내 고개를 숙여 흐느끼며 얘기를 꺼냈다.

낭자의 얘기는 이러했다. 뒷산 중턱에 깊이를 알 수 없는 큰 굴이 있는데 그 굴속엔 사람을 잡아먹는 괴물이 있다고 했다. 그 괴물은 밤 열두시만 되면 큰 바람을 몰고 다니며 사람을 찾아 잡아 먹는데 낭자의 집을 발견한 괴물이 날마다 밤이면 찾아와 낭자의 식구를 하나하나 다 잡아갔다고 한다. 이렇게 되어 오늘은 낭자 혼자 남게 되었고 오늘은 바로 낭자의 차례라고 했다. 그 괴물의 이마에는 날카로운 뿔이 솟았고 시뻘건 눈을 네개나 가지

고 있어 좌우 사방을 두리번 거린다고 했다. 온몸은 시커먼 털로
뒤덮였고 무서운 힘을 가진 두발 짐승이라했다.

"바로 오늘이 제 차례이온 즉 여기 있다가 피해보지 마시고
어서 몸을 피해 다른 곳으로 가시옵소서."

낭자는 애원을 하듯 신립을 보았다. 이목이 수려한 얼굴에 믿음
직한 몸집이었다.

"낭자, 걱정하지 마시오. 오늘밤 그 괴물을 만나고야 말겠소."

"소용없는 일인줄 압니다. 저희 부친과 오라버님도 오랜 사냥꾼
생활을 한 사람들이었습니다. 그러나 그 괴물엔 꼼짝없이……."

신립은 억지로 웃음을 지어 껄껄 웃었다.

"그러나 나는 사내 대장부 아니오. 걱정마시오."

그러면서도 신립은 얼핏 호랑이에게 어이없이 되어버린 자기
자신을 생각했다. 대장부로서의 위신을 세우기 위해서라도 호랑이
에게 못다한 분노를 괴물에게 쏟아야겠다는 생각을 했다. 그러고
보니 어쩌면 호랑이는 이 낭자에게 자기를 인도하기 위해 그랬는
지도 모르겠다고 생각했다. 신립은 굳게 입을 다물었다.

신립은 갑자기 허기를 느꼈다. 그동안 두끼를 굶은 채 산중을
헤맸던 것이다.

"낭자, 지금 몹시 시장하니 밥 한끼 얻어 먹었으면 좋겠소."

낭자는 놀란듯 여지껏 잊었던 것을 미안해 하며 부엌으로 서둘
러 나갔다. 밥상을 받은 신립은 염치 불구하고 한동안 밥을 퍼먹
었다. 이윽히 지켜보고 앉았던 낭자는 슬며시 일어나 장농을 헤치
더니 무엇인가 꺼냈다.

"대대로 물려온 가보입니다. 이것을 부디 소용으로 하십시오."

팔척장검이었다. 신립은 밥상을 물린뒤 그 장검을 **빼**들고 조심스레 살피고 있었다. 갑자기 이상한 광풍이 불고 나뭇가지 흔들리는 소리가 났다.

보통 부는 바람이 아니었다. 어딘가 살기를 품은 회오리 바람이었다. 분명 괴물이 오는 것이라 생각했다.

"아아, 옵니다. 와요……."

낭자는 새파랗게 질리며 기절할 듯 신립의 넓은 가슴을 파고들었다.

순간적으로 집안을 삼킬 듯한 바람은 그쳤다. 이어서 씨근거리는 괴물의 숨소리가 다가오는 듯하더니 쿵하는 소리가 났다. 괴물이 담을 뛰어넘은 소리였다. 드디어 올 것은 왔다. 신립은 장검을 잔뜩 쥐고 방문을 노리고 있었다.

'푸! 푸' 기분나쁜 소리였다.

"얼른 피하세요. 저놈이 지금 독을 뿜고 있나봅니다."

낭자의 말을 듣기가 무섭게 신립은 방문을 박차고 뛰쳐나갔다.

"네 이놈! 사람이냐 짐승이냐. 정체를 밝혀라!"

신립의 목소리는 산을 쩌렁 쩌렁 울렸다.

독을 뿜으며 두 손을 들던 괴물은 미쳐 신립의 장검을 피할 겨를이 없었다. 신립의 장검은 괴물의 가슴을 찔러버렸다.

카악카악, 괴물이 발광을 시작했다. 신립은 다시 한번 장검을 뻗쳐들고 괴물의 가슴을 내리쳤다. 순간 무서운 회오리 바람이 일었고 뒤어어 회오리는 괴물의 몸을 감싸고 담을 넘어갔다. 괴물을 실은 회오리 바람은 캄캄한 산중으로 사라졌고 신립의 앞에는 비릿한 피내음이 진동했다.

산속에선 방향을 잃은 광풍이 미친듯 요동했고 나뭇가지를 때리는 소리는 고요하던 숲의 정적을 깨뜨렸다.

어지러운 소리는 한참을 계속했다. 이내 키우……. 하는 마지막 비명과 함께 밤은 다시 고요해졌다.

"낭자, 낭자……."

신립은 기절한 낭자를 불렀으나 먼동이 터오를 때까지 낭자는 쓰러진 채였다. 아침 해가 완전히 떠올랐다. 새들은 간밤에 있었던 무서운 일을 아는지 모르는지 즐겁게 지저댔다. 숲속의 아침은 더없이 아름다왔다.

"원한을 풀어주시고 제 목숨까지 건져주신 생명의 은인이시옵니다."

낭자는 깊이깊이 감사했다.

"은공이랄게 있겠소. 이젠 마음놓고 사시구려."

신립은 떠날 차비를 하고 일어났다.

"아니, 지금 가시려고 하옵니까?"

"지금 곧 떠나야지 해지기 전에 집에 도착 할겝니다."

낭자는 눈을 깜박거리며 무엇인가 깊은 생각에 잠겼다.

"여쭙기 부끄럽사오나 이젠 부모형제 없는 홀몸으로 의지할 곳없이 더구나 처녀의 몸으로 품에 안기기까지 했으니 어쩌면 좋겠습니까?"

"낭자가 내 품에 안긴거야 겁결에 생각없이 한 행동인데 그게 무슨 흠이 되겠소. 과히 걱정말고 잘 사시오. 하룻저녁 신세진 것 감사하오. 이제 나는 떠날 시간이니 바삐 가야만 되겠소."

말을 마치자 신립은 그대로 집을 나서 걷기 시작했다. 그러나 낭자는 신립의 뒤를 따라 나오며

"죽을 사람을 살려놓고 이대고 가시다니 전 또 죽어야만 하겠습니까, 이몸을 거두어 주십시오."

낭자는 단호한 결심을 나타내었다. 그러나 신립은 낭자의 뜻을 받아들일 수 없었다.

"나는 부모가 계신 몸이오. 더우기 무예를 익히는 사람으로 여러가지 처지로 낭자의 뜻을 받아들일 수 없오. 마음을 다시 먹고 친척이라도 찾아 잘 사시오."

신립은 뒤도 돌아보지 않고 걸음을 빨리했다. 아침 바람이 제법 싸늘하였다. 낭자는 쥐었던 신립의 옷깃을 놓았다.

"알겠습니다. 부끄러운 마음을 무릅쓰고 여쭌 말인데 끝내 거두어 주시지 않으시는군요."

낭자는 떨리는 한숨을 쉬며 맥빠진 목소리로 말했다.

아직 무예를 닦는 젊은 몸의 신립으로선 그럴 밖에 도리가 없다고 생각 했다. 그러나 역시 도량이 넓지 못함엔 애석한 생각이 든다.

신립이 산마루를 내려갈 즈음 이었다. 분명 뒤에서 서방님! 서방님! 하는 낭자의 울부짖음이 찢어질 듯 들려왔다. 신립은 깜짝 놀랐다.

"아니!"

방금 떠나왔던 낭자의 집이 화염에 싸여 활활 타고 있었다. 불길은 하늘로 하늘로 치솟는데 지붕위에선 머리를 풀고 흰옷을 입은 낭자가 울부짖고 있었다.

신립은 미친듯이 달려갔다. 그러나 거리는 너무나 떨어져 있었
다. 신립이 도착했을 땐 낭자의 집은 새까맣게 타있었고 낭자도
벌써 숨진 후였다.

그후 여러해 뒤 임진왜란이 일어났다. 신립장군은 선조왕의
명령을 받아 변사의 병부를 차고 아장 김여울과 함께 왜적을 맞으
러 남쪽으로 향했다. 그러나 평소의 군사훈련이 부족했던 팔천명
의 군사는 모두가 오합지졸 들이었다.

왜적은 몇만의 군사로 쳐들어 왔다. 팔천의 오합지졸을 거느린
신립은 위기에 처하고 말았다.

아장 김여울은 입을 열었다.

"사또! 문경새재로 가야 합니다. 새재는 산이 험준하고 길목이
좁아 그 좁은 목만 지키면 과히 어려울 것 같지 않습니다."

"글쎄 그럴까……? "

"글쎄라니요? 그 길밖엔 없습니다."

"내 생각으로는 미숙한 군사란 허술이 다루면 싸우기도 전에
달아나기 쉬운 법, 충주에 진을 치되 탄금강을 등에 지고 배수
진을 치게되면 죽을 힘으로 맞서 싸울게 아닌가?"

이렇게 하여 신립장군은 탄금대에 배수진을 쳤다. 한편 왜적들
은 문경새재를 넘어 물밀듯 탄금대로 몰려들었다.

신립장군은 동서남북으로 뛰며 장검을 휘둘렀다. 그러나 대세는
벌써 기운지 오래였다. 끝내 신립장군은 탄금대 강물로 뛰어들오
왜적의 더러운 칼을 피했다. 신립장군이 새재로 갈까 망서렸을
때라고 한다. 돌연 하늘에서 탄금대로 가라! 하는 대문산 낭자의

목소리가 들려왔다고 한다. 이 말을 듣고 신립장군은 탄금대에
배수진을 친 것이었다고 전한다.

불가사리의 정체

● 동서 고금를 통하여 많은 괴물이야기가
있으나 고려말의 불가사리 만큼 불가사의 한
괴물은 없다. ●

바야흐로 국운이 기울어져 가는 고려말이었다.

한 여름을 맞이한 송도는 아침부터 더위에 헐떡이고 있었다.
사람들은 물론 짐승들까지도 기진맥진이었다.

그러한 삼복 더위 속에서도 바느질을 해야만 하는 한 과부가
있었다. 일찌기 남편을 잃은 과부인지라 끼니를 잇기 위해선 여자
로서 어쩔 수가 없었다.

모두가 더위에 안절부절 못하는 터라 과부도 별 수 없었다.

'원! 더위도…….'

과부는 더위를 참지 못하여 중얼거렸다.

과부라고는 하지만 아직 늙었다고 하기엔 너무나도 아까운
그녀는 일찌기 전쟁터에서 남편을 잃자 혼자 수절을 하였다. 그러
한 그녀는 아무리 더워도 여간해서는 문을 열지 않았다. 못된
사내들이 그렇지 않아도 그녀를 넘겨보고 있었기 때문이었다.

그러나 이날 따라 더위는 푹푹 찌는 것이다. 문을 닫고 더 앉아
있다간 숨이 막힐 것만 같았다. 우선 뒷문을 열었다. 그러나 지독

한 더위 속에 뒷문을 열었다고 시원할리 없었다. 앞문을 마저 열었다. 그러나 날은 여전히 덥기만 했다. 더구나 여자는 속옷부터 꼭꼭 챙겨 입고 저고리도 치마까지 내려와 덮히는 것을 입었으니 더울 밖에 없었다.

속옷은 벌써 땀에 흠뻑 젖어 있었다. 견디다 못한 과부는 옷을 벗지 않을 수 없었다. 이런 더위에 옷을 벗는다고 흉볼 사람은 없겠지. 그녀는 거의 알몸이 되었다. 그녀는 새삼스레 풍만한 자기 육체를 보자 처연한 기분이 되고 자기의 처절한 운명을 한탄했다. 밀어 놓았던 일거리를 다시 집으면서도 그녀의 신세 타령은 그칠줄 몰랐다.

애고 내팔자야 내팔자야
일찍부터 홀몸되어
하루종일 왼종일을
가나오나 혼자있어
답답하고 서럽도다.
남들하는 사랑한번
재미있게 못해보고
아침부터 삯바느질
밤중까지 가는구나
애고 애고 애고
찌뿌둥한 이내몸아
귀찮구나 이바느질…….

과부의 외로운 신세타령은 그칠 줄을 몰랐다. 그녀는 의지할

곳 없는 홀몸으로 삯바느질로 연명해 나가는 자기의 신세가 생각할수록 서글프기만하였다.

그런데 이때 그 과부를 시원스레 간지르는 것이 있었다. 그것은 등이 딱딱하고 까만 딱정벌레였다. 시름에 잠긴채 손을 움직이는 과부의 살찐 허벅지를 근질거리며 벌레는 등으로 기어 올라갔다.

엉금엉금 기어오르던 벌레는 이윽고 어깨에 올라 앉았다. 적적하기만 하던 과부는 이 벌레의 간지름이 즐거웠다. 억지로 간지러움을 참으며 과부는 벌레가 어디로 갈까 하고 두고 보았다.

벌레는 어깨를 타고는 슬금슬금 아래로 내려와 손등으로 내려오는 것이었다. 작기는 했으나 제법 다부져 보였다. 다시 등이나 어깨 위에 올라가 자기를 간지러 주었으면 하고 과부는 생각하였으나 얄궂게도 그럴 생각은없는듯 다시 손등에서 손가락으로 내려오는 것이었다. 벌레를 주목하던 과부는 깜짝 놀랐다. 과부가 쥐고 있던 바늘을 냉큼 먹어치우는 것이 아닌가. 괴이한 일이었다. 그러나 가난한 과부는 벌레를 동정하였다. 오죽이나 배가 고프면 조그만 벌레가 바늘을 다 집어 삼킬까 하고 측은한 생각을 하였다.

"벌레가 바늘을 삼키다니!"

아무래도 의아한 일이긴 했다. 과부는 다시 바늘 쌈지에서 바늘을 뽑아 벌레 입에 갖다 대었다. 역시 그 바늘도 벌레의 먹이가 되었다.

"참 별일 다 보겠네 정말."

과부는 혼잣말로 중얼거렸다. 사실 그것은 별일일 뿐만 아니라

기상 천외의 일이었다. 생전가야 버러지가 쇠를 먹고 산다는 애기
는 들어보지 못했기 때문이다.

새까만 등을 한 그 벌레는 그날부터 쉬지 않고 과부의 방을
드나들며 쌈지의 바늘뿐 아니라 가위와 문고리, 식기 놋요강까지
쇠뭉치로 된 것이면 닥치는 대로 삼켜 버렸다. 그러는 동안 조그
맣던 벌레는 점점 커지다 어느덧 큰 강아지 만큼이나 커지는 것이
었다. 심심풀이로 그냥 놔두었던 벌레가 큰 괴물이 되어 이대로
가다간 집안 살림이 온통 망가질 것 같았다. 한편으론 무섭기도
했고 소름이 오싹오싹 끼치기도 했다. 조용하기만 하던 과부의
집에서 누구를 상대로 한 말인지 큰소리까지 들렸다.

"나가! 어서 나가라! 이 망할 놈의 괴물딱지야."

그렇게 소리친다고 호락호락 집을 나갈 괴물은 아니었다. 쇠부
치로 된 기물을 모두 삼킨 괴물은 다시 부엌으로 들어가 커다란
밥솥마저 먹어 치웠다.

이렇게 과부의 집에 소동이 일어나고 있을 무렵 송도에는 한
무당이 퍼뜨린 다음과 같은 속요가 널리 퍼졌다.

화생(火生)은 목(木)이요
목생(木生)은 토(土)라.
태초(太初)에 건국할때
토(土)에서 신목(臣木)나서
신목(臣木)에서 불꽃이 있었거늘
시절(時節)은 불운해서

목생(木生)은 화(火)가 아니라
지금을 목(木)을 이기는
금생토(金生土)라
쇠부치를 먹는 괴이한 짐승이 나타났으니
목(木)은 너머지도다
나의 큰 나무는
쇠부치로 해서 너머지도다.

말세가 되면 무당들과 갖은 유언비어가 날뛴다는 말과 같이 이러한 속요는 꼬리에 꼬리를 물고 사람들에게 퍼져 나갔다. 그러나 이러한 속요의 가사가 현실로 나타날 줄은 몰랐다. 아니 그런 괴물이 그들에게 나타나리라곤 상상조차 못했다.

그런데 새까만 괴물은 과부집 쇠부치가 동이 나자 어디론가 사라져 버렸다. 아니 결코 사라진 것이 아니라 송도 장안의 어느 집인가를 돌아다니고 있었다. 이리저리 치달며 눈에 띠는 쇠부치를 막무가내로 집어 삼키는 것이었다.

"뭐라고 그 괴물이 지금은 우리집으로 온다고?"

남녀노소 할것없이 장안은 온통 아우성이어다. 섣불리 방어를 하다가 는 오히려 몸을 상하기가 일쑤였다.

이렇게 괴물이 한번 지나간 마을은 온통 밥지어 먹을 솥까지 빼앗긴채 속수무책이었다. 게다가 괴물의 으르렁 거리는 소리는 사람들이 대항할 여유도 주지않고 덤벼들어 사람들은 자기의 몸하나 감추고 도망하기에 바빴다.

이런 식으로 송도 장안은 난장판이 되었다. 다리가 무너지는가

하면멀쩡하던 집이 내려 앉고 또 종루에 높직히 매달린 커다란 종마저도 괴물의 먹이로 희생되었다.

이러한 사실이 관가에 들어가자 분수에 넘치는 고대광실에서 술과 계집으로 세월을 일삼던 대감은 포도대장에게 책임을 추궁하는 것이었다. 이날 이때까지 무엇을 하였기에 그까짓 괴물로 민심을 어지럽히느냐고 추상 같은 호령이 내렸다.

포도대장은 등에 식은땀 만이 흐를 뿐, 이 괴물을 어찌 처치해야 좋을지 속수무책이 아닐 수 없었다.

"그 그러하오나 아무리 칼을 휘두른다고 해도 괴물은 쇠붙이를 먹는 놈이라 몇백만 군사가 칼을 휘두른들 소용이 없는 줄로 아뢰옵니다."

속수무책을 호소하는 포도대장에겐 다시 불호령이 내렸다.

"어서 썩 나가 괴물을 잡아 들이지 못할까! 칼로 안된다면 사방에서 불을 질러 잡아 오너라."

포도대장은 그 길로 송도에 있는 모든 군사를 풀어 거리로 데리고 나갔다. 사람들은 모두 몰려나와 과연 이 많은 군사와 포도대장이 전대 미문의 괴물을 잡을 수 있을까 하며 마음을 조리고 지켜 보았다. 사람들은 그들이 괴물을 잡을 수 있다는 둥 없다는 둥 의견이 분분하였다. 그러나 결과야 물론 두고봐야 알 일이나 역시 회의적인 쪽이 더 많았다.

포도대장은 백성들에게서 장작을 전부 거둬 들여 길목마다 쌓아 놓고 불을 질렀다. 온 거리는 불바다가 되다 싶이 활활타 올랐다. 이렇게 만반의 태세를 갖추고 있는 동안 괴물은 여전히 이리저리 돌아 다니며 쇠부치를 찾았다. 골목마다 일어나는 불길

은 천지를 진동시키며 타올라 갔으니 포도대장과 포졸들은 타오
르는 불길을 지켜보며 저마다 손에는 칼을 뽑아 쥐고 있었다.
삼복더위 속에서 타오르는 불길은 실로 뜨거운 열탕과도 같은
것이어서 사람들의 온 몸은 땀으로 젖어 있었다.

쇠를 먹는 괴물을 향하여 칼을 휘두른다는 일이 얼마나 무력한
것인가 하는 것을 모르는 포도대장이 아니었으나 다른 뾰족한
방법이 생각나지 않는 거였다.

이렇게 잔뜩 긴장하고 있는 그들 앞에 드디어 괴물이 나타났
다. 구경 하던 사람들과 군사들은 아우성이었다. 포도대장은 무서
워 말고 어서 칼을휘두르라고 고래고래 소리질렀다. 괴물의 치달
는 발자국 소리와 함께 겁에 질린 군사들의 함성은 엄청난 것이었
다. 사람들은 이리저리 몰려 도망쳐다녔다.

괴물은 하찮은 군사들은 아랑곳 없이 손에 쥐고 있던 군사들의
칼을 잘만났다는 듯이 삼켜 버리며 여유있는 발걸음을 옮겼다.
제법 칼을 휘둘러대던 포도대장도 어쩔 수 없이 괴물의 먹이로서
장검을 바쳐야만 했다. 이젠 군사들도 모두 달아나 보이지 않았고
포도대장 또한 보이지 않았다. 천지가 제것인 양 날뛰는 괴물만이
남았다. 드디어 괴물은 타오르는 불길을 만났다. 그러나 그까짓게
문제가 될 것이냐. 괴물은 어렵지 않게 불길을 건너 뛰는 것이었
다. 이렇게 날로 그 기운이 넘쳐 나는 괴물이었다.

그런 일이 있는 후 관가에서도 어쩔 도리가 없었다. 그저 두고
보는 수 밖에 없었다. 건드릴수 없을 뿐 아니라 더구나 생포할
수가 없었기 때문이다. 수만금을 걸고 괴물을 잡는 자에겐 상금을
준다고 했지만 모두 허사였다. 다만 이 괴물의 이름이 불가사리로

불려졌으며 그저 천명만 기다릴 뿐이었다.

어느 과부의 허벅다리를 타고 기어올라 바늘을 먹던 괴물 불가사리의 행패는 끊임 없었다. 세월은 흘러 고려국은 멸망하고야 말았다. 어느 무당이 지꺼린 말대로 쇠부치를 먹는 불가사리는 망국의 징조가 되었던 것이다.

고려가 망하자 천하의 괴물 불가사리는 자취를 감추었다. 감히 건드릴 생각조차 못하던 불가사리가 고려의 멸망과 함께 사라진 것이다.

그후 민간에서는 송도 말년의 불가사리라는 속담이 전해지고 있다. 그것은 아무도 손을 댈 수 없이 못된 행패만 부리는 사람을 비유하는 말이 되었다.

오늘까지 전해지는 바에 의하면 불가사리의 모양은 마치 곰과 흡사하며 코는 코끼리의 코, 물소의 눈, 소의 꼬리, 범의 다리와 비슷하게 생겼다고 한다.

퉁소소리에 반해버린 폭포의 여신

> ● 달빛에 싸인 천마산을 고요히 흐르는
> 퉁소 소리는 폭포의 물속깊이 스며들어
> 여신의 잠을 깨웠다. ●

박연폭포는 금강산의 구룡폭포, 설악산의 대승폭포와 함께 한반
도의삼폭(三瀑)이라 일컬어 진다. 또한 박연폭포는 선폭(仙瀑)
이라는 아름다운이름으로 비유되고 있기도 하다. 이 폭포에는
그 옛날부터 전해 내려오는애기가 있다.

아득한 옛날, 천마산 가까운 경기도 개풍군에 박진사라는 사람
이 살고 있었다.

그는 뉘으신 홀어머니를 모시고 살았는데 그의 풍채는 당당하
며 인품 은 뭇 사람의 규범이 되었다. 특히 이 박진사는 한 가지
특기를 가졌으니 그것은 퉁소 부는 솜씨였다.

어느 밝은 봄날, 박진사는 불현듯 천마산 폭포 앞에 앉아 퉁소
를 불고 싶었다. 폭포의 절경과 함께 자신의 퉁소 가락을 어울려
보고 싶었던 것이다.

박진사는 어머님 앞에 나아가 날씨도 좋고하니 폭포 구경이나
가시자고 했다.

"온, 그랬으면 오죽 좋겠느냐만 나는 허리가 아파 그 먼 데까지

194

올라갈 수 없으니 친구들과 함께 갔다 오너라."

박진사는 원래 효자였다. 그는 어머님과 함께 가는 것이 원이었으나 박진사의 어머니는 한사코 사양하시는 것이었다.

집을 나가는 아들의 모습을 지켜보던 어머니는 갑자기 무슨 생각이 들었는지,

"애야, 해떨어지기 전에 꼭 돌아 오너라."

하고는 쓸쓸히 웃으셨다.

박진사는 친구들을 불러 모아 천마산에 올랐다. 그들은 술잔을 나누며 하루종일을 즐겼다. 박진사 역시 온종일을 퉁소를 불며 즐겼다.

박진사의 퉁소소리는 은은히 산속으로 울려 퍼졌다. 간간히 들리는 산새의 지저귐과 폭포에서 떨어지는 물소리는 더 없이 아름답게 조화를 이루었다.어느덧 시간은 흘러 날이 어둑어둑해 왔다. 친구들은 자리를 털며 일어나 박진사 더러 산을 내려가자고 재촉했다. 그러나 퉁소를 불고 있는 박진사의 취한 귀에는 친구들의 말이 들리지 않았다.

"여보게. 갈길도 험한데 어서 내려가야지……. 허허, 이 사람 정신이 없군 그래."

그러나 박진사의 흥취는 점점 높아져 완전히 무아지경에 빠져 있었다.

친구들은 날이 저물었는데 어쩌면 좋을까 의논하였다. 그들은 서로 얼굴만 쳐다 보았다.

"할 수 없지. 파흥(破興)은 비례(非禮)라. 우리 먼저 가야겠네."

친구들은 산을 내려갔다. 그러나 박진사는 그것도 모르고 여전
히 퉁소에 도취되어 있었다. 물론 집에서 늙은 어머니가 기다리고
있으리라는 생각도 못했다.

이윽고 날은 저물고 휘엉청 밝은 달이 떠올랐으나 박진사는
입에 문 퉁소를 뗄 줄 몰랐고 앉았던 자리에서 일어설 줄 몰랐
다. 달아래 퉁소를 불고 앉은 박진사의 훤칠한 모습은 그대로
한폭의 그림이었다.

이때 폭포수가 떨어지는 웅덩이 속에서 용녀가 깊은 잠을 자다
가 깨어났다. 절절히 꺾이는 퉁소 소리를 들은 그녀는 그 소리를
찾아 밖으로 고개 를 내밀었다.

그 가락은 천년을 살아온 용녀의 귀에도 처음 들어보는 아름답
고 애틋하며 부드러운 것이었다.

용녀는 못에서 나와 아름다운 소리를 찾아 발길을 옮겼다. 산새
들은 이미 잠자리를 찾아든 고요한 밤중이었다. 오직 폭포 소리와
잠자던 용녀의 꿈을 깨도록 할 만큼 절묘한 퉁소 소리만이 계곡의
정적을 울리고 있었다.

"오라, 저 사람의 모습을 보니 과연 저토록 훌륭한 퉁소 소리가
날만 하구나."

용녀는 퉁소를 부는 박진사에게 한 눈에 반해 버렸다.

용녀는 살며시 박진사에게 다가갔다.

속세 인물 치고는 드물게 보는 귀골이라 생각하며 몇 천년이고
저 남자와 함께 용못에서 즐거운 생활을 하리라 마음 먹은 용녀는
선녀와 다름없는 아름다운 여인으로 둔갑을 하였다. 그녀는 퉁소
에 맞추어 너울너울 춤을 추며 박진사 옆으로 가까이 갔다.

　박진사는 문득 퉁소를 불던 동작을 멈추고 의아스럽다는 듯 혼잣말을 중얼거렸다.

　"아, 아니. 이게 꿈인가, 생신가. 저 여인은 선녀가 아닌가."

　박진사의 피리 소리가 끊기자 춤추던 용녀는,

　"호호호──. 왜 그 좋은 가락을 멈추십니까."

하고 요염한 웃음을 흘렸다.

　"그대는 선녀가 아니시오?"

　박진사는 당황하며 물었다. 용녀는 오히려 반문을 하였다.

　"그대야말로 뉘시기에 이 한 밤중에 옥굴리듯 애틋한 퉁소를 부시나이까?"

　"나, 나는 천마산 밑에 사는 박진사라고 하오."

　박진사의 말이 떨어지자 용녀는 거짓말을 꾸몄다.

　"소저는 일찌기 송도에 살았던 사람인데 시끄러운 속세가 싫어 이렇게 산속에서 하루하루를 쓸쓸히 지내고 있사옵니다."

　"아니, 이 산속에도 집이 있었나요?"

　박진사는 금시초문이었다.

　용녀는 다시 간드러지게 웃었다.

　"과히 의심스러워 하실 것 없사옵니다. 저의 집에 한번 가보시렵니까? 기쁘게 모시고 싶사옵니다."

　"아니, 나를?"

　이렇게 해서 용녀의 꾀임에 빠진 박진사는 완전히 용녀의 손아귀 안에 들어갔다.

　용녀는 더 없이 맑은 웃음을 지어보였다.

　"자, 가시와요."

하고는 흰손을 내밀어 박진사의 손을 이끌었다. 박진사는 황송한
생각에 앞뒤 분별을 못할 정도였다.

"미천한 계집이 진사님의 손목을 잡은 것 황송하옵니다."

용녀는 진사를 안심시키며 천연스럽게 웃었다.

용녀의 집에 도착한 박진사는 소스라치게 놀랐다. 그곳은 바로
폭포가 떨어지는 웅덩이가 있던 곳이었다. 박진사는 불안한 빛을
감출 수 없었다.

"호호호, 진사님은 정말 꿈이라도 꾸고 계신 모양이군요. 여기
이렇게 제 집이 있는데 이곳이 못이었다구요? 정말 너무 하시군
요."

용녀는 사뭇 못믿워 하는 진사가 원망스러운 듯이 말했다.

"아, 아니올시다. 너무 황홀해서 그만."

"진사님, 어서 들어 가시와요. 이 곳에 천년만년 살면서 진사님
의 통소 소리에 맞춰 춤을 추겠어요."

"낭자. 정녕 고맙소이다. 영광스러운 말씀이시오."

박진사는 이렇게 용녀에게 홀려 그대로 깊은 못속으로 빠지고
말았다.

한편 집에서 아들을 기다리던 진사의 어머니는 늦도록 돌아오
지 않는 아들을 찾아 천마산에 올랐다. 아무리 헤매며 아들의
이름을 불렀으나 이미 못 속에 빠진 아들은 대답이 없었다. 어머
니는 박진사가 폭포 속에 빠졌다는 단정을 내리자 자기도 폭포수
에 몸을 던지고 말았다.

그 뒤로 이 천마산의 폭포는 박진사가 빠진 못이라 하여 박연폭
포라 했고 용녀가 살던 폭포라하여 선폭이라 불리게 된 것이다.

홍계란의 최후

● '앗차, 짐이 실수를 했도다' 하고 긴
한숨이 터져나왔을 때, 유명한 홍계관의 목은
앗차 하는 순간에 잘려지고 말았다. ●

명종 때의 일이다. 그 때 장안에는 유명한 점쟁이가 살았다.
홍계관이라는 이 점쟁이는 점괘가 귀신같아서 장안에는 그의
소문을 모르는 사람이 없었다.

이 유명한 점쟁이에게 점을 치려는 사람들이 여러 곳에서 몰려
들어문전은 밤낮을 가리지 않고 분주했다.

마침내 홍계관의 소문은 명종의 귀에 까지 들어갔다. 명종대왕
은 문종의 둘째 아들로서 형님되는 인종의 후사가 없어 형님의
뒤를 이어 왕위에 오른 분이었다.

하루는 명종께서 승지를 부르셨다. 승지를 바라보는 얼굴은
미심쩍은 표정을 하고 계셨다.

"승지, 들자니 장안에서 홍계관이라는 자가 귀신 같은 점술을
가지고 있다 하는데 경도 그것을 믿나?"

"황공하오이다. 믿지 않으려고 하나 그의 점괘는 정말 귀신
같다 하오니 안 믿을 도리가 없는 줄 아옵니다."

승지가 홍계관의 점술을 인정하자 임금은 고개를 끄덕이며

감탄하였다.

　"그것이 정말이라면 그 사람은 하늘이 내리신 사람이거늘 어찌
　그대로 버려둘 수 있으리……."

　왕은 명령을 내렸다.

　"여봐라. 이르노니 즉시 홍계관을 궁중에 들라 하여라."

　왕은 우선 홍계관을 불러들여 그의 진부를 밝혀보고 싶었다.

　왕의 명은 곧 홍계관에게 하달되었다. 홍계관은 친히 왕이 자기
를 부른다는 소리에 귀가 번쩍 띄었다. 그는 크게 기뻐하며 비로
소 때가 왔다는 생각으로 즉시 입궐을 서둘러 어전에 보복했다.

　"상감마마의 명을 받잡고 소인 홍계관 대령하였사옵니다."

　"흐음, 네가 점을 잘친다는 소문은 내 귀에 까지 들리는 바이니
　라. 과연 그러하냐?"

　왕의 음성은 말할 수 없이 부드럽고 은은하였다. 홍계관은 더욱
황송한 마음으로 머리를 조아렸다.

　"점은 소인의 뜻대로 푸는 것이 아니오라 그 비법이 있어서
　비법대로 점을 치는 것이옵니다."

　"음, 그래 네가 그 비법에 능통하렸다?"

　"어찌 모르며 안다고 하오리까……."

　"그러면 너에게 한 가지 시험을 해보겠느니라."

　"황공하옵니다."

　왕은 빙긋이 웃으며 승지를 불렀다. 미리 준비해 두었던 상자를
가져오게 하였다. 두터운 나무 판지로 만든 궤짝이었다.

　"어명이시다. 이 나무궤 속에 무엇이 들어 있는지 알아 맞춰
　보아라."

　궤짝은 자물쇠가 굳게 채워져 있었다. 홍계관은 이윽히 고개를 들어 그 궤짝을 보았다. 홍계관의 시선은 완전히 궤로 쏠렸다. 그는 무섭게 한동안을 노려보고만 있었다. 왕을 비롯하여 여러 신하들은 숨을 죽이고 돌부처 같은 홍계관을 주시했다. 그들은 모두 기대에 가득찬 눈을 홍계관을 향해 고정시켰다.

　"네가 만일 바로 맞춘다면 너의 소원을 풀어 줄 것이오. 바로 못맞춘다면 세상을 어지럽히고 왕을 속인 죄를 쓰고 죽음을 당하리라."

　왕의 명령은 벌써 떨어진 거였다. 그렇게 한참이 흘렀다. 한 상궁이보다 못해 조바심을 쳤다.

　"무얼하느냐. 어서 대답을 아뢰어라."

　그러나 홍계관은 눈하나 깜짝이지 않고 여전히 돌부처인양 궤짝만 뚫어지라 노려보았다.

　다시 또 한참의 시간이 흘렀으나 홍계관은 입을 열지 않았다. 한참이 지나자 그제서야 홍계관의 굳었던 얼굴이 풀어지며 무엇인가 자신이 선 듯한 표정이었다.

　"아뢰오이다. 저 궤 속엔 쥐가 들었습니다."

　왕도 신하들도 깜짝 놀랐다.

　"그것참, 신통하도다. 그러나 한 가지 더, 쥐가 몇 마리나 들어 있느냐?……."

　그러자 홍계관은 난처한 얼굴이 되며 머뭇거렸다. 몹시 갈팡질팡하는 듯한 표정이었다. 그러한 홍계관을 보자 사람들은 모두 미심쩍어 하는 것이었다. 홍계관의 이마엔 송글송글 땀이 배었다.

"몇 마리 들었느냐?"

왕은 재촉하였다. 홍계관은 결심한 듯 입술을 축이고 대답했다.

"쥐는 두, 아니 세 마리 입니다."

"세 마리?"

"네……."

그러자 왕은 크게 웃어댔다.

"그러면 그렇지. 너같은 놈이 귀신이 아닌 이상 무엇을 알겠느냐?"

"상감마마. 아니옵니다. 쥐는 결단코 세 마리이옵니다."

"흐음, 그 궤짝을 열어 몇 마리가 들었나 보여줘라."

즉시 자물 쇠가 열리고 궤짝 뚜껑이 열렸다. 홍계관은 사색이 되었다. 분명 쥐는 두 마리 밖에 없었다. 홍계관은 아무리 생각해도 자기의 점괘가 틀림이 없었다. 그러나 분명 궤짝 안엔 두 마리의 쥐 뿐이었다.

"이놈을 끌어내어 곧 목을 잘라라."

승지의 명령이 내렸다.

"내, 내가 죽는 것은 문제가 아니오나 저, 저의 점이 틀렸다니…… 점을 잘못 치다니…… 정말 모를 일이로다. 모를 일이로다."

즉시 그는 궁궐에서 끌려 나왔다. 뛸듯이 크게 기뻐하며 들어온 궁궐이 아니던가. 도저히 모를 일이었다. 분명 자기의 점괘가 틀렸더란 말인가.

포졸은 홍계관을 광나루 옹화대 밑 사형대로 데리고 갔다.

202

"앗차!"

그 때 왕은 소스라치게 놀라며 일어섰다. 당황한 기색으로 왕은 어찌할 바를 몰랐다.

"경솔했도다…… 내가 너무 경솔했도다. 여봐라!"

승지가 황급히 대령했다. 왕은 그 궤짝을 다시 가져오라 했다.

"궤 속에 든 쥐가 모두 수컷이더냐?"

"암컷과 수컷의 한쌍이옵니다."

"앗차! 그걸 잊었구나! 그 암컷의 배를 갈라 보아라."

승지도 그때야 왕의 뜻을 알았다.

과연 암컷의 뱃속에는 쥐새끼 한 마리가 있었다.

"상감마마, 홍계관은 천하의 명목이옵니다."

"이를 어쩔고! 곧 홍계관을 다시 불러 들이고 큰 상을 내리리라."

선전관은 죽어라 말을 달렸다. 어쩌면 벌서 홍계관의 목은 떨어졌을지 모른다. 그러나 아무리 빨리 말을 달려도 광나루는 멀기만 했다.

그 때 통계관은 눈을 감고 마지막 자기의 최후를 점쳐봤다. 아무리 다 시 쳐봤으나 그의 점괘는 길조였다. 홍계관은 시퍼런 칼을 들고 날뛰는 도수관에게 부탁했다.

"나으리 부탁이요. 잠시만 기다려 주시오. 마지막 부탁이니 죽어두 잠시 후에 죽여 주시오."

그러나 험상궂은 인상의 도부수는 사납기만 했다. 그는 큰 눈을 굴리며 당장이라도 내리칠듯 했다.

"인석아, 어차피 죽는 마당에 치사하게 굴지마라."

"나으리, 정말 부탁이오. 잠시만 기다려 주시오."

최후의 애원을 보자 도부수에게도 실날 같은 인정이 있었던 듯 칼을 내렸다. 바로 그때였다.

멀리서 먼지를 일으키며 선전관이 도착하고 있었다.

"어명이시다! 잠시 기다려라."

"맞았다. 맞았어!"

홍계관은 자기의 점쾌가 맞았다고 기뻐했으나 도부수는 미련한 생각으로 왕명을 재촉하라는 뜻으로 받아 들여 자기에게 화가 미치지 않을까 하여 급히 칼을 휘둘렀다.

"네 녀석의 허튼 수작에 나까지 욕보게 되었잖느냔 말야!"

도부수는 화를 내며 씩씩거렸다. 그리고 겁먹는 눈으로 선전관을 보며 외쳤다.

"곧 죽이겠습니다아!"

다음 순간 시퍼런 칼날은 홍계관의 목을 자르고야 말았다. 온몸이 땀과 먼지로 뒤범벅이 되어 달려온 선전관은,

"앗차! 늦었구나"

도부수는 고개를 내젖는 선전관에게 자랑스럽게 말을 했다.

"죄인을 한칼에 잘랐습니다."

이렇게 홍계관은 죽었다.

서북 쪽으로 서울시가를 굽어보며 동남쪽에 한강을 낀 산. 이 산은 워커힐에서 부터 타고 올라가면 되는데 옛날에는 산봉에 봉화대가 있었고 그 아래는 사형장이 있었다.

이 산의 이름이 아차산인 것은 이러한 애기가 있고 부터다. 앗차 느꼈을 땐 벌써 사형은 진행되고 말았던 것이다.

아이를 밴 처녀 금실이

> • 금실이는 밤마다 가슴이 답답하고 누가
> 올라타 누르는 것만 같았다. 그러나 사람의
> 그림자는 찾을 길이 없었다. •

지금의 강원도 평강땅이다. 아득한 옛날이었다. 유진리라는
마을에 큰 부자가 살고 있었는데 그들이 바로 허씨 내외였고 슬하
엔 오직 과년한 외 동딸이 있을 뿐이었다. 이야기는 그 외동딸에
게서 비롯된다.

외딸의 이름은 금실이었는데 용모가 뛰어나고 행실이 단정하여
이웃에 칭찬이 자자했다. 어딜 내놓아도 첫손가락 꼽히는 신부감
이라 하였다.

금실의 나이가 열 아홉이 되었다. 허씨 부부는 자기의 사윗감을
고르는데 아주 열을 올렸다. 가문 좋고, 재산 넉넉하며 더구나
용모가 아름다운 자기 딸이고 보니 배필을 고르는데 있어 쉽사리
맘에 드는 사윗감이 나서지 않았다.

동네 사람들은 금실의 배필감으로 강원도 총각은 맞지 않을
거라고 농하며 아예 탐내지도 않았다.

그런데 이 때 금실에게는 이상한 일이 일어났다. 나이 열 아홉
을 넘기면서 금실이는 까닭없이 여위고 날이 갈수록 얼굴빛이

좋지 않았다. 무슨 말못할 사연이 있는게 분명했다. 그러나 금실은
일체 입을 안 열었고 문밖 출입도 안했다.

 허씨 내외는 걱정이 되어 금실을 불러 앉혀 놓고 물어 보았으나
금실은 아무일 없다면서 입을 열지 않았다.

 그러나 분명 금실에겐 이상한 일이 있었다. 그것도 매일밤 자기
방에서 일어나는 일이었다.

 금실의 방은 건너방으로서 잘 때면 으례 덧문까지 꼭꼭 잠그고
잤다. 그런데 참 이상한 일은 자다가 보면 누군가 그녀의 몸위에
올라타서 가슴이 답답해 지는 것이었다.

 그 바람에 잠이 깨면 으례 앞가슴이 망칙하게도 헤쳐져 있었
다. 그러나 방안엔 아무도 없었다.

 금실이는 하도 괴이한 일이고 망칙한 일이라 누구에게 말할
수도 없이 혼자만 속을 태우고 있었다. 도무지 영문을 알 수 없었
다. 나날이 얼굴은여위고 초조해 졌다.

 금실이는 그날도 부모에게 아무런 말도 못한채 방을 나왔다.
정말 한숨이 안날 수 없는 일이었다. 아무리 살펴봐도 쥐새끼
한 마리 없는 방안이건만 밤이면 꼭꼭 그런 일을 당하니 괴이치
않을 수 없었다.

 금실이는 이부자리를 펴고 문을 꼭꼭 잠근 뒤 호롱불을 끄고
누웠다. 도대체 자기에게 그런 짓을 하는게 누군가 분하고 원통한
일이었다. 그러나 눈을 뜨면 형체도 없이 사라지고 없으니 한편으
로는 궁금하기도 했다. 꿈이 아닌가 하고도 생각했다. 그러나 매일
밤 같은 꿈을 꿀 수가 있을까. 더구나 앞가슴은 어찌 헤쳐진단
말인가 아무리 생각해도 금실이는 한숨만 나올 뿐이었다. 삼경이

다 되어서야 잠이 들었다. 그런데 또 가슴이 답답해 왔다. 숨쉬기
가 곤란했고 온몸은 무엇인가에 짓눌린 듯 했다. 금실이는 팔다리
를 허우적거리다 문득 눈을 떴다. 방안은 조용하기만 했다. 그런데
또 앞가슴은 헤쳐져 유방이 다 드러나 있었고 아랫도리 옷도 반쯤
벗겨져 있었다. 금실이는 저도 모르게 옷을 잡아 당기고 앞가슴을
가렸다. 가슴이 철렁 내려 앉았다.

　다음날 밤에도 금실이는 똑같을 일을 당했다. 답답한 김에 헛소
리를 하다가 잠이 깼었다. 마침 그 소리는 안방의 아버지와 어머
니의 잠을 깨웠다. 허씨 내외는 쫓아와 무슨 일이냐고 다그쳐
물었다.

　그러나 금실이는 너무나 이상하고 망칙하여 감히 부모에게
털어 놓지 못하고 그저 아무일 아니라고 했다.

　"아니 정말이냐? 정말 아무일도 없었어?"

　"네. 정말예요. 꾸 꿈이었어요."

　"그렇다면 다행이다만 요즈음 네 형색이 심상치 않구나, 아무래
　도 무슨 곡절이 있는 것 같다."

　"아, 아니에요."

　금실이는 한사코 부정했다.

　그때였다. 마루를 건너가시던 어머니가 질겁을 하며 소리를
질렀다.

　"아니, 저 퍼런 광채가?"

　"퍼런 광채라니?"

　아버지는 아내의 말에 놀라 마루로 뛰어 나왔다. 그러나 이미
그 광채는 사라진뒤였다.

"광채가 어떻게 됐단 말요?"

"분명 저쪽 담을 넘어 갔어요."

"담을 넘어가다니? 또 헛깨비를 본 게로군."

"아 아니에요. 이 두 눈으로 똑똑히 보았어요. 시퍼런 광채가 틀림없이 저 담을 넘었어요."

"허허, 괴이한 일이로군……."

다시 다음날 밤이 되었다. 금실은 갑갑한 가슴 때문에 또 잠이 깨었다. 그런데 방안에 시퍼런 광채가 가득했다.

금실은 소스라치게 놀랐다. 벌떡 일어나 앉은 금실은 번쩍이는 광채 속에 진초록의 옷을 입은 한 남자를 보았다. 그 남자의 옷빛은 금실의 마음을 완전히 사로잡았다. 금실은 그 광채에 도취되어 두려움도 부끄러움도 잊고 조심스레 남자의 옷길을 부여 잡았다.

"아 이 고운 빛갈, 어쩌면 이렇게 아름다울까! 당신은 어디 사는 뉘시지요?"

퍼런 광채속에 싸인 남자는 한 번 웃어 주지도 않았다. 금실은 애를 태우며 간절한 목소리로 남자에게 말했다.

"저는 이미 당신의 몸, 어디 사는 뉘댁 도령인지 말씀해 주시와요."

금실이가 소매를 붙잡고 애원을 하였으니 그 남자는 단 한마디의 말도 남기지 않고 이내 금실의 눈에서 사라졌다. 금실은 혼자 남아 흐느껴 울었다. 아무리 생각해도 서럽고 억울했다.

생각하면 이미 버린 몸이었다. 그런데 그 남자의 얼굴도 제대로 못봤으니 자기의 신세가 가엾고 슬펐다. 금실은 자리에서 일어나 앉아 곰곰히 생각해 보았다. 소리없이 왔다가 소리없이 사라진게 이상하기만 했다. 그러나 이 이상하고 답답한 일을 누구에게 하소연할 수도 없었다. 혼자서 애를 태우며 바짝바짝 말라갔다.

이러한 딸을 보는 허씨 내외의 걱정은 말이 아니었다. 허씨 내외는 딸에게 분명 무슨 일이 일어났다고 생각했다. 어느날 그들은 밤에 자지 않고 딸의 방을 지켜 보기로 했다. 허씨 내외는 마당 소나무 밑에 자리를 잡고앉아 숨을 죽이고 금실의 방만을 지켜보았다.

밤 세 시쯤 되었을까. 허씨 부인은 펄쩍 놀라며 옆에서 졸고 있는 남편을 흔들어 깨웠다. 오색 찬란한 광채가 분명히 금실의 방에서 나오고 있었다. 그렇다면 들어가는 것은 어찌 못 보았을까. 허씨 부인도 분명 잠깐 잠을 잤던 모양이었다. 금실의 방에서 나온 광채는 순식간에 허씨네 높은 담을 뛰어 넘었다. 그들은 기겁을 하면서도 얼굴만 쳐다 보았다.

"괴이하도다. 괴이하도다……."

"왜, 하필이면 금실이의 방에서 광채가 나올까?"

"글쎄! 아무래도 심상치 않은 일이오."

그 다음날 밤도 또 그 다음날 밤도 오색찬란한 광채는 여전히 금실의 방을 출입했다. 그러던 얼마 후. 허씨네 집엔 기여코 괴변이 일어났다. 아직 혼례도 치르지 않은 딸 금실이가 아이를 밴 것이다.

"이 무슨 괴변이란 말이오. 양가집 규수가 아직 혼례를 치르지도 않은 채 잉태를 하다니 네 이년 도대체 어떤 놈이냐?"

허씨는 치를 떨며 펄펄 뛰었다. 그러나 무고한 금실은 다만 모른다는 말만을 반복할 뿐이었다. 허씨는 금방이라도 잡아죽일 듯한 기세로 딸에게 불호령이 대단했다.

"이 간교한년 같으니라구, 애 애비를 모른다니 말이나 되느냐? 어서 바른 대답을 해라."

"정말로 모릅니다."

"이 이년을 당장에……."

"아 여보, 그렇게 소리만 지르지 마세요. 애 금실아 숨긴다고 될 일이 아니다. 어서 바른대로 말씀드려라."

허씨부인의 따뜻한 타이름에 금실은 구슬 같은 눈물을 흘리며 자초지종을 얘기했다. 사연을 들어본 즉 아무래도 딸의 잘못은 없는 것 같았다. 허씨는 한숨을 쉬며 괴이한 일이라고만 되풀이 했다.

걱정에 싸인 허씨부인의 얼굴이 밝아졌다. 부인은 금실을 데리고 딸의 방으로 건너갔다. 부인은 명주실 꾸러미를 딸의 손에 쥐어주며 조용히 얘기했다.

"애야, 오늘밤에도 그 사람이 오거던 꼭 이 명주실을 꿴 바늘을 그 옷자락에 단단히 꽂아두어라. 알겠느냐?"

"네."

금실은 어머니가 준 명주실 꾸러미를 소중히 몸속에 감추었다. 밤이 되었다. 그날밤도 여전히 사내는 소리없이 금실의 앞에 나타났다. 금실은 벌떡 일어나 앉으며 사내의 옷자락을 부여 잡았다.

"소녀는 이미 홀몸이 아니옵니다. 제게 이름만이라도 가르쳐 주세요."

금실의 하소연에 푸른 광채에 싸인채 사내는 나직히 대답했
다.

"나에겐 이름이 없소."

"그럼 어디에 사시는 분인지나 알려 주시와요."

"집이 없으니 어이 집을 가르쳐 드릴 수 있겠소?"

"그럼 당신은 대체 누구시옵니까?"

"누구라고 밝힐 수 없는 몸이오."

사내는 이렇게 말을 남기고 일어서려 했다. 금실은 이 때를
놓치지 않고 명주실을 꿴 바늘을 사내의 앞섶에 꽂았다. 이윽고
사내는 소리없이 사라져 버렸다.

이튿날 새벽 허씨는 풀려나간 실을 따라 집을 나섰다. 실은
담장을 넘고 마을을 빠져 뜻밖에도 그 마을의 큰 연못 속으로
들어가 있었다. 허씨는 두근거리는 가슴을 누르며 명주실을 조심
스레 잡아 올렸다. 실은 잡아 당길수록 묵직한 무엇인가가 끌려
올랐고 그 물거품은 파란 광채를 내었다.

허씨는 떨리는 손으로 힘을 다해 잡아 당기다 그만 손을 멈추었
다.

실에 걸려 물위에 올라온 것은 거북이었다. 눈을 다시 씻고
보아도 그건 분명 거북의 등이었다. 그런데 이상하게도 거북의
몸에서 나는 광채는 지난밤 금실의 방에서 나온 오색찬란한 바로
그 빛이었다.

"오라! 이 거북이가 금실의 몸에 잉태시킨 바로 그 거북이구
나. 이건 필시 길조임에 틀림없다."

허씨는 오히려 기뻐하며 거북의 등에서 바늘을 뽑고 다시 연못

에 넣어 주었다. 그날 밤부터 파란 광채는 허씨집에 다시 나타나
지 않았고 금실이는 달이 차자 아들을 낳았다.

아기는 어려서부터 기골이 장대하고 재주가 뛰어나 조정은
이 아들을 발탁하고 정승의 지위를 주었다. 이 정승이 바로 채원
광인데 채씨는 거북을 뜻함이요, 원광은 푸른 광채를 표현한 것이
라 한다.

그리고 이 채원광은 평강 채씨의 시조가 되었다.

그때부터 그 마을 연못은 채씨소라 이름 지어졌는데 지금도
물이끼가 퍼렇게 끼어 여름이면 개구리의 놀이터가 된다. 그러나
세월은 정녕 무심하여 거북의 모습은 찾아볼 길 없다.

요석공주의 줄기찬 사랑

• 원효대사를 사랑하는 요석공주는 드디어
소원이 성취되었다. 원효대사도 지극한
사랑앞에는 무릎을 꿇고 만 것이다. •

신라 태종 무열왕의 따님으로 요석공주가 있었다. 무열왕의
이름은 김춘추이며 문명부인(文明夫人)을 아내로 맞았다. 문명부
인은 김유신 장군의 누이동생이다.

아유타는 요석공주의 이름으로 보름달처럼 둥그스럼한 얼굴에
눈이 가느스름하고 영롱한 눈동자를 가졌다.

아유타는 건진랑이라는 화랑도에게 시집간지 사흘만에 과부가
되어 천정에 돌아와 지냈다.

아직 나이도 젊으려니와 음성이 매우 곱고 명랑한 성품의 아유
타는 남모르는 그리움이 있었으니 그는 곧 원효대사였다.

그를 사랑하고 있었다.

어느 비오는 날 아유타가 여왕을 모시고 있는 조용한 자리에서
선덕여왕은 원효대사를 만났다.

여왕은 아유타를 이윽히 바라 보시더니 웬지 애조띤 음성으로
엉뚱한 말을 대사에게 건네는 것이었다.

"대사…… 이 몸은 외로운 몸이오."

"무슨 말씀이시온지……."

"이 몸은 외로운 사람이 아니겠오."

"지상지존하신 부처님처럼 외로운 자리에 계시는 대왕이시니 어찌 외롭지않사오리까. 하오나 그것은 당연하신 고고(孤高) 이신 줄 아옵니다."

"하지만 대사…… 이몸은 그러한 고고가 아닌 또 다른 외로운 것이있다오."

여왕의 눈은 여성의 애원하는 빛이 분명했다. 대사는 당연히 있을 수 있는 외로움이라고 이해하고 좋은 말로 위로를 드리었다.

그러나 여왕은,

"저 아유타와 함께 이몸은 지나간 7년동안 남모르게 대사를 사모하여 왔오. 아유타가 이몸 보다 대사를 더 위할 때 이몸은 여자로 질투까지 느꼈소. 그러나 그것이 다 인연이 아니겠소."

원효대사는 놀랐다. 왕의 뜻이 어디에 있는 가를 분명히 깨달은 것이다.

아유타는 이때 푹 숙인 머리로 아무 말도 못했다.

밤이 깊어 원효대사가 대궐을 떠난 후, 왕은 아유타와 같이 잠자리에 들것을 명했다. 자리에 들었으나 왕도 아유타도 잠을 이루지 못했다.

"아유타 아직 안자느냐?"

"예 잠이 안드옵니다."

"왜 대사를 생각했느냐?"

"……."

"대답을 못하는 걸 보니 역시 그러하구나."

왕은 아유타의 손을 잡으셨다. 왕의 손이 몹시 뜨거웠다.

"마마 전의(典醫)라도 부르오리까?"

"아니다 별일 없느리라."

그 후 왕은 병기가 있으셨다. 회생하시기 어려울 만큼 병은 침중해졌다. 왕은 아유타를 부르셨다.

"아유타, 내가 죽은 후 네가 대사를 잘 돌보아 드려라."

"마마, 그러하오리다."

선덕여왕이 승하하시자 진덕여왕이 왕위에 오르셨다. 그러나 즉위 후 약 8년만에 다시 승하 하시니 그 뒤를 이은 임금이 바로 아유타의 아버지인 유명한 신라의 태종 무열왕이시다.

그 다음부터 아유타는 요석공주로 군림하며 요석궁에 거처하게 되었다.

요석공주는 이제 별 부럽고 부족함 없는 생활이었으나 자나깨나 잊을 수 없는 것은 원효대사였다.

그녀는 분황사에 계신 원효대사를 따라 다니며 염불까지 하였다.

한번은 정성스레 가꾼 모란꽃과 손수 지은 포의 일습을 보낸 일이 있으나 대사는 거들떠 보지도 않고 분황사에서의 번뇌라 하여 다른 절로 옮기기 까지 하였다.

그러나 요석공주는 지그시 입술을 깨물었다.

"그냥 물러설 수는 없다. 두고보자."

어느 날 부왕이 모후(母后)의 왕자, 그리고 김유신 장군까지 데리고요석궁에 납시었다. 아무리 부녀지간이나 어려운 행차인데

특별히 가련한 요석공주의 청을 받아 들여 여기까지 납신 것이다.

공주는 큰절을 올리고 옆으로 물러 앉았다.

왕은 이미 설흔이 넘은 공주가 이렇게 요석궁에서 외로이 지내는 것을 볼 때 마음이 지극히 괴로우셨다.

주안상을 앞에 놓고 김유신 장군과 한 잔 두 잔 건네시다 잔을 비워 공주에게 건네주며 말씀하셨다.

"아가. 한불손에게 잔을 따라 올려라."

하셨다. 한불손은 김유신인 동시에 공주의 외삼촌인 것이다. 때문에 공주는 어디까지나 김유신을 모후의 오라버니 즉 외숙으로밖에 별다른 뜻이 없었던 것이다.

공주는 잔을 올리며,

"외숙, 드시와요."

하며 권하였다.

지켜보던 왕은 이 한마디에 그만 실망하고 말았다.

사실인즉 왕의 생각은 과부가 된 공주를 김유신에게 주고 싶었던 것이다. 그리고 김유신 역시 속으로 그렇게 되기를 바라고 있었다. 그런데 그만 요석공주의 말과 태도가 전혀 기대에 어그러진 것이었다.

몇 달뒤 요석공주는 대궐에 들어가 왕과 여러 가지 말을 주고받을 수 있었다.

그때 왕은 이렇게 물으셨다.

"너는 지금 어떤 소원이 있느냐?"

"특별히 없사와요. 있다면 다만 상감의 만수무강만이 소원이옵

216

니다."

"아니다. 나는 지금 그런 대답을 원하는 것이 아니다. 조금도 꺼려말고 숨김없이 네 마음을 털어 놓아 보아라."

"그러나 마마, 일러드릴 소원이 되지 못하나이다."

"아니 그게 무슨 말이냐? 애비 앞에서 말 못할 소원이 무엇이란 말이냐, 어서 시원히 말해 보아라."

요석공주는 잠시 망서려졌다.

"이 몸의 소원은 우리 나라에서 으뜸가는 사내에게 시집가서 으뜸가는 아기 하나를 낳고 싶은 생각이 있을 뿐입니다."

이렇게 아뢰었다.

왕은 처음에는 놀라셨으나 웃음을 띄우며,

"오냐 좋다 말해 보아라. 네 의중에 있는 사람이 누구인지 너의 소원을 들어 주겠다."

이때 모후도 재촉을 했다.

"모처럼 물으시니 진정 아뢰옵니다. 이몸이 품은 사람은 바로원 효대사 이옵니다."

"뭐, 원효대사?"

왕도 왕후도 똑같이 놀래었으나 그건 있을 수 있는 일이라 생각하시었다. 허나 난처한 일이었다. 아무리 공주의 소원이라 해도 그리 쉬운 일이 아님을 잘 알기 때문이다.

원효대사는 지극히 도도한 중이었다. 그는 마음에 있는 일은 물불을 가리지 않으나 반면에 마음에 없는 일은 무슨 일이라도 거들떠 보지 않는 성격이었던 것이다.

더우기 결혼이라는 것은 중에게는 있을 수 없는 일이었던 것이다. 하여 일은 더욱 난처한 것이다.

그러나 왕과 왕후도 원효를 사위로 삼고 심은 생각은 똑같이 굴둑 같았다.

그리하여 왕은 김유신을 통하여 원효대사의 마음을 움직일 수 있는 여러 가지 방법을 써보았고 심지어는 원효에게 많은 선물을 보내기도 했다.

그러나 원효는 자기의 신변에 어떤 시험이 오리라는 것을 미리 알고 그 선물들을 절의 중들에게 모두 나누어 갖도록 하고는 어디론지 훌쩍 떠나버리는 것이다.

어느날 원효가 술에 곤드레가 되도록 취하여 휘청거리며 아리내 개울가에 왔을 때, 앞길에서 불빛이 점점 자기에게 다가오는 것을 보았다.

"거 누구시요?"

하며 다가온 관원들은 그가 원효임을 알자,

"이 몸은 요석궁의 대사(大舍)이온데 대왕의 명령을 받들고 이곳에서 대사님을 기다리고 있었소. 꼭 모시고 오라는 분부이니 어서 오르시 오."

하며 두 사람이 맞드는 가마인 거시로 대사의 앞을 막아섰다.

"상감께서 나 같은 주정뱅이 중놈을 이밤중에 웬일이란 말이오. 또 설사 그렇다고 이 밤중에 다리목까지 사람을 보내어 지키게 할 일이 뭐란 말이오. 괜히 술취한 놈 희롱말고 저리 비키시오. 돌아가시오."

원효의 태도는 극히 도도 하였다.

실인즉 대왕이 여기까지 사람을 보낸데는 이유가 있었다.

그것은 최근에 원효가 지은 보언 시의 내용에 내포된 뜻이다.

　수허급가부(誰許汲柯斧)

　아파자천주(我破支天柱)

　누가 자루 없는 도끼자루를 주어 나로 하여금 자루가 되기를 허한다면 나는 하늘을 받칠 기둥을 깍으리라. 상감은 이 시의 뜻을.

　이제 누가 나에게 딸을 주어 장가들게 한다면 나는 그 몸에서 이 나라의 기둥이 될 슬기로운 아들 하나를 얻을 수 있으련만.

　이렇게 해석하고 계셨던 것이다.

　"그러면 이 기회를 잡아서 원효에게 내 딸을 맡기자."

　그리하여 관원들에게 원효의 출입을 살피게 하다가 이날밤 요석궁 대사를 이곳까지 보냈던 것이다.

　하나 원효는 그렇게 만만치 않았다. 거기다가 그는 힘도 장사였다.

　관원들은 지금 그대로 원효를 돌려 보낸다면 그들이 살아남지 못한다는 것을 알고 있으므로 가만히 있을 수는 없었다.

　그러나 원효는 당할 수 없는 힘장사였다.

　한참 실랑이가 벌어졌다.

　그러나 당해낼 수 없는 원효의 힘에 관원들은 하나하나 개울에 빠졌다.

　이렇게 되자 하는 수 없이 대사는 원효의 몸에 올가미를 씌웠다.

　"원효대사님 용서하시오. 대사님을 모셔가지 못하면 이놈들의 모가지가 날라 갑니다."

그러나 원효가 한번 힘을 줄 때마다 올가미는 뚝뚝 끊어졌다. 그러더니 원효는 물속으로 첨벙 뛰어 들어가서,

"어 시원하다 시원하다."

하며 먼저 물에 빠진 관원들을 붙들고 물장난을 쳤다.

이때 한 가지 꾀를 생각해낸 요석궁 대사는 모두들 물 속에 들어가 원효대사의 옷을 찢어버리게 하였다.

결국 원효대사는 알몸이 되어 할 수 없어 거시에 올라타고 요석궁으로 들어갔다. 이렇게 되어 원효대사는 비로서 얌전해 진채 요석공주가 시키는 대로 하였다. 요석공주는 원효를 욕탕으로 인도하여 몸을 깨끗이 씻겨 드렸다.

그리고는 미리 준비해 놓았던 화려한 옷을 입히고 조용한 방으로 인도하여 단 둘이 마주 앉았다.

"오늘 밤 이 몸은 대사님을 대사님이 아닌 오직 한 분의 백의 (白衣)로서 모실터이니 일편단심 바라옵던 십년 소원 풀어 주세요."

하고 공주는 날이 시퍼런 비수를 꺼내 보였다.

"이 밤이 샐 때까지 만일 대사님께서 안오셨다면 이 몸은 이 칼을 그대로 가지고만 있지 않았을 것입니다."

그러나 원효대사는 말이 없었다.

요석공주는 밤이 새도록 만리장성의 긴 애소를 하였다.

선덕여왕을 질투해 가며 까지 대사를 사모하였다는 말과 전날 마음먹고 보내드린 모란과 옷을 거들떠 보지도 않더라는 말을 듣고 대사가 한없이 원망스러웠었다는 등을 속임없이 고백하면서 울었다.

"이 젖을 먹고 자라날 수 있는 아기는 반드시 장차 이 나라에없
어선 안 될 큰 기둥이 될 것이오. 대사님께선 이몸을 음탕한
계집으로 아실지 모르오나, 다만 이몸은 이 나라에서 가장 거룩
하신 분을 남편으로 삼아 아기 하나만 얻는다면 더 큰 소원은
없사옵니다. 지금 이 몸은 비록 불민하나 대사님을 따라 일의전
심 불도를 닦는다면 이 몸도 야유타라(耶蹂陀羅)가 되지 말라
는 법은 없을 것 아니어요."

그러나 아직도 원효대사는 묵묵히 말이 없었다. 하나 공주의
뜻을 배척할 마음만은 아니었다.

이렇게 사흘을 지나고 나자 이제 원효도 여자를 모르는 그런
중은 아니었다. 보통 한남자로서 여자를 품에 안고 사랑을 주고
받는 그런 새서방이 된 것이다.

"공주 이제 나는 세상에서 말하는 사랑이 무엇인지 알았소."
하고 요석공주에게 항복하고 말았다. 이제 원효대사는 보잘것
없는 파계승으로 전락하고 말았지만 그렇다고 이대로 요석궁에
머무를 수는 없었다. 파계승은 파계승대로 또 할 일이 있는 것이
다.

사흘째 되던날 그는 요석궁을 떠나면서,

물의(勿疑)라고

불경에 있는 한 구절을 써서 공주에게 주었다. 공주는 매우
기뻐하였다.

"이 몸도 아기의 어머니가 될 수 있을까요!"

"공주는 덕이 높은 여인이니 아기를 낳으면 반드시 훌륭한 아기
의 어머니가 될거요."

한편 요석궁에서 원효대사가 파계하였다는 사실을 아신 왕은 무척 기뻐하였다.

"그것 참 잘되었구나, 정말 네 큰 소원이 이루어졌구나 그래 그뒤는 어떻게 되었느냐?"

"사흘동안 머무시다 떠났사옵니다."

"아니 그리고는 소식이 없단 말이냐?"

"예 그러하옵니다."

이때 공주의 모후는 다달이 있어야 할 것이 이미 없으며 머리가 어지럽고 구역질을 하면서 입맛이 없어 한다는 사실을 왕께 아뢰었다.

"오 그렇다면 틀림없이 태기로구나. 기왕에 낳으려면 옥동자를 낳아야지 응?"

"아들을 낳는다면 이 나라의 복된 아들일테니 부디 몸조심 하여라."

그러나 요석공주는 아이를 낳아 얼마쯤 지나면 원효를 찾아 나설 것을 굳게 마음에 다지고 있었다.

몸이 점점 무거워 질수록 원효가 그리웠다. 더우기 아기가 뱃속에서 놀 때는 더욱 더 보고 싶었다. 열달은 순식간에 지나 옥동자를 낳았다.

"어 참 잘생겼구나. 이 나라의 복동이로구나."

왕도 왕후도 요석공주에 못지 않게 기뻐하였다.

"상감마마 아기의 이름은 무어라고 하오리까?"

"오 그렇구나 이름을 지어야지."

한참을 생각한 임금은 설총이라는 이름을 지어 주셨다.

그 후 요석공주는 아기가 자라 기어다닐 때 쯤 해서 기어이 원효를 찾아 나서 드디어 상봉을 할 수 있게 되었는데 그 뒤로는 줄곧 원효대사와 같이 있게 되었다.

원효는 공주와 만나 파계한 후로는 소성거사(小性居士)로 자칭하면서 속세의 복장을 하고 마을로 다니다가 우연히 한 광대가 괴상한 박을 가지고 춤과 여흥을 벌리는 것을 본후 그와 같은 물건을 만들어 화엄경의 일체 무애(一切無碍) 일도출생사(一道出生死)에서 무애(無碍)를 따라서 노래를 지어 춤추고 노래하며 여러 마을을 떠돌아 다녔다.

한편 설총은 저 유명한 이두법의 창시자로 신라 삼문장(강수 설총 회치원)중 한 분이며 신라 십현(賢)의 제 일인자가 되었다.

용왕의 아들과 선녀의 사랑

● 선녀를 본 용왕의 아들은 용감했다.
그러나 그들을 시기하는 지신에 의해 목숨을
잃었다. ●

함경도에 자리잡은 조그만 섬, 서호진. 아름답고 경치좋아 꽃섬
이라고도 부르지만 거기엔 또 그럴만한 전설이 전해지고 있다.

하늘에 옥황상제님.

땅에는 지신님

바다에는 용왕님

하늘과 땅은 천지요.

땅과 하늘은 이치가 안맞아서.

어화둥둥 어찌할까.

옥황상제님의 따님하고

용왕님의 아들하고

어화둥둥 사랑할 때

땅에땅에 지신님.

어화둥둥 어화둥둥

하늘에는 옥황상제님

바다에는 용왕님.
어찌할고 어찌할고
땅에 혼자 지신님.

언제부터인가 이 노래는 입에서 입으로 전해져 수백년이 지난
오늘까지 전해지고 있다. 옥황상제는 천지를 개벽할 때 여기 동해
북쪽에 아름다운 섬을 만들었으니 스스로 만든 옥황상제마저
그 섬의 아름다움에 감탄했다. 옥황상제의 딸 역시 꽃섬의 아름다
움에 반해 버렸던 사실은 당연한 일이었다.

선녀는 저 멀리 하늘에서 꽃섬을 내려다 보고 항상 동경했다.
기회를 잡아서 꼭 한번 내려가 봐야겠다고 마음 먹었다.

그러던 어느 따뜻한 봄날이었다. 마침 옥황상제는 깊은 낮잠을
자고 있었다. 선녀는 이 때를 놓칠세라 하늘에서 내려왔다. 여덟
필의 백마가 끄는 황금마차를 타고 벼르기만 하던 꽃섬으로 내려
왔다.

'어머나! 이곳은 정말 아름답구나!'

형형색색의 진귀한 식물들이 만발해 있는 언덕에 내려오자
선녀는 너무나 기뻐 어쩔줄 몰라했다.

노래를 부르며 동산으로 돌아다니던 선녀는 맑고 깨끗한 바닷
가로 나와 목욕을 하기로 했다.

하나씩 옷을 벗어 바위에다 걸친 선녀는 가만히 물속에 몸을
담갔다.

파란 물속에서 선녀의 옥 같은 흰 살결이 선명했다. 매끄러운
곡선과 가슴의 봉긋한 부분이며 곧고 탄력있는 팔다리는 정말

고혹적인 것이었다.

이 때 그러한 선녀를 보고 있는 자가 있었으니 바로 용왕의
아들 구룡(九龍)이라는 젊은이였다. 때마침 꽃섬에 놀러 나온
구룡은 멀리서 선녀의 자태에 정신을 잃고 바라보았다.

구룡은 그날을 계기로 마음 깊이 선녀를 연모하게 되었다. 그러
던 그는 어느날 마음을 먹고 용왕에게 찾아가 자기의 심정을 호소
하였다.

"아바마마."

"어인 일인고?"

"소자의 청을 하나 들어주십시오."

구룡의 말에 용왕은 아들을 이윽히 바라만 보다가,

"그래, 무슨 청이냐."

"예, 다름이 아니오라 저도 이젠 장가들 때가 되었다고 생각하
옵니다."

"음, 그래서?"

"저는 저의 아내로 옥황상제님의 딸을 맞이하고 싶사옵니다."

이 말을 들은 용왕은 몹시 당황하였다.

"아니 그게 무슨 말이냐. 옥황상제께서는 만인의 주인이신데
어찌 감히 그분의 딸을 원한단 말이냐."

용왕은 꾸중이 대단하였다.

그러나 구룡의 불타는 애정은 이러한 용왕의 꾸중에도 굽힐줄
몰랐다.지금 선녀는 꽃섬에 내려와 있으니 자기가 가서 청하기만
한다면 곧 승낙의 말을 들을 수 있을 거라고 간청하였다.

"네 청이 정녕 그러하다면 네 청을 들어주마. 그러나 꽃섬 가까

이엔 지신이 있으니 주의하도록 하라. 지신의 노염을 사지 않도
록."

하고는 산호로 만든 찬란한 옷을 입혀 꽃섬으로 보냈다.

구룡은 꽃밭에서 선녀를 찾을 수가 있었다. 선녀는 노래를 부르
며 꽃향기를 맡고 있었다.

"선녀!"

"어머나."

구룡이 부르는 소리에 깜짝 놀란 선녀는 자기의 몸을 숨기려고
하였다.

그러나 넓은 꽃밭에도 선녀의 몸을 감출만한 곳은 없었다.

"선녀!"

구룡은 선녀 앞으로 나서며 부드럽게 말을 하였다. 선녀는 한
걸음 뒤로 물러서며 눈을 크게 떴다.

"나는 용왕의 아들 구룡이요. 너무 두려워 마시오."

"아, 용왕님의 아드님……."

선녀는 구룡의 이름을 듣고 비로서 안도의 숨을 내쉬었다.

"어인 일로 오셨오?"

구룡은 선녀에게로 가까이 다가서며 자기의 사랑을 고백하였
다.

"선녀의 모습을 보고 찾아 왔소이다. 그대의 아름다운 모습이
나를 사로잡았소."

하고 백년해로할 것을 요구했다. 선녀는 하늘에서 여러번 들어
그 이름을 이미 알고 있었던 구룡의 모습을 보자 그 수려한 용모
에 마음을 사로잡혔다.

이 때 수백마리의 흰 양떼가 두 남녀를 둘러싸며 꽃밭으로 몰려
왔다.

"어머 웬 양떼들일까요."

"이건 하늘이 우리를 축복하시는 뜻이 아니겠소. 우리가 백년해
로하며 먹고 살 고기와 젖을 내려주시는가 보오."

이렇게 하여 두 젊은 남여의 몸과 몸과 마음이 합쳐졌다. 구룡
은 용궁에서 산호를 얻어와 산호초로 집을 지었다.

세월은 흘러 몇 년이 지나갔다. 이 부부는 아들과 딸을 하나씩
낳았다. 밭을 갈고 씨를 뿌리며 젖을 짜서 먹고 바다의 생선을
잡아다 먹었다.

이때 지신(地神)은 이 오손도손한 가정을 보고 질투를 느꼈
다. 원래 지신과 용왕은 사이가 나빴다. 더우기 지신은 성질이
고약하여 모든 신들의 미움을 받고 있었다.

"음, 두고보자. 내 용왕의 아들놈을 죽이고 선녀는 나의 아내로
맞아야겠다."

이런 나쁜 마음을 품은 지신은 용왕이 잠든 틈을 이용해 바다를
건너 꽃섬으로 나왔다.

그는 꽃섬에 가시나무를 심어 놓고는 도망했다. 가시나무는
순식간에 자라서 꽃섬을 온통 덮을 듯 무성했다.

"훗훗…… 구룡의 목숨도 이젠 며칠 안 남았다."

회심의 미소를 띄우며 악담을 한 지신의 말은 적중하고야 말았
다. 나무하 러 갔던 구룡이 그 가시나무에 걸려 넘어져 온몸은
피투성이가 되었다.

"아니 여보. 그게 웬일이세요."

피투성이의 구룡을 본 선녀는 어쩔도리 없이 울기만 하였다.

"여보. 이제 난 살 가망이 없는 사람이오. 우리의 아이들이나 훌륭히 키우시오."마지막 말을 남기고 구룡은 숨져갔다.

이 사실을 안 용왕과 옥황상제는 크게 노하여 지신의 버릇을 고쳐주고자 큰 벌을 내릴 것을 결심했다.

한편 구룡이 죽었다는 소식을 들은 지신은

"흠. 그러면 그렇지. 나의 계략을 당해낼 자 누구냐. 이제 나는 꽃섬을 찾아 가서 선녀와 결혼을 해야 겠다."

지신은 흥이 나서 배를 저으며 바다로 나갔다. 꽃섬이 저만큼 보이는 곳에 이르렀을 때였다. 갑자기 바람이 불고 파도가 일기 시작했다. 그 거센파도는 지신이 탄 배를 삼킬 듯 요란하게 그의 배를 때렸다. 더우기 뇌성까지 겹쳐 지척을 분간 하기 어려운 궁지에 몰리게 되었다.

"야. 이것봐라. 야단 났구나."

지신은 겁이 나서 육지로 돌아가려 했으나 뜻대로 쉽지 않았다.

이 때.

"이놈. 지신아——."

하는 우렁찬 소리가 하늘에서 들리는 것이었다.

"아이쿠 옥황상제이시여."

"네가 진 죄는 알렸다."

"예 예…… 죽을 죄를 지었습니다."

"너 같은 검은 마음을 가진 놈은 벌받아 마땅하다."

"아이고 옥황상제님……."

뇌성과 광풍에 용왕의 노여움인 파도는 끝없이 지신의 배를 때렸다. 이러한 고초를 몇년인가 받고서야 기진맥진이 된 지신은 땅으로 줄달음질 쳤다.

그 후. 옥황상제는 자기의 딸을 불렀다. 아들과 딸은 꽃섬에 남겨놓고 이젠 그만 하늘로 올라와 살라는 분부이었다. 여덟 필 백마가 끄는 황금마차를 보내자 선녀는 자신의 자식들을 남겨놓은채 하늘로 올라갔다.

이리하여 꽃섬에는 선녀의 아이들이 번창하여 조그마한 어촌을 이룩하였다. 언제부터 시작된 민요 전설인지 모르나 이 이야기는 오늘날까지 이 꽃섬을 두고 전해왔다.

더구나 꽃섬에는 미남미녀들이 많아 그 옛날 자기들의 조상을 닮았다는 얘기가 전해지나 과연 그들이 선녀와 용왕이 낳은 아들의 후예인지는 알수 없는 일이다.

만약 질투가 많고 검은 마음의 지신이 아니었던들 이 꽃섬은 아직까지 선녀와 용궁의 낙원이 되어 있을지도 모르는 일이다.

산삼(山蔘)의 피

● 속세를 피해 금강산으로 들어간 고려
왕조의 선비는 신비의 약초인 산삼을
발견하여 그것을 캐고 보니 붉은 피가 흐르고
있었다. ●

"저 고개 너머가 좋겠군. 여보, 고되지만 조금만 더 참고 저기까
지가서 자리 잡읍시다."

아내는 고개를 들어 남편이 가리키는 곳을 보았다. 울창한 고산
식물이 엷은 산안개에 싸여 허연 꽃밭 같았다.

고개 밑은 내가 흐르는 시원한 계곡이었다. 즐거운 안식처가
될만한 장소였다. 종일을 걸어 올라온 그들은 피로가 몰려왔다.
사실 이 산으로 말하자면 험하긴 하나 이르는 곳마다 절경이다.
이런 경치를 놔두고 속세에서 아귀다툼을 일삼는 사람들이 불쌍
하기만 했다. 그도 그럴 것이 고려가 망하고 신흥 세력이 등장하
여 이씨조선이 기틀을 마련할 무렵이었으니 말이다.

이윽고 고개를 넘어섰다. 남편은 한결 마음이 놓이는 모양이었
다.

"야 정말 좋군. 이만하면 한세상 마음놓고 살만 하지 않겠소?
속세와인연을 끊고 살 바에야 이런 사람의 기척이 전혀 없는
곳이……."

때마침 소슬바람이 불어 이마의 땀을 상쾌히 씻어주는 듯 했다.

"여보!"

갑자기 아내가 당황하며 남편을 불렀다.

"저기 웬 노인이 내려오시네요!"

아닌게 아니라 산기슭을 내려오는 흰 옷을 입는 노인이 있었다. 이런 깊은 산중에 노인이 산다는 것은 아무래도 이상했다. 산안개를 타고 내려온다는 신선일까. 그러나 하필 자기들 앞에 나타났을까. 괴이한 일이었다.

노인은 두 사람 앞으로 다가왔다.

"여보시오. 젊은 분들!"

그 말소리엔 신비로움이 가득했다.

"예! 노인장께선 도대체 누구신지요?"

두려운 생각이 들어 노인의 신분을 알고 싶었다. 아니 그가 진정 사람인지 신선인지 알고 싶었다.

"허허! 나는 예로 부터 이 금강산에서 구름과 안개로 소일하는 사람인데……. 댁네들은 어인 일로 이 깊은 산중을 찾아왔는 고?"

"저는 고려국의 녹을 먹던 미천한 신하였습니다. 나라는 망하고 인심은 날로 거칠어져 속세를 떠나 아내와 함께 이 산에서 여생을 마치려고 찾아 왔습니다."

남편되는 사람은 목이 매며 이렇게 말했다.

"요즈음 이성계가 고려의 유신들을 새로이 벼슬자리에 등용시킨다는 소식을 모르는가? 보아하니 아직도 젊고 앞길이 만리

같은데 어찌 이곳을 찾아들었는지⋯⋯?"

노인은 다시 이성계의 신하가 되라는 투로 말했다. 그러나 그건 있을 수 없는 일이다.

"어찌 한 신하가 두 임금을 모시겠사옵니까? 죽어서 몸과 넋인 들 그럴 수 없는 줄로 생각합니다."

"고려국 유신이 두문동에만 있는 줄 알았더니 이곳에도 한 분이 계시는구면."

고려가 멸망하자 지조가 강한 고려국의 신하 712명이 두문동에 모여 옛왕조를 그리며 살고 있었던 것이다.

노인은 다시 말을 이었다.

"고려 유신들의 뜻은 장하다고 보나 어디인들 이태조의 땅 아닌 곳이 있느냐? 더구나 너희들은 너무 깊숙한 곳을 찾았노라."

"네? 너무 깊숙히 들어 왔다구요?"

"그렇소. 여기는 내집 울안이요. 산중이라고는 하나 어찌 남의 집 깊숙히 들어와 살 수 있겠소. 다시 밑으로 내려가 사는 것이 좋으리라."

"노인장은 대체 누구신데⋯⋯."

노인은 말을 가로 막으며 이 곳은 수천년대 사람이 찾아온 적이 없는 곳이니 아무소리 말고 내려가서 살라고 당부하자 구름 속으로 사라져 버렸다.

아무리 노인을 불러봤으나 더이상 노인의 대답은 들리지 않았다. 이상하기만 했다. 대체 산신령이었을까 아니면 누구란 말인가.

"여보. 사실 너무 깊숙히 들어왔어요. 노인의 말이 웬지 심상찮으니 우리 다시 내려갑시다."

아내는 노인의 모습이 자꾸 눈앞에 밝히는 모양이었다. 그러나
남편은 요지부동이었다. 지금 여기서 다시 산을 내려간다는 것은
이왕조에 머리 숙이는 거나 다름 없다고 생각했다.

"물론 산신령의 말에 무슨 암시가 있을진 모르나 사람이 죽으면
한번 죽지 두번 죽는게 아니오. 이왕 이곳에 올라 왔으니 그냥
여기서 살도록 합시다."

여필종부라 아내는 그런 남편의 의지에 감동하였다.

구름과 안개로 덮히기 일쑤인 내금강. 비록 세상과 너무도 머나
먼 거리긴 했으나 그런데도 정붙여 살 만한 곳이었다. 산나물과
산열매 그리고 여러가지 약초가 풍부해 무릉도원이 부럽지 않을
지상 낙원이었다. 그들은 마치 다정한 한쌍의 산짐승인양 산속의
여기저기를 돌아다니며 나날을 보냈다.

살어리 살어리랏다. 청산에 살어리랏다.
머루랑 다래랑 먹고 청산에 살어리랏다.
얄리 얄리 얄라셩 얄라리 얄라!

울어라 울어라 새여 자고니러 울어라 새여.
널라와 시름 한 나도 자고니러 우니노라.
얄리 얄리 얄라셩, 얄라리 얄라!

그들은 옛 고려의 노래인 청산별곡을 부르며 망국한을 달래기
도 했다.

내외가 산속을 이곳저곳 다니며 약초를 캐던 어느날 갑자기

아내가 소리쳤다.

남편은 한달음에 뛰어갔다.

"무슨 풀이기에 그리 호들갑이오?"

"이것 좀 와요! 꽃빛이 파란 것이…… 아무래도 이건 보통 꽃이 아니에요. 훌륭한 약초예요."

아내는 자랑스러운 듯이 말했다. 잎사귀는 손바닥을 벌린 것 같았고 꽃잎은 과연 새파랗다. 바위틈에 숨어 있는 걸 용하게도 발견한 것이다. 남편의 심장은 기쁨으로 터질 듯 했다.

얘기만 들어오던 동삼, 그렇다 분명 동삼이었다. 당장 죽어가는 사람도 살린다는 동삼이었다.

"여보 이게 바로 천하에 구하기 어렵다는 동삼이요."

아내는 진귀한 물건을 찾은 기쁨으로 가득하여 탄성을 올렸고 남편도 하늘이 내린 복이라고 기뻐하였다.

"어서 캡시다. 동삼은 둔갑을 잘한다는 얘기가 있소. 인연이 없는 사람에겐 삼년을 산신령께 빌어도 눈에 띠지 않는다는 데, 분명 하늘이 우리를 돕는 거요."

"눈 앞에 동삼을 두고도 캐지 않는다니 그게 무슨 말이오. 이 놈을 고아먹기만 하는 날엔 몇 십년을 잘 살지 모르는 판에! 자 저리 비키오."

남편은 나서서 당장 땅을 파기 시작했다. 신바람이 나서 콧노래 까지나왔다.

"아무래도 이 동삼은 안 캐는 것이 좋을 것 같아요. 우리같이 버림 받은 사람눈에 띈 것은 불길한 징조예요."

아내는 자꾸만 걱정하였다. 그러나 남편은 쓸데없는 소리라고 딱 잘라 말하는 것이었다.

"어마나! 이 동삼의 뿌리를 봐요. 여보! 피가 흐르고 있어요."

아내의 불길한 마음은 남편의 눈에 안 띄는 피를 발견했다. 파헤치자 상한 동삼의 뿌리에서 나온 피였다. 동삼에서 피가 나오다니! 남편도 괭이질 하던 손을 멈추고 의아해 했다.

그때였다. 갑자기 구름이 몰려오더니 그 속에서 그 전날의 그 노인이 나 타났다. 허연 백발과 흰 옷이 그대로 였다.

"여봐라! 어인 일로 함부로 남의 동삼을 도둑질 하는고?"

"네에?"

"천여년을 길러온 나의 동삼을 캐다니 고연지고!"

노인은 호령이 대단했다. 동삼을 캘 땐 으레 제사를 먼저 지내는 것이 도리인데 그런 법도 모르고 함부로 캤다고 야단이었다.

"원체 미천한 몸들이라 노인장이 기르는 동삼을 몰라 뵈었습니다. 부디 노여움을 푸시고 용서하여 주옵소서."

두 내외는 손이 발이 되도록 빌었다. 지난날 그들 앞에 나타나 하던 노인의 말이 새삼스러워 졌다. 너무 깊숙히 들어왔으니 도로 내려가 살라던 말이었다. 그 말엔 동삼과도 깊은 관련이 있는듯 했다.

"피 흘리는 동삼은 자고로 구제할 길이 없다하였으니 그대들은 어찌하려는가?"

노인은 심각히 말했다. 그 얼굴은 위엄으로 가득했다. 두 내외는 무릎을 꿇고 백배사죄하였다.

"부디 몽매한 저희를 불쌍히 여기시고 용서하옵소서. 어떠한 고난도 달게 받겠사옵니다."

그러나 노인의 긴장하고 엄숙한 얼굴은 퍼질 줄 몰랐다.

"그대들은 오늘부터 이십년 동안 이 아래 계곡을 흐르는 물을 정성으로 길어다 동삼의 뿌리에 부어 주어라. 그리하여 이십년째 되는 날 동삼은 다시 꽃을 피울 것이며 그대들에게도 기쁜일이 생기리라."

노인은 엄숙히 말을 마친후 다시 운무 속으로 사라졌다. 그날부터 내외는 매일 계곡을 오르내리며 정성을 다하여 물을 길어다 동삼에게 부어 주었다. 그들에게 이 일은 하루의 일과가 되어 오히려 무료하던그들에겐 즐거움이 되어 주었다.

그러던 어느날 아침이다. 칠흑같던 검은 머리가 희끗희끗 해진 아내가 물을 길어왔다. 동삼의 뿌리에 물을 길어왔다. 동삼의 뿌리에 물을 붓고 나자 이상한 일이 벌어졌다. 참으로 신기한 꽃을 발견한 것이다. 그건 분명 이십년전 자기가 발견했던 푸른 동삼의 꽃이었다. 아내는 급히 남편을 불렀다.

"여보 동삼의 꽃이 피웠어요." 아내는 감격으로 목이 메었다.

"허어 정말 신비로운 일이로군."

주름진 남편의 얼굴에 정말 오랫만에 환한 웃음이 피었다.

그러나 신기한 일은 그뿐이 아니었다. 오십이 넘도록 태기가 없던 부인은 그후 꿈틀거리는 태동을 느꼈다. 정말 그 기쁨은 말로는 할 수 없는 것이었다.

이렇게 두 내외는 옥동자를 얻게 되었으니 이 아들은 장성하여 큰 벼슬에 오르게 되었다 한다.

한편 이십년 동안 오르내리며 물을 길어 나르던 고개는 지금에 와서는 이십년 고개라고 불리고 있다.

약이 오른 마마귀신

● 밤마다 사랑의 굴을 찾아드는 젊은
과부와 노총각의 사랑이 마마 귀신을 노하게
했다. ●

마을 뒤 높이 솟아 있는 돌산의 중턱에는 떡벌린 야수의 입같이
생긴 동굴이 있으니 동네 사람들은 그 굴을 가리켜 사랑의 굴이라
불렀다.

피끓는 젊은이들이 남의 눈을 피해 사랑을 나누는데 안성마춤
인 장소였기 때문이다.

어느 해 봄, 온천지에 새싹이 움틀 때였다.

이곳 마을이 어둠과 잠에 고요히 잠겨버린 밤 열두시경 이 사랑
의 굴 앞에 한 여인이 나타났다.

사방에 신경을 쓰며 바위와 바위 사이에 조심조심 몸을 숨기며
올라온 여인의 숨결은 아주 가쁜듯 보였다.

그러나 별빛마저 흐리한 이 칠흑같은 밤에 험한 비탈길을 무난
히 올라오는 것을 보니 이곳에 처음 오는 사람 같지는 않았다.

아니, 상당히 자주 드나드는 이 굴의 단골손님 같았다.

여인 입에서 나즈막한 혼잣소리가 흘러나왔다.

"아직 안 왔나보군. 언제나 나를 기다리게 한단말야."

하고는 굴안을 향해 역시 은근한 목소리로 불렀다.

"돌쇠! 돌쇠!"

굴안에는 아무런 인기척도 없고 돌쇠 하는 메아리만 되돌아 울려 나왔다 .여인은 약간 실망을 하며 굴밖 바위 뒤로 돌아가 몸을 숨겼다.

순간 굴 아래쪽에서 약간 발자국 소리가 들려왔다. 여인은 살며시 고개를 쳐들고 그쪽을 응시했다. 시커먼 그림자가 옆에 무엇인가 끼고 허겁지겁 올라오고 있는 것이 보였다.

여인은 어둠 속에서 만족한 미소를 흘리고 있었다. 검은 그림자가 동굴 앞에 당도했을 때 여인은 살며시 몸을 일으키며,

"돌쇠야, 왜 이렇게 늦었지. 돌쇠는 언제나 나보다 늦거든. 다음엔 좀 빨리와요. 난 애가 타서 죽겠단 말야. 혹 안오나 하고 말이지."

"흐흐흐, 미안해요. 하지만 일찍 나올 수가 있어야지, 자 여기 거적 가지고 왔어."

더 설명할 것도 없이 나중 올라온 녀석은 아래 마을 김진사집 머슴으로 있는 떡거머리 총각 돌쇠고, 먼저와서 애를 태우고 있는 여인은 역시 같은 마을에 사는 과부 김여인이었다.

이 밤중 남의 눈을 피해 사랑의 굴을 찾아들 만한 연유를 충분히 갖추고 있는 사람들이었다. 따라서 그 두 사람이 앞으로 무슨 짓을 할 것이라는 건 뻔한 일이다.

굴안으로 깊숙히 들어간 두 남녀는 우선 돌쇠가 가지고 온 거적을 땅에 펴 놓는다. 그리고 색에 주린 두 남녀는 완전히 암컷 수컷 두 개의 짐승이 되어 죽음을 무릅쓰고 서로 상대를 즐기기 시작했

다.

죽은 듯 고요하던 굴안 공기는 마치 폭풍처럼 흔들기기 시작했
다.

두 개의 입에서 터져나오는 기쁨의 신음소리!

네개의 콧구멍에서 쏟아져 나오는 거센 숨소리!

굴밖 하늘 높이 걸린 북두칠성의 위치가 상당히 바뀌었는데도
굴안의 남녀는 그칠 줄을 모르고 애무를 계속하고 있었다.

이즈음 멀리 남쪽에서 건너온 마마신(天然痘神)이 마을로 들어
와 한바탕 횡포를 부려 어린 생명들을 휩쓸려고 하다가 이 마을에
살고 있는 광산김씨(光山金氏)들의 인품이 높고 협조적인데 탄복
을 하며 곧 손을 쓰지 않고 이 사랑의 굴로 들어와 곰곰 생각을
하며, 쉬고 있었다.

같은 굴안에 이런 무서운 신이 있다는 건 꿈에도 생각지 못한
두 남녀는 꺼리낌 없이 사람의 격전을 펼쳤던 것이다.

그꼴을 본 마마신은 화가 치밀었다.

"고약한 년놈들이구나. 하필이면 내 앞에 와서 저런 망칙한
짓을 하다니. 안되겠다. 저 년놈들이 나를 무시했으니 그 보복으로
이 마을 어린애들을 모조리 잡아 가야겠다."하고 결심을 하게
되었다.

큰일난 것이다. 돌쇠와 김여인 때문에 마을 안의 애들이 큰
액을 당하게 되었다. 그런 것을 까맣게 모르는 두 남녀는 아직도
한데 엉켜 떨어질 줄 모르고 있다.

"여봐 돌쇠!"

"응!"

"좀더 좀더."

"그래! 요렇게 말이지."

"응. 그래그래."

"여봐!"

"응!"

"나 죽겠어. 너도 좋지?"

"그럼!"

"아유 어떡하지 아유! 아유!"

"……"

"내일두 나와 응……."

약이 바싹 오른 마마신은 자리를 박차고 밖으로 뛰어 나갔다.

마을에서 가장 존경을 받고 있는 김진사와 그 부인은 세 살된 외아들을 가운데 눕히고 곤히 잠들어 있었다.

그 방안으로 숨어 들어간 마마신은 김진사의 그 천진스런 외아들의 잠든 얼굴을 보자 입이 자배기 만큼 벌어지며 득의의 웃음을 지었다.

"됐다 됐어. 요건 아주 일품인데, 요녀석 부터 시작을 해야겠다."

하면서 다가가 날카로운 손톱으로 어린애의 정수리를 푹 찔렀다.

쌔근쌔근 숨소리를 내며 자고 있던 어린애는 순간 불이 붙는 듯,

"으아!"

하고 급히 울음을 터뜨렸다.

"히히히, 인제 됐다. 인제 됐어. 어디 다음 집으로 가볼까."

마마신은 신이 나서 나가 버렸다.

갑작스런 어린애의 울음 소리에 눈이 동그래진 김 진사 내외는 어린애를 추켜 안고 백방으로 달래보았으나 아무런 효과가 없었다. 그때 부터 불덩어리 같은 열이 나더니 그만 마마에 걸려 버리고 말았다.

그때까지 병자 하나 없이 평화스럽기 만한 마을이었는데 그날 부터 어린애가 있는 집에서는 모조리 그 어린애들이 마마에 걸리고 말았다.

마마란 약도 없거니와 약을 써서도 안되는 병이다. 오직 마마신을 극진히 대접해서 그 노여움을 사지 않도록 해야 요행 낫는 수가 있는 것이다.

평화롭던 마을이 발칵 뒤집혔다.

온 마을이 발칵 뒤집혀서 밤낮으로 걱정에 잠겨 굿이다 치성이다 하고 정신 없이 지냈지만, 돌쇠와 김여인은 아랑곳 없이 그저 밤이 되기를 기다렸다가는 사랑굴로 기어들어 상대방의 육체를 즐기는데 여념이 없었다.

그들이 그럴 때마다 마마신은 더욱 심사가 사나와져 곧장 마을로 달려가서는 다시 새로운 마마 환자를 만드는 것이었다.

온갖 수단을 다 써 본 김진사를 비롯한 마을 사람들은 최후로 단을 모으고 신령께 기도를 드리기 시작했다. 날마다 밤낮을 가리지 않고, 교대로 단에 올라가 엎드려,

"신령이시여 이 불쌍한 인생을 구해 주시옵소서. 저희들의 힘으로 되는일이라면 무엇이든 하겠사오니, 그저 어린 생명을 구해

주시옵소서."
하고 진심으로 빌었다.

그러던 어느날 과연 그들의 정성에 감탄한 신령은 신탁을 내렸다.

"여봐라 듣거라. 내 너희들의 지성에 감동이 되어 이르는 말이니, 거역함이 없이 들을 지어다."
사람들은 손이 발이 되도록 빌며 구원을 청했다.

신탁이 또 들려왔다.

"우선 사랑의 굴에서 날마다 불미스런 행동을 하는 남녀를 없애라. 그래야만 마마가 멎을 것이다. 그리고 마을 동쪽 서쪽, 두 끝과 마을 한복판에 선바위를 세워라. 그러면 마마 신이 다시는 이 마을을 침범치 못할 것 이니라."

신령의 신탁을 받은 사람들은 그날 밤 김진사의 집 사랑으로 모여 대책을 강구했다. 매일밤 사랑의 굴을 찾아드는 남녀가 누구인가를 의논했다.

"여러분 뻔한 일이 아니겠소. 그렇다고 그들의 행동을 들추어 표면화 시키면 이웃 마을까지 소문이 퍼져 우리 마을로서는 득될 것이 하나도 없소이다. 그 점은 내게 맡기고 여러분은 급히 선바위를 세 곳에 세우도록 하세요."
김진사의 의견이었다.

이 마을 사람들은 대개가 사랑의 굴을 이용해온 경험이 있는지라, 그 점에 대해서는 악착스럽게 문제시 하지 않고 김진사에게 그 처리를 일임하기로 했다.

좁은 마을 안이라 누구라고 딱 꼬집어 내지는 않았지만 돌쇠와 김여인의 관계는 대개가 눈치채고 있었던 것이다. 하나는 노총각이고 하나는 젊은 과부라 있을 수 있는 일이라고 너그럽게 생각을 했다.

여러 사람이 흩어진 다음 김진사는 돌쇠를 불렀다.

나무라기 보다는 부탁을 했다.

"나는 벌써 부터 짐작을 하고 있었다. 남녀가 눈이 맞으면 그럴 수도 있는 법, 그것을 책하는 것이 아니다. 일이 끝난 다음에 너희들 일에 대해서 좋은 끝을 맺어 줄테니 우선 오늘 부터 그 굴에는 가지 않도록 해라."

돌쇠는 할말이 없었다.

이튿날 온 마을 사람이 총동원 되어 산에서 바위를 운반해다가 마을 새 곳에 선바위를 세웠다.

사랑의 굴로 돌아온 마마신은 그날 밤 편안하게 잠을 잤다.

늘어지게 단잠을 자고 난 마마신은 그 길로 그 마을에서 떠나버렸다.

이렇게 해서 이 마을에는 다시 마마 환자가 발생하지 않았으며 앓고 있던 어린애들도 모두 완쾌를 보게 되었다. 뿐 아니라 그후 지금에 이르기까지 그 마을에는 마마가 발생하지 않았다 한다.

이 마을은 전남 무안군에 있는 부주두란 마을로 이곳 주민은 전부가 광산 김씨이며 지금도 그 마을에는 세 곳에 선바위가 서있다고 한다.

끝으로 돌쇠와 김여인은 그후 김진사의 주선으로 부부가 되어 이번에는 어둔 굴속에서가 아니라 버젓한 자기집 온돌방에서 인생을 마음껏 즐기며 살았다고 한다.

장사 남매의 힘겨루기

• 둘레가 20척이나 되는 큰 나무를 오빠가
뽑아 놓자 누이 동생은 그것을 입으로 불어
날려 보냈다. 그러나 그들은 무식 했다. •

아미산은 얼른 보아도 조그만 야산(野山)인성 싶다. 그 단아한
모습과 여인의 기름진 허리처럼 매끄러운 산등성이며, 다박솔이
잔잔히 퍼진 풍경이 무던히 정서적이다. 그러나 이 조그만 산에
오래된 전설이 있으니, 이 비장하고 장엄한 전설은 듣는 이로
하여금 숙연한 감정을 일게 한다.

"이얏!"

기합 소리도 세차게 내리쳤다. 아름드리 커다란 나무가 딱 부러
졌다.

"이얏——."

딱——.

딱——.

"이얏——."

이렇게 하기를 한나절, 금방 장작이 몇 짐씩 쌓였다.

이 산에서는 가끔 '이얏'하고 기합 주는 외마디 소리가 들려
왔다. 어느 때는 '어이——'하는 남자의 우렁찬 음성이 들려 오는

가 하면 어느 때는 '이얏'하고 여자의 음성도 들려왔다.

이 산속에는 장사로 이름난 남매가 홀어머니를 모시고 살았다. 장사 남매는 모두 몸이 건강하고 억세기로 말하면 태산을 뜨고, 천근 바위를 움직이는 힘을 자랑했다.

그런데 한가지 흥미있는 것은 남매 중 어느 사람이 더 힘이 센지 그 우열을 가릴 수 없이 백중지세를 견지하고 있다는 것이다.

오빠 무쇠가 커다란 바위를 들어 올리면, 누이 용순이는 바위를 쳐서 산산조각을 내는 무서운 힘을 가지고 있으니 누가 힘이 더 세고, 누가 덜 센지 알 수가 없었다.

어느 날 남매는 산속에서 서로 힘 자랑을 하고 있었다.

먼저 오빠가 집채 만한 커다란 바위를 번쩍 들어 올렸다.

"자 봐라."

하고, 그 들어 올린 바위를 멀리 집어 던졌다.

"어떠냐? 집채 만한 바위가 새가 나르듯 날라가지 않느냐?"

오빠 무쇠는 자못 뽐냈다. 그러나 용순이는,

"흥──."

코웃음을 치고 웃었다.

"오빠, 이번엔 내 힘을 봐요. 나는 이 아름드리 나무를 주먹으로 쳐서 장작을 한 짐 만들어 놀테니."

"흥, 그건 어려울걸."

"잠자코 보기만 해요."

"어디 누워서 보마."

무쇠는 풀밭에 누워 눈을 감았다. 완전히 누이 용순이를 무시하

는 태도였다. 용순이는 약간 기분이 상했다. 그녀가 손에 힘을
주고 기합을 넣는 순간,

"이얏—."

딱—.

커다란 아름드리 나무가 두 동강으로 쪼개졌다.

눈을 감고 있던 무쇠는 나무가 쪼개지는 소리에 눈을 뜨고 이
광경을 보자 놀랐다. 더구나 그를 당황하게 한 행동이 있었다.
용순이가 두 조각이 난 나무를 주먹으로 무수히 내려칠때 마다
나무는 장작이 되어 쌓이는 것이었다.

"음—."

무쇠는 무거운 신음 소리를 냈다. 누이가 장사인 줄은 알았지만
저렇게 무서운 힘을 가지고 있는 줄은 미처 모르고 있었다.

"어떻소? 오빠."

장작더미에 걸터 앉아 땀을 씻는 용순이는 웃으며 말했다.

무쇠는 벌떡 일어났다.

"그럼, 다음에 이차 시합을 하자."

"좋아요. 얼마든지—."

이리하여 제 이차 시합이 벌어졌다.

이번에도 선수는 무쇠가 잡았다.

언덕 위에 수 백년 묵은 홰나무가 한 그루 있는데, 이 홰나무는
네 사람이 둘러싸야될 정도의 거목(巨木)이다. 이것을 뿌리채
뽑는 것이 무쇠의 목적이다.

"자, 이 나무를 쑥 뽑을테니—."

무쇠는 네아름이 넘는 거목의 허리를 잡고,

"우윽——."

힘을 썼다. 순간,

우지직!

소리와 함께 거목의 뿌리가 뽑히고 말았다. 실로 놀라운 힘이 아닐 수 없었다.

"핫핫…… 어때 놀랐지."

기고만장한 너털 웃음을 웃고 난 무쇠는 용순이에게 어서 힘을 보이라고 재촉했다.

용순은 오빠의 힘을 미덥게 느끼면서도 자신의 힘을 과시하고 싶었다.

그녀는 바람을 불게해 오빠가 뽑아 놓은 고목을 저쪽 골짜기까지 날려 보내는 것을 제안했다.

"어림없다. 아무리 입바람이 세기로 이 나무를 날리진 못할 걸——."

"자, 오빠 놀라지 말구 보아요."하고 바람을 불기 시작한다.

"후——후——"

과연 커다란 나무는 둥실 떠서 몇 백보 앞까지 날라가 골짜기로 굴러 떨어지고 말았다. 이 엄청난 광경에 무쇠는 그만 화가 나고 말았다.

그는 오빠로서 누이에게 패배한 것이 그만 자존심을 상하게 하여 위험한 제안을 꺼내게 했다.

"용순아!"

"예?"

"너나 나는 천하장사다. 이렇게 시합을 하다간 끝이 없고 한이 없겠다. 그러니 단번에 끝장이 나는 것을 해보자."

이 말에,

"네. 오빠 좋은대로 하세요."

하고, 용순은 순순이 응했다.

두 사람의 시합은 이런 것이었다. 용순은 바위를 날라다가 성을 쌓고, 무쇠는 천근 바위를 짊어지고 오백리를 갔다오는 것이다. 이 시합은 아침 해뜰 때 시작해서 서산에 낙양이 지면 끝나는데, 진 사람의 목을 이긴 쪽이 잘라 버리는 것이었다.

시합 결과가 너무 잔인하지만 이런 제안을 하면 누이 용순이의 기세가 소침해질 줄 무쇠는 알았다. 그러나 용순의 태도는 태연했고 한층 나아가 오빠를 깔 보는 말을 했다.

"오빠, 목은 내가 맡았구려."

"내일 해뜨면 겨루어 보자구──."

이리하여 다음날 아침, 동쪽에 해가 솟자 두 사람은 마지막 결판을 짓는 시합으로 들어갔다.

무쇠는 천근 바위를 어깨에 짊어지고 길을 떠나고, 용순이는 바위를 날라다가 성(城)을 쌓기 시작했다.

홀어머니는 남매의 힘내기에 항상 무관심 했으나, 이번 경우는 사정이 다르기 때문에 무관심할 수 없었다.

시합 결과에 따라서 아들이던 딸이던 하나가 죽어야만 한다. 이런 무시무시한 시합을 왜하느냐고 만류했으나 남매는 듣지 않고 시작했고 이젠 별 수 없이 결과를 볼 수 밖에 없었다.

뜨겁던 햇볕이 점점 사그라들고 서산 마루에 석양빛이 선연해졌다.

용순은 성을 다 쌓아 올렸다. 이제 나무로 문짝만 달면 그만이다. 그런데 무쇠는 어디쯤 왔는지 알 수 없었다.

어머니는 초조해졌다.

'휴——무쇠가……무쇠가 와야 할텐데——')

시간이 흐를수록 초조해진 어머니는 무서운 계략을 생각했다. 그것은 어머니의 공통된 심정일 것이다.

시합이 끝나면 그 결과에 따라서 어느 한쪽의 목숨은 사라지는 것이다. 그렇다면 딸보다 아들을 살려야 한다. 이것이 어머니의 생각이었다. 그래서 어머니는 아들이 돌아올 때까지 딸이 문짝을 만들지 못하도록 지연시킬 계략을 꾸며냈다.

어머니는 성을 다 쌓고, 나무를 짜르는 딸에게로 갔다.

"얘, 용순아."

"어머니 나오셨어요?"

"성을 다 쌓았구나?"

"그럼요. 문짝만 달면 내가 이기는 거예요."

"에그, 그럼 네 오래비가 졌구나."

"그럼요."

어머니는 이 말에 그만 소름이 끼치는 것 같았다.

"얘, 용순아, 시장하겠다. 내 맛난 찰밥을 만들어 줄께 먹구 해라."

"아네요. 문짝을 달아 놓구 먹겠어요."

"얘, 먹구해두 네가 이긴거나 다름 없다."

"그래두 안심이 안돼요."

"네 오라범은 필시 어디서 쉬구 있거나, 잠을 자고 있을 거야.

그동안 밥을 먹구 문짝을 달려므나."

어머니의 간곡한 청에 용순은 더이상 거절할 수 없었다. 그녀는 어머니가 이끄는대로 집에 돌아와 찰밥이 될 때를 기다렸다.

어머니는 부지런히 찰밥을 만들었다.

어머니는 마지막 먹이는 밥이 될지 모르는 이 찰밥을 정성 껏 만들어 주고 싶은 심정으로 다른 때보다 더 음식을 잘 만들었다.

얼마의 시간이 흘러갔을까. 이젠 완전히 해가 넘어가고 산간에 는 어둠이 깃들었다.

"애. 용순아 어서 먹어라. 얼마나 시장했겠니?"

"엄마도 잡수세요."

"어서 너나 먹어라. 오라범은 안 오는 모양이니 천천히 꼭꼭 씹어서 먹어라."

용순은 찰밥을 떠 넣고 씹는다. 몇 술 떠 먹었을까.

그 때 무쇠가 돌아왔다.

온 몸이 땀에 젖은 무쇠는 녹초가 돼서 돌아왔다.

그는 바위를 마당에 내려놓고 누이가 쌓은 성을 둘러 보았다.

"야!"

그는 갑자기 환성을 질렀다.

"내가 이겼다."

그리고 덩실덩실 춤을 추며,

"내가 이겼다, 봐라. 이 성은 문이 없다. 문을 만들지 못했구 나."

이 사태에 난처해진 것은 어머니와 용순이었다. 용순이는 능히 오빠를 이기고도 남음이 있는데, 찰밥을 먹고 있었기 때문에 지고

만 것이요, 어머니는 아들을 살리기 위해서 자신이 꾸며 놓은 계략에 딸이 걸려들어 조만간 희생을 당하지 않으면 안되게 되었던 것이다. 어머니는 아들을 붙잡고 애원하기 시작했다.

"애야, 무쇠야. 아무리 남아의 언약이 중하기로서니 하나밖에 없는 누이 동생을 죽이는 수가 있단 말이냐? 이 에미를 봐서 참아라. 동생을 죽이려면 차라리 에미의 목을 끊어다오."

울며 애원했으나 무쇠는 냉담했다.

그는 이 세상에서 자기가 제일 무서운 장사인데 누이 때문에 항상 방해를 받았었다. 그럴 때마다 자존심이 상해서 누이를 언제고 제거하려는 악심을 품고 있었다.

그 기회는 온 것이다.

이 절호의 기회를 놓치지 않고 이용해서 누이 동생을 제거하고 세상에서 제일가는 역사(力士)가 되리라 다짐했다.

무쇠는 헛간에서 커다란 도끼를 들고 나왔다.

"자, 용순아. 여기 네 목을 내 놓아라."

"오빠——."

"동정을 구하려면 그건 어리석은 생각이다. 나는 약속대로 네 목숨을 끊어 놓겠다."

"오빠, 자, 약속대로 내 목을 자르고, 그 다음엔 홀로 남은 어머니를 부디 잘 봉양하셔요."

하고, 설게 울었다. 늙은 어머니의 뒤를 보살펴 줄 사람이 없으니, 어머니가 불쌍하고, 효도 못하고 죽으니 억울하다고 울었다.

그래도 무쇠는 날이 선 도끼를 높이 들어 누이의 목을 노렸다.

용순이는 이 시합에 자기가 이기면 오빠의 오만한 마음을 꺾어 놓을 뿐 그의 목을 자르지 않을 생각이었다. 그러나 무쇠는 그 반대의 생각을 했던 것이다.

드디어 무쇠의 도끼가 번뜩하고 내려왔다.

"앗!"순간 용순의 몸이 앞으로 쓰러졌다.

"앗!"

몇 번 내려친 도끼에 피가 묻고 용순의 몸은 길게 늘어져 버렸다.

무쇠는 용순의 숨이 끊어지자 기분이 좋아서 껄껄 웃었다. 그러나 그것은 짧은 순간의 환희였다.

시합 결과에 대해서 어머니 말을 들은 무쇠는 놀라지 않을 수 없었다. '누이가 이겼는데 말 없이 죽어갔다.' 이것은 이기심과 질투밖에 모르는 무쇠에게 너무나 충격적인 사건이었다.

무쇠는 깊이 뉘우치고, 통분해서 그가 들고 온 바위를 들어 아미산 산봉을 향해 던졌다. 그 바위는 날아가 산등성에 떨어지고 산등성은 마치 낙타의 허리 처럼 움푹 패어졌다.

그 이후 이 남매의 비운에 쌓인 전설이 세월의 흐름을 따라 전해 내려는가 하면 아미산의 산등이 굽은 것을 가리켜 아미산 움펑다리라고 후대 사람들은 말하고 있다.

나라를 위해 목숨을 바친 미녀

● 동양 여성으로 자기 몸을 희생시켜
나라를 구한 여인은 많았으나 왕소군 만큼
나라를 사랑한 여인은 없었다. ●

"소군!"

격정을 담은 숨찬 목소리가 정적을 깨뜨리자, 촛불아래서 비파를 어루만지던 여인의 머리가 튀어오르듯 들리었다. 순간 눈물에 젖은 눈이 점점 커짐과 동시에 여인은 벌떡 일어섰다. 그 바람에 비파가 요란한 소리를 내며 방바닥에 떨어져 줄 하나가 끊겼다. 그러나 여인은 아랑곳 없이 소리나는 쪽을 향해 엎어질 듯 내달았다. 어둠 속에서 활달하게 생긴 청년이 불쑥몸을 드러 내놓았다.

여인은 흐느끼며 사나이의 실팍한 가슴에 넘어지듯 안긴다.

하나, 오래지 않아 여인은 그 청년의 든든한 가슴에서 물러나, 몸을 떨며 사나이에게 애원하기 시작했다.

"옥랑! 어찌 예까지 오셨어요? 위험해요. 돌아가 주세요. 제발!"

"물러갈 수 없오. 나를 남겨두고 떠나다니! 절대로 소군을 빼앗기지 않겠오."

옥랑(玉郎)이라 불리운 사나이는 완강하게 버티었다. 그의 눈은 여인의 몸둥이를 태울 듯 맹렬히 이글거린다.

"아! 잘 아시면서……. 저라고 옥랑 곁을 떠나고 싶겠어요? 황제의 명령인 걸 어떻게 해요?"

"쳇, 황제! 황제가 뭡니까? 소군, 도망칩시다. 그 늙은이 생각만 해도 무섭소. 자, 저기 말을 준비해 놓았으니 어서 갑시다!"

옥랑은 여인의 손을 덥석 쥐며 달릴 자세를 취했다.

"하하, 도망을 가? 어디로? 고얀 것들!"

느닷없는 웃음소리와 호령에 두 젊은이의 몸은 뻣뻣이 굳어졌다. 어느틈에 들어왔는지 눈이 작고 노란 턱수염이 오소소한 사십대의 사나이가 일그러진 웃음을 흘리며 문앞에 서있다.

"여봐라! 저 무례한 놈을 끌어내라!"

병졸 서넛이 어둠 속에서 우루루 달려나와 익숙한 동작으로 옥랑의 팔을 나꾸어 챘다.

"아, 모 대인님, 용서해 주세요. 저이는 제 오라버니예요. 한 번만 용서해 주시면 꼭 보답하겠어요."

옥랑이 병졸한테 둘러싸여 옴짝을 못하자, 여인은 명령을 내리는 사나이 앞에 무릎을 꿇고 애걸했다.

"오라비? 하하, 청렴결백한 왕소군 아가씨가 거짓말을 하다니! 그 발칙한 놈을 수레 뒤에다 쳐넣어 버려라!"

왕소군(王昭君)은 방바닥에 몸을 내던지고 몸부림치며 사나이들의 멀어지는 발자국 소리를 들었다. 꼭 가슴을 짓밟힌 것처럼 그는 숨을 쉬지 못했다.

소군은 호북성(湖北省) 귀주(貴州)에서 동북으로 백리쯤 떨어진, 조그만 촌읍에 사는 왕양(王養)의 딸이었다. 지금 황제의 부름을 받아 장안(長安)을 향해 고향을 떠난지 이틀째의 밤이었다.

소군은 옥랑과 장래를 약속한 사이었으나 그와의 약속을 고집하기에는 황제의 명령이 너무나 엄했다. 소군은 터질 듯한 가슴을 억누르며 옥랑에게 떠난다는 얘기조차 전하지 않고, 부모와 마을을 등지고 나섰던 것이다.

일행을 인솔하고 있는 사나이는 황제에게 미인의 화상을 그려 바쳐 신임을 얻고 있는 중대부 모연수(毛延壽)였다.

모연수는 소군의 방을 나와 집 귀퉁이에 있는 다른 방으로 들어갔다.

"어마! 모 대인님, 무슨 색다른 일이 있었어요?"

모란꽃처럼 풍만한 여인이 호들갑을 떨며 달려 나온다.

"괘씸한 것들. 옥랑인가 하는 녀석이 왕 소군의 방에 들어와서 괘씸한 수작을 부리기에 잡아 냈지."

"어머나! 옥랑이가 소군 언니의 방에? 흥! 그런 놈은 단단히 혼을 내 주어야 해요."

이 여인은 소군과 한 동네에서 온 방취미란 여자다. 취미는 옥랑을 사랑했지만 옥랑은 소군을 사랑해서 거들떠 보지도 않았다.

"허, 아가씨가 좋아할 줄 알았더라면 이 방으로 끌어올 걸 그랬지. 하하, 그건 그렇고, 자 취미 아가씨 그림에 마지막 손질을 해야겠소. 내일이면 폐하 궁전에 닿게 되니까."

취미는 연수의 말을 듣자 얼굴 표정을 고치며 허리춤에서 묵직한 전대를 꺼냈다.

"모 대인님, 이건 얼마 되지는 않지만 받아두세요. 호호호, 너무

애를 써주시는데 변변찮지만……."

전대를 보자 모연수는 입이 떡 벌어졌다.

"뭣을 또 이러오? 하하, 아가씨의 소망은 틀림없이 이루어 질테니 염려 말래두——"

"오호, 과연 미인이오. 오십 평생에 내가 바라던 미인을 이제야 발견했오. 중대부 수고하였어오. 상으로 비단 백 필과 돈 천 냥을 내리겠오."

원제(元帝)는 왕소군의 화상을 들고 기뻐서 어쩔 줄을 모른다.

원제는 유방(劉邦)이 진나라를 멸망시키고 세운 한(漢)의 제 8대 임금. 나라가 태평하고 보니 제왕의 나날은 안일의 연속. 그러자니 권태와 무료도 .따라 그는 향락으로 날을 지샌다. 향락 중에서는 여인을 뺄 수 없는것. 해마다 방방곡곡에서 모아들인 여인이 3천이 넘건만 원제의 엽색행각은 그칠 줄을 몰랐다.

황제가 왕소군의 그림에 흡족한 모습을 짓자 모연수의 얼굴에는 낭패하는 기색이 짙어 간다.

"폐하, 너무 성급히 서두르지 마십시오. 신이 보매, 왕소군은 과연 절세이기는 하오나 한 가지 흠이 있더이다."

"어디? 오, 눈 밑에 있는 사마귀 말이오? 그것 쯤이야 옥에도 티가 있거늘 흠이라고 할 수 있겠오?"

"허지만 여인의 눈 밑에 있는 사마귀는 옛부터 횡액을 뜻하는 것이라서 심히 꺼려되옵니다. 눈 밑에 사마귀가 있는 여인은 특히 상부(喪 夫)할 팔자를 타고 났다 하여 몹시 꺼리고 있사옵니다."

"뭐? 상부? 쯧쯧⋯⋯."

황제는 상을 찌푸리고 혀를 찼다.

왕소군이 아무리 미인이라 하더라도 그 여인 때문에 자신이 죽을지도 모른다고 생각하니 입맛이 썼다. 모연수는 안색이 변함을 보고 음흉한 미소를 지었다. 그는 더욱 공손한 태도로

"이 쪽 방취미를 보십시오. 왕소군보다 못하다고 하나 보름달 같이 훤하지 않사옵니까? 이 여인은 폐하가 만수무강할 상이옵니다."

"허허, 모대인은 그림만 잘 그리는 줄 알았더니 관상까지 잘보는구료. 그렇다면 할 수 없지. 방취미를 귀비로 택하겠으니, 왕소군은 제 애비에게 돌려 보내시오."

소군은 외진 궁정의 한 방에서 비파를 뜯고 있었다. 철들고 나서는 하루라도 손대지 않은 날이 없는 비파, 끊어진 줄을 다시 매고 음을 고루어 보았다. 좋다, 익숙하게 움직이는 매끈한 손 끝에서 애달프고 아름다운 선율이 안개처럼 피어나 방 안을 가득 채우고 넘쳐 문틈으로 흘러나간다.

소군의 볼 위에는 어느새 두 줄기 눈물이 타고 내렸다. 옥랑은 어찌 되었을까? 부모님은 안녕하실까⋯⋯?

'옥랑, 모진 고생을 하고 있지는 않은지요? 이렇게 된 것은 운명. 조금만 참아 주세요. 황제를 뵈면 옥랑을 구해 내겠어요. 기필코, 꼭.'

탕! 감정의 격해지므로 비파의 선율은 끊기고 말았다.

어깨를 들먹이며 소군은 울고 있었다. 그 때 소군의 머리를

258

쓰다듬는 거친 손길이 있었다.

소군은 소스라쳐, 머리를 들었다. 대번에 그의 눈은 싸늘하게 빛났다. 일어섰다. 비파를 끌어안고 뒷걸음질을 쳤다. 소군의 아름다운 얼굴이 혐오와 조소로 일그러져 갔다.

"소군! 언제까지나 그럴 수는 없을 거요. 나도 남자요. 이 모연수의 아내가 되면 황비 못지않게 호사를 시켜줄테요. 자 그 아름다운 얼굴을 풀고 내 품으로 들어오오."

"이 무례하고 철면피한! 나는 비가 될 몸. 그러면 그대가 어떤 벌을 받을지 설마 모르지는 않을 것이오."

"뭐, 황비? 아, 하하핫! 소군! 그대를 늙은 황제에게 주기는 사실 너무 아까와서 방취미를 대신 보냈소. 자 이래도 내 말을 거역하겠오?"

"취미를?"

"뭘 그리 놀라시오? 그렇소. 취미가 황비의 자리를 천 냥으로 산 거요. 천 냥이면 싼값이지. 하하핫! 그대는 대신 이 모 연수가 아껴주겠소. 내가 황제보다 그대를 사랑하는 데는 더 적합할 거요. 어떻소? 자!"

소군의 눈길이 무섭게 이지러지는 것을 모연수는 보지 못했다. 사나이는 솟아오르는 욕정에 휘말려 여인에게로 접근하며 난폭하게 포옹하려 했다.

소군은 입을 악물고 오른 손을 들어 사나이의 상기된 얼굴을 내리훑었다.

"앗!"

모연수는 볼을 움켜쥐고 비명을 지르며 물러났다.

소군은 잽싸게 몸을 날려 반대편 구석으로 달려가 비파를 높이 든다. 여차하면 칠 태세다.

"요 앙큼한 년! 두고 봐라. 네가 그렇게 나오면 나도 생각이 있다. 이 모연수가 어떤 사람인가를 안다면 네가 감히 이런 짓은 엄두도 못낼 것이다!"

모연수는 오만상을 지푸리고 소군을 노려보다가 문을 꽝 닫고 나가버렸다.

"아! 옥랑, 옥랑!"

소군은 비파를 안고 그 자리에 주저앉아 끝없이 울었다.

방취미가 서궁(西宮)에 들어앉은 지 일년하고도 반년이 흘러 칠 월 대보름이 되었다. 그동안 황제는 새 비의 풍만한 육체에 빠져 서궁에서 꼼짝 을 안했다. 그래도 임황후(林皇后)는 아무 말도 않고 보고만 있었다. 자기가 아이를 못낳은 죄의식도 있어서였지만, 황후의 성품은 워낙 어질었다.

중원절, 달에 비친 정원을 내다 보노라니 외로움이 일시에 밀어 닥쳐 견딜 수가 없었다.

임왕후는 시녀를 불렀다.

"등을 밝혀라. 달도 밝고 하니 후원을 거닐겠다."

모든 것에서 벌써 가을 냄새가 났다. 머지않아 겨울이 되리라.

나이를 더 먹는 것이 원통하지는 않았지만 그저 무상한 세월을 생각하니 비감한 마음이 들었다.

임왕후는 시녀들을 데리고 후원 끝에 닿았다. 언제나 여기가 종착점 이었다. 그 이상을 나가본 적이 없는 그들이었다. 그것을 알고 있는 시녀들이라 돌아섰다.

"애들아, 오늘은 저 쪽으로 더 가보고 싶구나!"

임 황후의 제안은 시녀들을 놀라게 했다.

"황후마마, 안되옵니다. 그 곳은 외진 곳, 가실 곳이 아니옵니다."

"뭐 어떨라구. 내 어떤 사람들이 그 곳에 있는지 가보리라."

임황후는 굳이 우겼다.

정말 어수선하고 황량한 풍경이 나왔다.

임황후는 삼십 년을 궁에서 살아오면서도 이런 곳을 여태 몰랐던 자기가 몽매하다고 생각되었다.

그 때 어디로부터인가 처량한 비파 소리가 들려왔다.

임황후는 걸음을 멈추었다. 가만히 듣노라니 노랫소리까지 섞였다. 여인의 수심겨운 아름다운 음성이다.

"원통한 소군,

그 원한 어이 다하리오.

궁에는 간적이 나고

궐에는 어지러운 임금이 있어

티끌 한 점 없는 이 내 고운 얼굴에

검은 사마귀를 그려넣어

한 평생을 헛되이 시들게 하니.

원통한 소군,

그 원한 어이 다하리오."

황제를 원망하는 내용이었으나 임황후는 노여움이 동하지 않았다. 그 목소리가 너무도 구슬퍼서 였다.

임황후는 끌리는 듯 비파소리를 따라 걸었다. 시녀들이 귀신인지 모르니 가지 말라고 말렸으나 임황후는 듣지 않았다. 침묵을 깨뜨리고 들려오는 그 소리는 사실 지상의 것 같지 않았다.

희미한 불빛이 투박한 쇠창살 사이로 새어나오는 방에서 노래소리와 비파의 음률이 들려 왔다. 문은 굳게 닫히고 커다란 열쇠가 걸려 있을 뿐 아니라 한 병사가 그 앞에서 졸고 있었다. 시녀가 흔들자 그는 깜짝 놀라 튀어 일어났다.

"이 속에는 누가 있느냐?"

"예, 왕양의 딸 소군이 모대인을 음해한 죄로 갇혀 있사옵니다."

"그래? 문을 열어라. 나는 임황후다."

이윽고 갸냘픈 여인이 눈이 부신 듯 눈을 껌벅이며 고통스런 발걸음으로 밖으로 나온다. 얼마 동안이나 손을 안댔는지 머리는 헝클어져 있고, 얼굴은 수척했으나, 그 여인의 모습은 달이 빛을 잃을 만큼 아름다왔다. 임황후는 같은 여인이면서도 그 여인이 너무 아름다와 잠시 얼이 빠지는 듯 했다.

"황후이시다. 무릎을 꿇어라."

그러자 여인은 황급히 꿇어앉아 절을 한다.

"네 누구인데 이런 곳에서 감히 황제마마를 원망하는 노래를 부르고 있느냐?"

"불충한 몸 죄를 내리시옵소서. 소녀는 어명을 받들어 작년 4월에 입궐했사오나, 억울히 여기 갇히는 몸이 되었사옵니다."

소군은 자초지종을 임황후에게 다 이야기해 주었다. 소군의 말을 듣고 나니 임황후는 아찔했다. 악독한 모연수. 얼마나 많은 여인을 이런 방법으로 울렸을까? 그런 신하를 신임하는 남편 원제가 미워졌다. 백성들이 어떻게 고통 당하는지는 살필 생각을 않고 밤낮을 가리지 않고 후궁에만 박혀 지내는 어리석고 우둔한 임금.

"안됐구나. 소군, 내 너를 며칠 안으로 구해 줄 터이니 조금만 더 고생해라. 애들아, 가자."

그길로 임황후는 생전 처음 원제를 찾아 서궁으로 향했다.

소군은 어둡고 눅눅한 방으로 들어가 딱딱한 나무침대 위에 쓰러졌다. 하도 울어서 이제는 눈물도 나지 않았다. 일년 반이라는 세월은 영어의 몸이 된 열 일곱의 소군에게는 백년만큼이나 길었다. 옥랑의 환영과 비파가없었던들 소군은 견뎌내지 못하였을 것이다.

이제야 억울함에서 벗어나 원수를 갚을 수 있을 지도 모른다. 속이 후련하다. 그러나 기쁜마음이 들지 않는 것은 무슨 이유일까? 상감 앞에 불려가면, 지금의 생활에서 더 아름답게 느껴지는 옥랑의 모습이 그나마 깨어질 것이 두렵기 때문일까?

소군이 착잡한 생각에 얼켜 있을 즈음 옥문 밖에서 인기척이 났다. 임황후의 목소리도 섞여 있다. 소군은 그리도 빨리 오리라고 기대하지 않았던 만큼 당황했다.

"여봐라, 어서 왕소군을 불러 내오너라."

황제는 문지기를 재촉했다.

소군이 달빛 아래로 나왔다. 눈 밑에 사마귀는 커녕 티 한점 없는 옥같이 하얀 얼굴이 연꽃처럼 선명히 떠올랐다.

황제는 놀랐다.

"네가 정말 왕소군이냐? 너의 화상에는 눈 밑에 사마귀가 있기로 내가 고향에 돌려보내라고 분명히 일렀는데 여기 갇혀 있다니 어찌된 일이냐?"

"이건 모연수와 서궁의 간계인가 하오이다."

임황후는 황제가 놀라는 것을 보고 속히 시원했다.

황제는 뚫어져라 하고 소군의 얼굴을 응시하며,

"음! 모연수, 이 천하에 간악한 놈. 당장 능지에 처할 테다. 소군, 이 어여쁜 얼굴을 감히 그놈이……."

황제는 분을 참지 못하여 몸을 떨며 호통을 쳤다.

"상감, 왕소저를 무단히 고생시켰으니 그 원한을 풀어 줌이 옳은 줄로 생각되옵니다."

"후의 말이 옳소. 내가 어두웠었소. 자, 왕소군 네 소원이 무엇이냐?"

소군은 황제의 부드러운 음성을 듣고, 땅에 엎드려 눈물을 흘리며 아뢴다.

"황공하옵니다. 소녀가 감히 소원을 아뢰올 수 있사오리까마는 황은을 내리옵시어 소녀의 원수를 갚아 주시옵고 옥랑을 구하여 주시옵소서."

"모연수는 내가 내일 해뜨기 전에 군사를 보내어 참할 것이니 그것은 염려 말라. 한데 옥랑이란 누구냐?"

"황은이 망극하오이다. 옥랑은 소녀의 먼 친척이온데 모대인이 무고히 잡아 가둔 줄로 아옵니다. 그를 사하여 주시옵소서."

소군은 옥랑을 약혼한 사이라고는 말하지 않았다. 황제의 투기에서 그를 구하기 위해서였다.

"호, 그래? 내가 명을 내려 중직을 맡기리라."

임황후는 소군을 중전으로 데리고 가서 단장을 시켰다.

소군은 자기의 운명에 복종하기로 다시한번 마음을 정했다. 여기 들어와 황제의 눈에 뜨인 이상 어찌 옛정에 사로잡혀 있을 수 있으랴. 옥랑, 부디 행복 하시옵소서!

이튿날 새벽에 친위대(親衛隊)는 모연수의 집을 급습했다. 모연수의 집안은 순식간에 피비린내와 비명으로 아수라장이 되었다. 모연수의 집안에 있던 사람들은 하나도 남김 없이 모두 참수되었다.

대장은 원제에게 보일 모연수의 머리를 찾으라고 명령했다. 그러나 아무리 시체를 점검 해도 장본인의 머리는 보이지가 않았다.

대장은 놀라서, 도망친 흔적이라도 찾아내라고 병졸을 다그쳤다. 샅샅이 뒤진 결과 북쪽 정원담에 뚫어진 개구멍으로 도망친 것이 판명되었다.

원제는 모연수의 목에 천 냥의 상금을 걸고 군사들을 풀어 장안을 물색케 했다. 그래도 모연수의 행방은 묘연했다.

"모연수 놈을 잡아 능지를 못시켜 면목이 없오. 하지만 옥랑의 거처 는 알만하오. 그에게 어떤 자리를 주면 가하겠오?"

어느 날 원제는 왕소군에게 이런 말을 했다.

"자취를 감춘 자를 어찌 참하오리까? 모연수도 그쯤하면 다시는 세상에 얼굴을 못 내놓을 것이오니 이제는 군사를 거두옵소서. 옥랑은 다행히 무고하니 고향으로 돌려보내면 모두 기뻐할 것이옵니다."

소군은 옥랑이 절대로 벼슬을 살지 않을 것을 알고 있으므로
한 말이었다.

"그대는 얼굴 뿐만 아니라 마음도 또한 비단결 같소 그려."

황제는 소군의 탐욕없는 마음을 보고 사랑하는 마음이 더했
다.

황제가 소군을 총애하는 것은 지극했다. 소군의 말이라면 하늘
의 별을 딸 지경이었다. 그러나 소군은 그 총애를 이용하여 혼군
을 만들지는 않았다. 오히려 그 반대였다. 황제에게 간하여 우선
중대부를 없애게 했다.

자기의 경험으로 해마다 끌려오는 여인들의 슬픔을 너무도
잘 알기 때문이었다. 조정의 일도 정규적으로 돌보게 했다. 궁안에
는 질서가 잡히고 백성들은 황은을 감사하기에 이르렀다.

이렇게 되자 방취미는 하루 아침에 황제의 총애를 잃고 질투
때문에 스스로 목을 맸다. 소군은 그런 취미를 불쌍히 여겼다.
모든 것은 제 자리를 얻고 안정되어 갔다. 소군도 옛상처를 잊고
현위치에서 마음의 안식을 찾기에 이르렀다.

이런 평화가 일년이 채 못되어 무너질 줄을 누가 예측했으랴.

삼월 어느 날이었다.

땀과 먼지에 젖은 인마가 장안 대로를 질주하여 궁문 앞에 이르
러 황제에게 배알을 청했다. 그는 변방을 지키는 장군에게서 온
전령이었다. 얼마나 급히 휘몰아 왔던지 황제 앞에 엎드려서도
숨이 가빠 한참동안 말을 못했다.

"폐하, 만수무강 하옵소서. 다름이 아니오라 흉노(胸奴)의 괴수

선우(單于)가 군사 십만을 국경에 집결시키고 우리 한나라의 국토를 넘겨보며 무엄하게도 요구조건을 내걸고 있사옵니다."

"뭐? 흉노가 군사를 집결시켰다구?"

황제는 금시 안색을 달리하며 반문한다. 그것은 청천벽력이었다.

"예! 아뢰옵기 황송하오나, 오랑캐들은 한 달 기한으로 미인 왕 소군을 보내주면 물러날 것이로되 그렇지 않으면 군사를 출동하겠다 하옵니다."

"왕소군을?"

들을수록 놀라운 말만 나와 황제는 기절할 지경이었다.

"그놈들이 왕비의 이름을 어찌 알아내고 그런다더냐?"

"예! 불충막심한 한인 모연수가 미인도를 가져가서 보이고 천하에 다시 못찾을 미인이라고 애기했다 하옵니다."

"에잇, 간악무도한 그놈이! 그놈이!"

황제는 너무도 분이 치밀어 말을 맺지 못했다.

허나, 아무리 역정을 내도 불은 이미 발등에 떨어져 있었다.

흉노는 북쪽에 있는 야만족으로 한족 역대의 골치덩이었다. 진시왕은 그들을 막기 위하여 만리장성을 쌓았고, 한무제 유방은 그들에게 소위 화번공주를 시집보내어 화를 방비했다. 그들은 용맹하여 싸움을 일으키면 죽음을 두려워 하지 않는다.

황제는 급히 대신들을 불러 대책을 숙의했다. 대신들은 감히 말을 못했으나 그들의 요구를 들어주어 싸움을 피했으면 하는 눈치를 보였다.

황제는 대노했다.

"나의 비를 오랑캐한테 욕보여야 대신들의 직성이 풀리겠단 말이요?"

이런 힐책에 대신들은 머리를 수그리고 황송해할 뿐 뾰족한 묘책을 내놓는 사람이 없었다.

황제는 침울히 소군의 방에 들어섰다. 황제는 소군의 얼굴을 마주보지 못하고 그저 깊은 한숨만 내뿜었다.

그 소문은 단번에 궁내에 쫙 퍼져 소군도 이미 알고 있었다.

"폐하께서는 뭘 그리 침울해 하시옵니까? 이때까지 소녀는 너무나 큰 황은을 입어 왔사옵니다. 만백성들을 생각하면 소녀의 목숨 하나 쯤 그리 대수롭사오리까? 이 몸 하나로 국가가 태평하고 백성들이 안락하면 여기서 더 바랄 것이 무엇이 있겠사옵니까? 소녀는 이미 결심하였사오니 저들에게 알려 군사를 거두게 하시옵소서."

"안되오. 그렇게는 못하오. 어찌 그대를 금수 같은 오랑캐에게 넘겨주겠소? 안되오. 내게 한가지 계교가 떠올랐소. 그대 대신 다른 여인 열을 보내면 싫다할까? 그대는 조금도 걱정 마오!"

"그건 부당하옵니다. 소녀 하나 때문에 무고한 여인들을 따로 고생시켜서도 되지 않겠지만, 저 고집센 흉노들이 순순히 응할 리가 없사옵니다."

"쓸데 없는 걱정. 그대는 나의 보배, 나의 목숨이오. 어떻게 하든지 그대를 내놓지 않도록 할테니 이 일에는 다시 참견 마오. 내가 알아서 처리하겠오."

소군은 황제의 말이 고마와 그 품에 몸을 내던지고 눈물을 흘렸다. 말로는 자기가 가겠다고 했지만, 그것은 죽음보다 더 슬픈

굴욕을 감수해야하는 행위가 아닌가?

홍노는 왕소군이 말한 대로 황제의 제안을 그 자리에서 거절했다. 어떤 여인도 싫고 꼭 왕소군이라야만 한다는 것이었다. 당장황진을 휘몰고 장안으로 달려들 기세로 거듭 재촉했다.

황제는 상심하다가 병상에 눕고 말았다. 몇 년을 내리 태평하게지낸 한(漢)에는 홍노와 맞서 겨룰 만한 군비도 용기도 없다는것을 잘 알기 때문이었다.

홍노의 사신은 원제의 병상에 붙어앉아 어거지를 써댔다.

심화로 황제의 병은 날로 악화되어 갔다.

왕소군은 결심했다. 억울하고, 원통하고, 치욕적인 일임에 틀림없으나 국가존망의 위험을 좌시할 수가 없었다. 또 하나, 소군이기꺼이 결심한 이유는 원수를 갚기 위해서였다. 모연수, 갈아 마셔도 분이 풀릴 것같지 않았다. 흉노에게 가거든 꼭 그놈을 잡아문죄하리라.

소군이 떠나는 날 궁안은 물론 장안시내는 울음바다가 되었다. 아름답고 현명하여 나라의 자랑인 왕소군을 그들의 원수 오랑캐에게 빼앗기는 슬픔에서였다.

소군은 영특하여 울음을 안으로 삼키고 태연히 수레에 올랐다. 그 무릎에는 비극을 상징하듯 비파가 놓여 있었다.

황제는 병석에서 일어나 임황후의 부축을 받으며 배웅을 나왔다. 이별의 슬픔 때문에 황제의 몰골은 말이 아니었다.

복문 밖에 당도해서였다. 한 젊은 사나이가 급히 말을 타고황제 앞에 가까이 가려고 했다. 친위대가 제지하는 것을 마침황제가 보고 불러들였다.

"소생은 황옥랑이옵니다. 지금 왕비께서 흉노의 나라로 가신단 말을 듣고 달려 왔사옵니다. 폐하, 소생이 수행하여 수레를 호위 하겠사옵니 다. 폐하, 물리치지 마시옵소서."

그는 정말 황옥랑이었다. 지난 날 소군을 찾아갔다가 모연수에 게 잡혀 옥고를 치른 후 일단 고향에 내려갔으나 장가를 들지 않고 있었다. 날마다 밤마다 왕소군의 모습을 가슴에 안고 지내다 가 그가 북쪽으로 떠난다는 소문을 듣고 가만히 있을 수가 없어 달려왔던 것이다.

원제는 옥랑의 이름을 기억하고 있지 않았으나 거절하지 않았 다.

황옥랑은 왕소군의 수레로 다가가서 목묵히 따랐다. 당장 이름 이라도 부르고 싶었으나 아직 주위에는 눈이 너무 많았다. 소군은 자기 슬픔에 젖어 있어 옥랑의 존재를 눈치채지 못했다. 그렇게 나아가는 동안에 산등을 넘었다. 여기서 황제는 돌아가야 했다.

머뭇거리는 황제에게 소군은 먼저 하직을 고한다.

"폐하, 황후마마, 내내 만수무강 하시옵소서!"

아무리 결별이 서러워도 피할 수는 없었다. 시간을 끌수록 괴로 움만 늘 뿐인 것이다. 소군은 입술을 깨물었다. 이제는 돌아보아야 장안은 보이지 않았다.

소군은 고뇌를 덜기 위해 비파를 탔다. 비파소리는 훈훈한 봄바 람에 실려 온 누리에 잔잔히 퍼졌다. 우아하고 처량한 그 소리를 듣고 모두 눈물을 머금었다. 하늘도 통곡하는지 구름이 모여 해를 가렸다.

옥랑은 비파소리를 듣고 즐겁던 날의 회상에 잠겼다.

소군의 집 뒤를 흐르는 개울에서 그들은 곧잘 놀았다. 징검다리 위에서 소군을 붙들고 물에 빠뜨릴 것같이 흔들어대면 소군은 질겁을 하여,

"어마나! 옥랑! 옥랑! 이러지 말아요. 정 그러면 복숭아 주지 않을 테야요."

옥랑은 소군의 집에 있는 복숭아를 무척 즐겼다.

"아무리 그래도 내가 제일 먼저 먹게 될 걸!"

하며 더욱 세차게 흔들다가는 놓는다. 그러고 난 다음의 상기된 소군의 얼굴을 보기 위해서였다.

비파소리가 격렬해지더니 갑자기 뚝 멎는다. 옥랑은 더 견딜 수 없어 소군의 이름을 나직히 불렀다.

소군은 머리를 비파에 얹고 있다가 자기의 귀를 의심하는 듯 천천히눈을 들었다.

"앗!"

소군은 환성만 질렀다. 눈은 기쁨을 담고 미칠 듯이 움직였다. 그러나 그 반가움은 가슴을 찢는 회오로 돌변하여 견딜 수 없게 억죄였다. 소군은 고개를 흔들며 부르짖었다.

"가세요. 옛날 옥랑의 소군은 죽었어요. 제발 떠나 주세요. 저에게 수치감을 더해 주기 위해서 오시나요? 아! 저를 생각하는 마음이 있으면 제 앞에 두번 다시 나타나지 말아 주세요!"

"무슨 그런 말을 하오? 나는 자청했오. 소군을 호위하여 흉노의 나라에 가겠노라고. 소군이 괴로와 한다면 눈에 띄지 않는 데서 소군을 지키겠소."

비파소리가 끊겼다. 들렸다, 끊겼다, 들렸다…….

음산(陰山)을 돌아드니 국경이었다.

호안야 선우(呼韓耶單于)는 야만인 답게 우악스런 모습의 오십 대 사내였다. 그는 왕소군을 보자 너무도 좋아서 무릎을 꿇고 절을 했다. 즉시로 군사들의 집결을 해제했다. 서둘러 자기네 나라로 소군을 데려갈 채비를 차렸다. 그러나 소군은 국경에서 한 발짝도 움직이려 하지 않았다. 당황한 선우는 빌면서 그 이유를 물었다.

"소녀에게 세 가지 소원이 있사온데 그것을 들어 주겠다고 약속하시면 대왕을 따르겠나이다."

"그대의 소원이라면 세 가지 아니라 백 가지라도 들어 주겠오. 기탄 없이 말해보오."

"첫째, 이 후로는 절대로 한나라 국경을 군사를 몰고 넘지 말 것은 물론 화번공주제도를 철폐해 주실 것, 둘째는 해마다 한 나라에 조공을 바쳐 주실 것, 마지막 소원은 이리로 도망온 한인 모연수를 당장 처벌해 주시는 것이야요."

"맹세하오. 그대의 세 가지 소원을 틀림 없이 이행하겠오."

선우는, 부하 장수들이 소군의 무리한 요구를 물리치라고 간하는 것도 듣지 않고 맹세의 표로 차고 있던 값진 보검을 두 동강 내어 멀리 던졌다.

군사 속에 숨어 있던 모연수는 당장 목이 달아났다.

흉노가 사는 산야는 거칠었다. 기후도 판이하게 달랐다. 가도 가도 눈에 들어오는 것은 황무지와 누런 모래펄. 바람이 세어 황진이 눈 앞을 어지럽혔다.

소군은 비파도 타지 않았다. 맑던 눈은 피로와 슬픔 때문에 흐려졌지만 자세를 흐트리지는 않았다. 묵묵히 뒤따르는 옥랑이 있어서였는 지도 모른다. 드디어 흉노의 서울. 낯선 이방인들이 왕소군을 보려고 길거리에 무리을 이루었다. 귀에 거슬리는 타국의 말씨. 소군은 미칠 것 같았다.

궁전 마당에는 왕소군을 맞는 화롯불이 하늘 높이 올랐다.

무서운 밤이 돌아왔다. 떠들썩하고 거친 주연도 파한 후 선우는 빙글거리며 소군에게 가까이 왔다.

"너무 상심하지 마오. 내 그대를 기쁘게 해 드리리다. 우리 나라도 살다보면 좋은 점이 많다오. 그대도 머잖아 정이 들 거요."

선우는 위로의 말을 하며 소군의 등에 우악스런 손을 슬며시 올려 놓았다. 그러자 소군은 갑자기 불에 덴 듯이 몸을 비꼬며 비명을 질렀다.

"아앗! 아이구……."

얼굴이 하얗게 질리는 것이 금방 숨이 넘어갈 것 같다. 선우는 당황했다. 그때 누가 뛰어들었다. 황옥랑이었다. 옥랑은 소군의 비명이 무엇을 뜻하는지 알았다. 눈시울이 시큰한 것을 참고 곧 선우에게 자기는 의술도 지녔노라고 말하며 진맥을 하는 척했다.

소군의 비명은 진정되지 않았다.

"대왕님, 황비의 몸이 무척 허약해졌습니다. 며칠 안정을 하셔야겠습니다."

"먼 길을 오느라 몹시 피곤해서 그런게로구먼. 내가 그 생각을 미처 못했오. 시녀를 부를 테니 잘 조리하도록 하오."

선우는 뒷머리를 긁으며 물러갔다. 그제야 소군의 비명도 가라 앉았다.

며칠 후에 또 선우가 들어왔다. 손을 대자 왕소군은 이번에도 또 금방 숨이 넘어가는 시늉을 했다. 그 며칠 후에도 또…….

그런 어느 날 옥랑은 소군에게 같이 도망칠 것을 제안했다. 허나, 소군은 고개를 흔들었다.

"명색이 화친을 내걸고 왔는데, 피하며 선우가 가만있지 않을 거예요. 한나라가 오랑캐의 발아래 짓밟히는 것을 제 몸으로 막아낼 수만 있다면 어찌 이만 고생을 마다 하겠어요."

"그러나, 이런 계교가 언제든지 계속될 것같소? 종당엔 발각이 되고말 일이요."

"아니, 제게 좋은 생각이 있어요. 선우은 용맹하나 단순한 위인 이어서 별탈 없을 거예요. 저보다 옥랑께서 무단히 고생을 하시 니 보기 민망스러워요. 선우께 말씀드려 돌아가도록 하세요."

"아니요. 나는 소군이 여기 있는 한 언제까지고 그냥 여기에 머무르겠오."

옥랑은 나갔다. 소군은 그 뒷모습을 물끄러미 보고 회한에 잠겼 다. 그러나 모든 것은 다 운명, 이제 어찌 할 수 있단 말인가? 슬그 머니 원제가 미워졌다. 허지만 소군은 그 감정도 털어버렸다. 누구 를 원망할 것도 없는 것이다.

어느 날 선우가 심히 초조한 안색을 하고 들렀을 때 소군은 눈물을 흘리며 호소했다.

"대왕, 이런 말씀은 차마 아뢰기 괴로와 여태까지 미루어 왔습 니다만 이제는 못견디겠어요? 이 일을 어떡하면 좋겠어요? 하늘은 소녀에게 평생 과부로 늙으라고 명령하지 않겠어요?

전생에 죄를 많이 지었대요. 그래서 내리는 벌로, 소녀 몸에
남자의 손이 닿기만 하면 오장을 도려내는 아픔이 생깁니다.
거짓말 같으나 사실이니 이를 어쩌면 좋겠어요? 그 죄에서풀려
날 방법이 전연 없는 것도 아닙니디만 아주 어려워요."

선우는 소군의 말을 듣고 절망에 **빠졌다**가 방법이 있다는 말에
눈이 번쩍 뜨이는 모양이었다.

"풀려날 방법이 뭐요? 말해보오."

선우는 정직하게 소군의 말을 믿고 재촉했다. 이런 선우의 모습
을 보니 소군은 자기의 마음이 약해짐을 느꼈다. 내가 호녀(湖
女)로 태어났던들 이 남자를 얼마나 기쁘게 해줄 수 있었을까.
그러나 소군 자기는 한녀(漢女)였다.

"황공하옵니다. 그 방법은 다른게 아니라 한수(漢水)에 다리를
놓고 그 위에서 분향재배하면 깨끗이 그 허물을 벗을 수 있다
하더이다."

"그게 뭐 어려운 일이오. 내일 당장 일을 착수하겠오."

아름다운 여인을 옆에 두고도 그림의 떡같이 보고만 있어야
하는 판에 선우는 이성을 잃고 있었다.

이튿날 선우는 한수에 다리를 놓으라고 명령했다. 신하들은
대경질색하여,

"대왕, 잘 생각하시옵소서. 한수는 강폭이 넓어 다리를 놓으려
면 국고를 탕진하게 되고 백성의 원성을 생각하시옵소서. 명령
을 거두어 주십시오."

"경들은 여러 말 말고 명령에 복종하시오. 거역하면 반역죄로
처단하겠오."

선우의 강경한 태도에 신하들은 더 이상 맞서지 못했다. 일은 시작되었다. 선우는 조급하여 매일 공사 현장에 나가 시찰을 하고 독촉을 했다.

간신히 다리를 강 위에 걸치는 데 여섯 달이 걸렸다. 그 다리는 바람만 좀 세게 불어도 무너질 듯이 흔들렸다. 그러나 선우는 만족했다. 소군이 분향만 올리면 그 용도가 끝나도 좋았기 때문이다.

소군이 제사를 지내는 날, 강변에는 성대한 잔치가 벌어졌다.

소군은 하얀 비단옷을 입고 거울에 비쳐본다. 식음을 전폐하다시피 했는데도 아직 고왔다. 소군은 그런 자기 얼굴을 보고 탄식했다. 네 얼굴이 이만큼 아름다우니 시기하는 사람들이 많아 신세를 망쳤구나.

강변은 바람이 세었다. 모래가 흩날리고 강물이 튀었다.

선우는 드디어 소군을 안을 수 있게 되는구나 싶어 연신 술잔을 기울이며 웃고 있었다. 소군은 향을 들고 다리 위로 성큼 올라섰다. 옷자락과 머리칼이 마구 나부낀다. 가운데로 가운데로 발을 옮겨나갔다. 바람이 점점 세어져 다리가 흔들리고 소군의 몸이 기우뚱했다. 선우는 깜짝 놀라,

"엇! 누가 가서 왕비를 부축해라. 위험하다."

그러나 소군은 모두를 물리쳤다.

"괜찮아요. 누구도 이 다리 위에 올라오면 보람이 없어지옵니다. 염려 마소서. 곧 끝나옵니다."

자꾸 흔들리며 앞으로 앞으로 나갔다. 발 밑의 물살은 현기를 불렀다. 그러나 소군은 발을 멈추지 않았다.

푸른 강물 위에 선 소군은 그대로 선녀였다.

다리 밑에서 이 광경을 눈물로 보고 있는 사람이 있었다. 옥랑이었다. 소군의 의중을 짐작한 이는 옥랑밖에 없었다.

"불쌍한 소군. 아! 그대가 먼저 가면 나는 어이 하란 말이오? 이 황량한 만족의 나라에서 나도 그대를 따라가겠오!"

간신히 소군은 한복판에 이르렀다. 멈춰 섰다.

그런 자세로 하늘을 향해 두 손을 높이 들고 기도한다.

선우는 만족하여 옆의 신하에게,

"보오. 얼마나 아름다운가? 내가⋯⋯."

선우는 이 말을 끝맺지 못했다.

그는 불시에 몸을 벌떡 일으키며 무서운 소리를 질렀다.

"저런! 소, 소군!"

왕의 돌변한 안색과 고함에 사람들은 일제히 다리 위로 고개를 돌렸다.

그들은 소군이 하얀 꽃잎처럼 다리 아래로 떨어져 푸른 물속에 빨려들어가는 것을 환각인 양 보았다. 왕의 놀라는 소리와는 별도로 아래로 흐르는 강물 위에 첨벙 뛰어 들어간 사나이의 모습이 있었다.

그 사내는 흘러내려 가는 소군의 몸을 향해 헤엄쳐 갔다. 가서는 소군을 안아, 잠시 멈칫하더니 다시는 떨어지지 않을 듯 그를 안고 저 아래로 아래로 흘러 내려갔다.

사람들은 젊은이가 물속으로 뛰어들어가 소군을 부둥켜 안고 멀리 떠내려 가는 것을 알았지만 그가 옥랑이라는 것은 얼른 알지 못했다.

내고향 野話

내고향 野話

2001년 10월 25일 인쇄
2001년 10월 30일 발행

엮은이/ 편 집 부
펴낸이/ 최 상 일

펴낸곳/ 태을출판사
서울특별시 강남구 도곡동 959-19
등록/ 1973년 1월 10일(제4-10호)

©2001, TAE-EUL publishing Co., printed in Korea

잘못된 책은 구입하신 곳에서 교환해 드립니다.

■ 주문 및 연락처

우편번호 [100]-[456]
서울특별시 중구 신당6동 52-107(동아빌딩 내)
전화 : 2237-5577 팩스 : 2233-6166

ISBN 89-493-0175-X   03810